더스트 1

DUST

사 일 로 연 대 기

PART 3

휴 하위 지음 | 이수현 옮김

시공사

일러두기

· 본문의 각주는 모두 옮긴이 주이다.

· 《울》은 2012년 사이먼&슈스터사의 페이퍼백을 바탕으로
2013년에 번역 출간한 후, 이번 개정판을 내면서 손질했다.
《시프트》와 《더스트》는 2020년 새로 출간된 매리너판을 번역
대본으로 삼았다.

· 소설에 인용된 성경 구절은 《개역개정 성경》을 따랐다.

생존자들에게

DUST

차례

프롤로그

"거기 누구 있나요?"

"여보세요? 네. 저 여기 있습니다."

"아. 루카스. 아무 말도 안 하길래 잠깐이지만…… 다른 사람인가 했어요."

"아니에요, 저 맞아요. 헤드셋을 조정하느라고요. 아침에 좀 바빴어요."

"그래요?"

"네. 지루한 일들이죠. 위원 회의들이요. 여기는 지금 사람이 좀 부족하거든요. 재배정할 일이 많네요."

"하지만 상황이 정리되고 있긴 한 거죠? 보고할 폭동은 없고?"

"네, 네. 상황은 정상으로 돌아오고 있습니다. 아침이면 사람들이 일어나서 일을 하러 가고 밤이면 침대에 쓰러지죠. 이번 주에는 대규모 티켓 추첨도 있어서, 많은 사람들이 기뻐했어요."

"그거 잘됐군요. 아주 잘됐어. 6번 서버 일은 어떻게 되어갑니까?"

"잘되고 있어요, 고맙습니다. 알려주신 패스 코드가 다 잘 통하네요. 지금까지는 같은 데이터만 계속 나오고 있지만요. 그런데 이게 왜 중요한지는 하나도 모르겠어요."

"계속 살펴봐요. 모든 게 중요해요. 그게 그 안에 있는 이상 이유가 있을 거예요."

"여기 책들에 들어간 항목들에 대해서도 말씀하셨죠. 하지만 저에게는 이해가 가지 않는 항목이 너무 많아요. 진짜이기는 한지도 궁금해지고요."

"왜? 뭘 읽고 있길래요?"

"C까지 읽었는데요. 오늘 아침에는 무슨…… 곰팡이에 대한 부분이었는데, 잠깐만요. 찾아볼게요. 여기 있네요. 동충하초 Cordyceps."

"그게 곰팡이라고? 처음 듣는데요."

"여기에는 이게 개미의 두뇌에 어떤 짓을 해서 기계처럼 다시 프로그래밍하고, 식물 꼭대기까지 기어오른 다음에 죽게 만든다고……."

"두뇌를 다시 프로그래밍하는 보이지 않는 기계라니, 분명 무작위 항목은 아니군요."

"그래요? 그렇다면 이게 무슨 의미죠?"

"그건…… 그건 우리가 자유롭지 않다는 의미예요. 우리 중 누구도.”

“참 희망적이네요. 왜 줄리엣이 호출이 오면 저한테 받으라고
했는지 알겠어요.”

“그쪽 시장 말인가요? 그래서 어떻게 된 거죠? 한동안 답을 하
지 않던데요.”

“네. 줄리엣은 여기 없어요. 다른 일을 하고 있죠.”

“어떤 일을?”

“말하지 않는 게 낫겠습니다. 당신 마음엔 안 들 거예요.”

“왜 그렇게 생각합니까?”

“그야 저도 마음에 안 들거든요. 이런 일은 그만두라고 설득해
봤는데, 줄리엣은 가끔…… 고집스러워질 때가 있어서요.”

“문제를 일으킬 일이라면 나도 알아야 해요. 난 돕기 위해 여기
있는 거예요. 내가 이쪽의 시선을 돌릴 수 있고…….”

“바로 그거예요……. 줄리엣은 당신을 믿지 않아요. 당신이 늘
같은 사람이라는 것도 믿지 않고요.”

“나 맞아요. 기계가 내 목소리를 바꿔놓아서 그래요.”

“전 그저 줄리엣의 생각을 전할 뿐입니다.”

“줄리엣이 돌아왔으면 좋겠군요. 난 정말로 돕고 싶어요.”

“저는 당신을 믿어요. 지금으로서는 우리에게 행운을 빌어주시
는 게 최선이지 싶네요.”

“어째서죠?”

“아무래도 이 일로 좋은 결과가 나올 것 같지는 않거든요.”

1부

굴착

1

18번 사일로

기계부 복도에 먼지가 우수수 쏟아졌다. 굴착이라는 폭력 때문에 떨어진 먼지였다. 머리 위에서는 전선들이 정리함 속에서 가만히 흔들렸고 파이프는 덜컹거렸다. 그리고 착암기가 발전실 벽과 충돌할 때마다 울려 퍼지는 짧고 날카로운 쾅 소리는 균형을 잃은 발전기가 위험하게 회전하던 순간을 떠올리게 했다.

그 무시무시한 소란 속에서 줄리엣 니컬스는 작업복 지퍼를 허리까지 내리고 빈 소매를 허리에 질끈 묶은 채, 진흙탕에 빠진 듯 먼지와 땀으로 얼룩진 속셔츠를 드러내고 서 있었다. 그녀는 굴착기에 체중을 실어 기대고 있었고, 무거운 금속 피스톤이 18번 사일로의 콘크리트 벽을 때리고 또 때리는 통에 근육질의 팔이 떨렸다.

진동 때문에 이가 다 흔들렸다. 온몸의 뼈와 관절이 진동했고,

오래된 상처가 쑤시며 기억이 되살아났다. 한쪽 구석에서는 평소에 그 기계를 담당하던 광부들이 불만 가득한 얼굴로 그녀를 지켜보고 있었다. 줄리엣은 가루가 된 콘크리트로부터 고개를 돌려 광부들이 떡 벌어진 가슴팍에 팔짱을 끼고, 턱을 악물어 완고하게 얼굴을 찌푸린 모습을 보았다. 줄리엣이 자기들의 기계를 멋대로 써서 화가 났을 수도 있고, 아니면 금지된 곳을 파헤쳐서 그럴 수도 있었다.

줄리엣은 입안에 가득한 모래와 석회암 가루를 삼키고 무너지는 벽에 집중했다. 또 한 가지, 그녀가 생각하지 않을 수 없는 것이 있었다. 훌륭한 기계공과 광부들이 그녀 때문에 죽었다. 줄리엣이 청소를 거부하면서 잔혹한 싸움이 벌어졌다. 지금 그녀의 굴착을 지켜보고 있는 이들 중 얼마나 많은 사람이 사랑하는 사람을, 친한 친구를, 가족을 잃었을까? 얼마나 많은 사람이 그녀를 탓하고 있을까? 줄리엣 혼자만 자신의 탓이라고 생각할 리가 없었다.

굴착기가 뒤로 물러나면서 금속과 금속이 부딪치는 소리가 났다. 하얀 콘크리트 벽이라는 몸 속에 있던 철근이라는 뼈대가 더 드러나자 줄리엣은 굴착기 끝에 달린 착암기의 턱을 옆으로 돌렸다. 그녀는 이미 사일로 외벽에 제대로 구멍을 내놓았다. 처음 드러난 철근들이 머리 위에 들쭉날쭉 빠져나와 있었는데, 끝부분은 줄리엣이 블로토치로 지져 녹인 양초처럼 매끈했다. 콘크리트를 60센티미터쯤 더 파자 다음 철근들이 나타났다. 사일로 벽은 줄리엣의 상상 이상으로 두꺼웠다. 그녀는 감각 없는 팔다리와 너덜너덜한 신경으로 굴착기를 앞으로 움직이고, 쐐기 모양의 피스

톤으로 철근 사이에 있는 돌을 파고들었다. 도면을 직접 보지 못했다면, 바깥에 다른 사일로들이 있다는 사실을 알지 못했다면, 줄리엣도 진작에 포기했을 것이다. 마치 땅 자체를 뜯어내는 기분이었다. 두 팔이 떨리고, 손은 흐릿하게만 보였다. 그녀가 공격하고 있는 것은 사일로의 벽이었다. 그녀는 그 망할 건물을 뚫고 바깥으로 나가겠다는 마음으로 벽을 들이받았다.

광부들이 불편해하며 들썩였다. 줄리엣이 그들에게서 시선을 옮겨 기계가 겨눈 곳을 보는데 착암기 망치 끝이 또 철근을 때렸다. 그녀는 철근들 사이 하얀 돌 틈에 집중했다. 부츠로 구동 레버를 걷어차고, 기계에 몸을 기대자 굴착기가 녹슨 트랙 위를 3센티미터쯤 더 움직였다. 쉬어야 할 때는 한참 전에 지났다. 줄리엣은 입에 들어온 석회암 가루 때문에 목이 막혔다. 물이 마시고 싶어 죽을 지경이었다. 팔에도 휴식이 필요했다. 굴착기 아래에 파편이 가득 쌓이고 그녀의 발치에도 흩어졌다. 그녀는 조금 큰 조각 몇 개를 걷어차서 치우고 계속 벽을 팠다.

한 번 더 멈췄다가는 계속하자고 저 사람들을 설득할 수 없을 것 같아 두려웠다. 줄리엣이 시장이든 아니든, 교대근무 책임자든 아니든 간에, 두려움을 모른다고 생각했던 남자들이 이미 이마에 굵은 주름을 잡은 채 발전실을 나간 후였다. 그들은 줄리엣이 성스러운 봉인을 뚫고 사람을 죽이는 더러운 공기를 안으로 들일까 두려워하는 것 같았다. 그녀는 자신을 보는 그들의 모습에서, 그녀가 바깥에 나갔다 온 것을 알고 유령처럼 취급한다는 느낌을 받았다. 많은 사람이 무슨 질병이라도 대하듯 그녀를 멀리했다.

그녀는 이를 악무느라 잇새에서 부서지는 역겨운 모래 맛을 느끼며 한 번 더 부츠로 전진판을 걷어찼다. 굴착기 트랙이 돌면서 3센티미터쯤 더 앞으로 갔다. 딱 한 번만 더. 줄리엣은 기계를 욕하고 손목의 통증을 욕했다. 싸움도 죽은 친구들도 염병이다. 영원 같은 바위 너머에 자기들끼리만 있을 솔로와 아이들 생각도 염병할. 그리고 이 시장이라는 터무니없는 직위와, 갑자기 줄리엣이 모든 층의 모든 교대근무를 운영해야 한다는 듯이, 그녀가 뭘 하려는지 알고 있다는 듯이, 그녀를 두려워하면서도 명령에 복종해야 한다는 듯이 구는 사람들도…….

굴착기가 3센티미터 넘게 앞으로 튀어 나가더니, 벽을 두드리는 망치 끝에서 비명 같은 파열음이 났다. 줄리엣이 한 손을 놓치자, 굴착기는 폭발이라도 하려는 듯 회전했다. 광부들이 벼룩 떼처럼 놀라더니 몇 명이 줄리엣을 향해 뛰어왔다. 그림자가 모여들었다. 줄리엣은 하얀 먼지에 뒤덮여 거의 보이지 않던 빨간색 차단 스위치를 때렸다. 굴착기는 속도를 줄이고 뒤로 물러나면서 위험한 폭주 상태에서 벗어났다.

"뚫었네! 뚫었어!"

래프가 몇 년이나 광부 일을 해온 강인하고 창백한 두 팔을 줄리엣의 무감각한 팔에 휘감고 뒤로 끌어당겼다. 다른 사람들은 해냈다고 소리쳤다. 다 됐다. 굴착기에서 연접봉이 부서지는 듯한 소리가 났다. 강력한 엔진이 마찰 없이, 아무것도 저항하는 것 없이 돌아갈 때 나는 위험한 소리가 들렸다. 줄리엣은 조종간을 놓고 래프의 포옹에 몸을 맡겼다. 친구들이 텅 빈 사일로라는 무덤

속에 산 채로 묻혀 있는데 그들에게 갈 수 없다는 절박한 마음이 돌아왔다.

"뚫었어……! 물러나!"

기름때와 땀 냄새를 풍기는 손이 줄리엣의 입을 꽉 막고, 구멍 너머의 공기로부터 그녀를 지키려 했다. 줄리엣은 숨을 쉴 수가 없었다. 앞에 시커멓게 텅 빈 공간이 나타났고, 부서진 콘크리트 가루가 구름을 일으켰다.

그리고 그곳에, 두 개의 철근 사이에 시커먼 공간이 있었다. 기계부에서 꼭대기 층까지 사방을 두 겹으로 에워싼 감옥의 철창 사이로 보이는 공간.

그녀가 뚫어냈다. '뚫었다.' 이제 그녀는 다른, 어딘가 다른 '바깥'을 보았다.

"토치." 줄리엣은 래프의 굳은살 박인 손을 떼어내고 공기를 들이마시며 중얼거렸다. "절단 토치 갖다줘. 손전등도."

2

"망할 물건이 아주 제대로 녹이 슬었네."

"저건 유압관 같은데."

"천 년은 묵었겠어."

마지막 말을 중얼거린 사람은 석유공 피츠였는데, 빠진 이 때문에 말소리가 휘파람처럼 나왔다. 굴착하는 내내 멀찍이 거리를 두던 광부와 기계공들이 이제는 허공에 날리는 돌가루 너머 어둠 속을 손전등으로 비춰보는 줄리엣의 등 뒤에 몰려들어 있었다. 떠다니는 먼지만큼이나 창백한 래프가 옆에 서서, 1.8미터에 달하는 콘크리트를 뜯어내고 생긴 원뿔 모양의 구멍에 함께 몸을 밀어 넣었다. 알비노인 래프는 눈을 크게 뜨고, 반쯤 투명한 뺨을 부풀리고, 핏기 없는 입술을 오므리고 있었다.

"숨 쉬어도 돼, 래프." 줄리엣이 말했다. "그냥 다른 방이야."

창백한 광부는 안도의 신음과 함께 숨을 뱉고는, 뒤에 있는 사람들에게 그만 밀라고 말했다. 줄리엣은 손전등을 피츠에게 넘기고 직접 판 구멍에서 몸을 돌렸다. 벽 반대편에 있는 기계를 흘긋 보았을 뿐인데도 심장이 쿵쿵 뛰었고, 그녀는 그대로 밀쳐대는 군중 사이를 빠져나갔다. 다른 사람들의 중얼거림이 곧 그녀가 본 것의 정체를 확인해줬다. 버팀대, 볼트, 호스, 페인트 조각과 녹 얼룩이 남은 철판……. 그들의 약한 손전등 불빛으로 볼 수 있는 한도까지 위아래와 양옆을 다 점령한 기계 괴물이 벽을 대신하고 있었다.

덜덜 떨리는 손에 금속 물잔이 쥐어졌다. 줄리엣은 게걸스럽게 물을 마셨다. 몸은 녹초가 되었지만, 머리는 맹렬히 질주했다. 어서 무전기로 돌아가서 솔로에게 말해주고 싶어 기다릴 수가 없었다. 루카스에게도 어서 말하고 싶었다. 여기에 파묻힌 희망 한 조각이 있었다.

"이젠 어쩌지?" 도슨이 물었다.

줄리엣에게 물을 갖다준 새로운 3교대조 조장은 조심스럽게 그녀를 관찰했다. 도슨은 30대 후반이었지만, 밤마다 일하다 보니 몇 살은 더 먹어 보였다. 관절이 꺾이고 손가락이 부러진 경험들 때문에 커다란 손이 울퉁불퉁했는데, 일 때문에 입은 부상도 있었고 싸우다가 다친 적도 있었다. 줄리엣은 그에게 물잔을 돌려줬다. 도슨은 잔을 들여다보고 마지막 한 모금을 마셨다.

"이제 더 큰 구멍을 뚫어야지." 줄리엣은 말했다. "안으로 들어가서 저 기계를 쓸 수 있는지 봐야 해."

진동하는 주 발전기 꼭대기에서 어떤 움직임이 줄리엣의 시선을 끌었다. 올려다본 순간 마침 그녀를 내려다보며 얼굴을 찌푸리고 있던 셜리를 볼 수 있었다. 셜리는 시선을 돌렸다.

줄리엣은 도슨의 팔을 힘주어 잡았다. "이 구멍 하나를 넓히려고 들면 시간이 무한정 필요할 거야. 서로 연결할 수 있는 작은 구멍을 수십 개 뚫어야 해. 그렇게 해서 한 번에 통째로 뜯어내야지. 다른 굴착기를 가져와. 그리고 사람들에게 곡괭이를 들리되, 먼지는 가능하면 최소한으로 내."

3교대 조장은 고개를 끄덕이고 빈 잔을 손가락으로 톡톡 두드리며 물었다. "발파는 없이?"

"발파는 안 돼. 저기 있는 기계가 뭔지는 몰라도, 망가뜨리고 싶지 않아."

그는 고개를 끄덕였고, 줄리엣은 도슨에게 굴착을 맡기고 그 자리를 떠나 발전기로 다가갔다. 셜리도 작업복을 허리까지 내리고 소매를 묶은 채, 힘든 작업으로 겨드랑이가 땀에 젖은 속셔츠를 드러내고 있었다. 셜리는 양손에 걸레를 든 채 발전기 위를 움직이며, 오래된 기름때와 오늘의 굴착으로 내려앉은 돌가루를 같이 닦아냈다.

줄리엣은 작업복 소매를 풀어서 팔을 밀어 넣고 흉터를 가렸다. 그런 다음 발전기 옆을 타고 올랐다. 그녀는 어디를 잡으면 되는지, 어떤 부분이 뜨겁고 어떤 부분은 따뜻한 정도인지 전부 알고 있었다. "도움 필요해?" 그녀는 발전기 꼭대기까지 올라가서 아픈 근육에 닿는 기계의 열과 진동을 즐기며 물었다.

셜리는 속셔츠 아랫단으로 얼굴을 닦고 고개를 저었다. "됐어."

"쓰레기는 미안해." 줄리엣은 위아래로 움직이는 거대한 피스톤 소리 때문에 목소리를 키웠다. 그 기계 위에 올라서기만 해도 이가 덜덜거리다가 다 빠질 정도였던 날이 오래되지도 않았다. 그때는 발전기가 완전히 균형을 잃었었다.

셜리가 몸을 돌려 그림자인 칼리에게 지저분한 흰 걸레를 던지자, 칼리가 더러운 물이 든 들통 속에 밀어 넣었다. 새로운 기계부 책임자가 발전기 청소 같은 재미없는 일을 하는 모습을 보니 이상했다. 줄리엣은 그 위에서 똑같은 일을 하고 있는 녹스의 모습을 그려보려고 했다. 그러다가 100번째로 다시 한번 자신이 시장이라는 사실, 그런데도 벽을 부수고 철근을 자르면서 시간을 보내고 있다는 사실이 떠올랐다. 칼리가 빨고 난 걸레를 뒤로 던졌고, 셜리가 그 천을 붙잡자 철썩 소리와 함께 비눗방울이 튀었다. 다시 청소에 몰두하는 오랜 친구의 침묵이 많은 말을 대신했다.

줄리엣은 고개를 돌리고, 직접 모아들인 굴착팀이 쓰레기를 치우고 구멍을 넓히는 작업에 착수하는 모습을 살폈다. 셜리는 인력 손실을 좋아하지 않았고, 사일로의 봉인을 깨는 금기에 대해서는 더 그랬다. 줄리엣은 하필 폭력 사태로 이미 일손이 모자라는 상황에 인부들을 소집했다. 그리고 셜리가 남편의 죽음을 줄리엣 탓으로 여기는지 아닌지는 상관도 없었다. 줄리엣이 스스로를 탓했기에, 두꺼운 기름때 같은 긴장감이 두 사람 사이를 가로막고 있었다.

오래지 않아서 벽을 두드리는 작업이 재개되었다. 줄리엣은 굴착기 조종간을 잡은 보비를 보았다. 거대한 근육질의 두 팔이 빠르게 움직이며 바퀴 달린 착암기를 조종했다. 낯선 기계, 그것도 벽 속에 묻혀 있던 유물 같은 기계를 본 덕분에 마지못해 일하던 사람들에게도 불이 붙었다. 공포와 의심이 투지로 변했다. 운반인 하나가 먹을 것을 가지고 도착했고, 줄리엣은 맨팔과 맨다리를 드러낸 청년이 작업 현장을 열심히 관찰하는 모습을 지켜보았다. 운반인은 지고 온 과일과 따뜻한 점심을 내려놓고 가십거리를 든 채 돌아갔다.

줄리엣은 진동하는 발전기 위에 서서 의심을 가라앉혔다. 그들이 옳은 일을 하고 있다고 스스로에게 말했다. 그녀는 세상이 얼마나 넓은지 직접 보았고, 언덕 정상에 서서 땅을 살펴보았다. 이제 다른 사람들에게도 바깥에 무엇이 있는지 보여주기만 하면 된다. 그러면 다들 두려워하지 않고 이 일을 긍정적으로 받아들일 것이다.

3

사람 하나가 몸을 밀어 넣을 만한 구멍이 뚫리자, 줄리엣이 그 영광을 누렸다. 그녀는 손에 손전등을 든 채 기어서 파편 더미를 넘고 철근의 구부러진 손가락 사이를 통과했다. 발전실 너머에 있는 방 안 공기는 깊은 광산처럼 서늘했다. 굴착으로 생긴 흙먼지 때문에 목과 코가 간지러워서 주먹에 대고 기침을 했다. 그녀는 껑충 뛰어서 입을 뻐끔 벌린 구멍 너머 바닥에 내려섰다.

"조심해요." 줄리엣은 뒤에 있던 다른 사람들에게 말했다. "바닥이 고르지 않아요."

바닥이 고르지 않은 것은 안쪽으로 떨어진 콘크리트 덩어리들 때문이기도 했지만, 애초에 바닥 자체도 판판하지 않았다. 마치 거인의 발톱으로 떠낸 듯한 바닥이었다.

그녀는 부츠 앞에서부터 높고 어두운 천장까지 손전등 불빛을 비추며 앞에 서 있는 거대한 기계 벽을 살펴보았다. 주 발전기도 작아 보일 크기였다. 여기에 비하면 석유 펌프들도 작았다. 그렇게 거대한 기계라니, 절대로 만들 수 없었고 수리는 더 무리였다. 줄리엣의 마음이 가라앉았다. 이 파묻힌 기계를 복구하겠다는 희망이 쪼그라들었다.

래프가 돌 파편 부딪치는 소리를 내면서 서늘한 어둠 속에 합류했다. 래프는 세대를 건너뛰어 유전된 알비노였다. 눈썹과 속눈썹은 거미줄 같아서 거의 보이지도 않았다. 살갗은 돼지 젖처럼 하얬다. 하지만 광산에 들어가면, 다른 사람들을 시커멓게 물들이는 어둠이 그에게 건강한 안색을 선사했다. 줄리엣은 왜 래프가 어렸을 때 농장을 떠나서 어두운 곳으로 들어갔는지 이해할 수 있었다.

래프는 손전등으로 기계를 이리저리 비춰보면서 휘파람 소리를 냈다. 잠시 후, 그 휘파람은 먼 어둠 속에서 그를 비웃는 새처럼 메아리쳐 돌아왔다.

"신들의 물건이네." 래프가 큰 소리로 말했다.

줄리엣은 대꾸하지 않았다. 래프가 사제들의 이야기에 귀 기울일 사람이라고는 생각한 적이 없었다. 그래도 이 기계가 경외심을 불러일으킨다는 것만은 분명했다. 솔로의 책들을 본 줄리엣은 이 기계를 만든 고대인들이 언덕들 너머에 있던, 무너져가고는 있지만 하늘로 우뚝 솟은 탑들을 세운 그 사람들이리라 생각했다. 그 사람들이 사일로 자체를 만들었다는 생각을 하면 스스로가 작아지는 기분이었다. 그녀는 손을 뻗어 몇백 년 동안 아무도 건드린 적도 본 적도 없는 금속을 쓸어보고, 고대인들이 어떤 일을 할 수 있었는지에 대해 경탄했다. 어쩌면 사제들이 그렇게 엉뚱한 소리를 한 게 아닐지도……

"신들은 무슨." 도슨이 시끄럽게 들어오면서 투덜거렸다. "그래서 이걸 어쩌지?"

"그러게, 줄스." 래프가 깊은 어둠과 더 깊은 시간을 존중하며 작은 소리로 말했다. "이 물건을 여기에서 어떻게 파내?"

"파내지 않을 거야." 줄리엣은 대답했다. 그녀는 서둘러 콘크리트 벽과 탑 같은 기계 사이를 비스듬히 걸었다. "이 물건은 직접 길을 파고 나가게 되어 있어."

"우리가 이 기계를 움직일 수 있다고 가정하고 있구먼." 도슨이 말했다.

발전실에 남은 사람들이 구멍에 몰려들어 새어 들던 빛을 막았다. 줄리엣은 손전등으로 사일로 외벽과 커다란 기계 사이에 남은 좁은 틈을 비추면서 피해 갈 길이 있는지 찾아보았다. 그녀는 한쪽 어둠으로 들어갔다가 완만하게 경사진 바닥을 올라갔다.

"우린 이 기계를 움직일 거야." 그녀는 도슨에게 장담했다. "그냥 어떻게 움직이는지만 알아내면 돼."

"조심해." 줄리엣의 부츠에 걸어차인 돌멩이 하나가 래프를 향해 굴러떨어지자 그는 경고했다. 그녀는 이미 두 사람의 머리보다 더 높은 곳에 있었다. 줄리엣은 이 방에 모퉁이도, 반대쪽 벽도 없다는 사실을 알았다. 그저 원형이었다.

"큰 원이야." 줄리엣의 목소리가 바위와 기계 사이에 메아리쳤다. "이게 끝은 아닐 텐데."

"이쪽에 문이 하나 있어." 도슨이 말했다.

줄리엣은 경사면을 미끄러져 내려가서 도슨과 래프에게 합류했다. 발전실에 있던 구경꾼 하나가 손전등을 켰다. 그 불빛이 줄리엣의 불빛과 합쳐져서 경첩이 달린 문 하나를 비췄다. 도슨이 기계 뒤에 달린 손잡이를 잡고 애를 썼다. 도슨이 끙끙거리면서 힘을 쓰자, 마지못해 근육에 굴복한 금속 문이 듣기 싫은 소리를 냈다.

그들이 문을 통과하자 기계가 입을 쩍 벌렸다. 줄리엣은 이런 광경에 대비가 되어 있지 않았다. 솔로의 지하 굴에서 본 도면을 돌이킨 그녀는 이제 그 그림에 그려진 굴착기들이 일정 비율로 축소되어 있었음을 깨달았다. 기계부의 낮은 바닥에서 튀어나와 있던 작은 벌레들은 실제로 1층 높이에 길이는 그 두 배였다. 거대한 강철 원통, 이 기계는 마치 스스로를 파묻기라도 한 듯 둥근 동굴 안에 딱 맞게 들어앉아 있었다. 줄리엣은 기계 내부를 돌아다니는 사람들에게 조심하라고 말했다. 합류한 10여 명의 목소리가 미궁 같은 기계 속에서 뒤섞이며 메아리쳤다. 호기심과 놀라움 때문에 금기는 버려졌고, 지금은 굴착도 잊혔다.

"여기가 부스러기 내보내는 데 같은데." 누군가가 말했다. 빛줄기들이 서로 맞물린 철판들로 이루어진 활송 장치를 비췄다. 그 철판들 아래에 바퀴와 톱니들이 달렸고, 반대편에는 뱀 비늘처럼 여러 겹으로 철판이 겹쳐져 있었다. 줄리엣은 보자마자 이 활송 장치가 어떻게 움직이는지 이해했다. 끝에 달린 철판들이 휘어져서 다시 시작 부분을 감싸고 있었다. 돌멩이와 잔해를 그 위에 밀어 넣으면 활송이 진행되는 구조였다. 3센티미터 두께의 철판으로 만든 낮은 벽은 돌멩이가 떨어지지 않게 막아주는 역할을 했다. 굴착기가 씹어 삼킨 돌멩이는 여기를 통과해서 뒤쪽으로 나가고, 그러면 그곳에 있던 사람들이 쌓인 돌무더기를 치우느라 고생해야 할 것이다.

"전부 끔찍하게 녹슬었어." 누군가가 중얼거렸다.

"그래도 생각만큼 나쁜 상태는 아니야." 줄리엣이 말했다. 그 기계는 그 자리에 최소한 수백 년을 있었다. 그러니 녹만 남았으리라 여겼는데, 군데군데 강철이 반짝이고 있었다. "이 방은 밀폐 상태였나 봐." 그녀는 벽을 처음 뚫었을 때 목을 스치던 바람과 흙먼지가 빨려 들어가던 광경을 떠올리며 큰 소리로 말했다.

"이건 전부 유압식이야." 보비가 말했다. 신들도 물로 엉덩이를 닦는다는 사실을 알았다는 듯 실망한 목소리였다. 줄리엣은 좀 더 희망에 찼다. 동력원만 온전하다면 고칠 수 있는 물건으로 보였다. 그들은 이 기계를 움직일 수 있었다. 신들이 이 기계를 발견하는 자들은 자기들보다 수준이 낮고 능력이 못하리라 예상이라도 했는지, 단순하게 만들어진 기계였다. 그들이 쓰던 굴착기와 똑같지만 거대한 기계의 길이만큼 접지면이 길게 이어졌고, 차축은 기름에 절어 있었다. 옆면과 천장에도 흙을 밀어낼 접지면이 있었다. 다만 줄리엣도 굴착을 어떻게 시작할지는 알 수 없었다. 움직이는 활송 장치와, 부서진 돌을 밀어내어 기계 뒤편으로 내보낼 온갖 부속 장치들을 지나고 나면 강철 벽이 나왔는데, 이 벽은 작은 보와 높은 통로를 지나서 위쪽의 어둠 속으로 올라갔다.

"전혀 말이 안 돼." 래프가 끄트머리 벽에 가서 말했다. "이 바퀴들을 봐. 이게 어느 쪽으로 굴러가는 거지?"

"그건 바퀴가 아니야." 줄리엣은 불빛으로 가리켰다. "여기 앞부분 전체가 회전하는 거야. 여기가 중심축이야." 그녀는 둘레가 사람 두 명만 한 중앙 차축을 가리켰다. "그리고 저기 저 둥그런 원반들이 뚫고 나가서 잘라내는 걸 거야."

보비가 믿기지 않는다는 듯 숨을 내쉬었다. "단단한 돌을?"

줄리엣은 원반을 하나 돌리려고 해보았다. 거의 움직이지 않았다. 윤활유가 통으로 필요할 것 같았다.

"줄스 말이 맞는 것 같아." 래프가 말했다. 그는 2인용 침대만 한 상자 뚜껑을 들어 올리고 손전등으로 안을 비췄다. "여기 이게 기어 박스야. 자동 변속기 같은데."

줄리엣도 그리로 가보았다. 남자 허리만 한 헬리컬기어*들이 말라붙은 윤활유 속에 파묻혀 있었다. 그 기어들은 벽을 돌릴 톱니바퀴와 맞춰져 있었다. 변속기 상자는 사일로의 주 발전기만큼이나 크고 튼튼했다. 아니, 더 컸다.

"나쁜 소식." 보비가 말했다. "축이 어디로 이어지는지 확인해 봐."

---

* 원통 위에 나선형 톱니바퀴가 올라간 형태의 기어.

세 개의 빛줄기가 모여들어 구동축이 끝나는 텅 빈 공간을 비췄다. 그 거대한 기계의 내부 동굴, 그들이 서 있는 빈 공간은 바로 거대 굴착기라는 짐승의 심장이 있어야 할 곳에 남은 빈자리였다.

"앤 아무 데도 못 가." 래프가 중얼거렸다.

줄리엣은 성큼성큼 다시 기계 뒤쪽으로 걸어갔다. 발전기를 지탱하기 위해 지어진 뚱뚱한 버팀대들이 휑하니 드러나 있었다. 줄리엣과 다른 기계공들은 엔진이 있어야 할 자리 주위를 빙빙 돌고 있었던 것이다. 그리고 이제 무엇을 찾아야 할지 알게 된 그녀는 받침대를 알아보았다. 받침 기둥이 여섯 개였다. 너비가 25센티미터 가까운 나사형 기둥들이 오래되어 굳어버린 윤활유에 뒤덮여 있었다. 기둥마다 딱 맞는 나사가 버팀대 아래 갈고리에 매달렸다. 신들이 그녀와 소통하고 있었다. 그녀에게 말하고 있었다. 고대인들은 메시지를 남겼다. 기계를 아는 사람들의 언어로 쓴 메시지였다. 그들은 머나먼 시간을 가로질러 그녀에게 말하고 있었다. '이게 이리로 가는 거야. 이 단계대로 따라가.'

석유공 피츠가 줄리엣 옆에 무릎을 꿇고 그녀의 팔에 한 손을 얹었다. "네 친구들은 안됐다." 그는 솔로와 아이들을 두고 한 말이었지만, 줄리엣은 피츠가 다른 모두를 위해 기뻐하고 있다고 생각했다. 금속 동굴 뒤쪽을 돌아보니 더 많은 광부와 기계공들이 머뭇거리며 안을 들여다보고 있었다. 모두가 이 일이 여기에서 끝나고, 줄리엣이 땅을 더 파지 않는다는 사실에 기뻐했다. 하지만 줄리엣은 충동 이상의 감정을 느끼고 있었다. 이제는 목적의식이 느껴졌다. 옛날 사람들은 이 기계를 그들에게 감춘 게 아니라, 안전하게 보관해두었다. 보호했고, 챙겨두었다. 윤활유를 듬뿍 발라서 공기가 닿지 않게 막아두었다. 줄리엣이 알지 못하는 이유로.

"다시 봉할까?" 도슨이 물었다. 이 반백의 늙은 기계공조차도 더는 땅을 파고 싶지 않은 듯했다.

"얘는 뭔가를 기다리고 있었어." 줄리엣은 커다란 너트 하나를 갈고리에서 빼내어 기름이 덮인 기둥 위에 놓았다. 받침대의 크기가 익숙했다. 그녀는 오래전에 수행했던 일, 주 발전기를 조정했던 일을 생각했다. "얘는 열리게 되어 있었어. 이 배 부분을 열게 되어 있었어. 우리가 들어온 기계 뒷부분을 확인해봐. 부스러기를 내보낼 수도 있지만, 뭔가를 들여놓을 수도 있게 분해될 거야. 모터가 없어진 게 아니야."

래프는 줄리엣 옆에 남아서, 그녀의 얼굴을 제대로 볼 수 있게 손전등 불빛을 가슴팍에 비췄다.

"난 그 사람들이 왜 이걸 여기에 넣었는지 알아." 다른 사람들이 기계 뒤쪽을 조사하러 간 사이, 줄리엣은 래프에게 말했다. "왜 이걸 발전실 옆에 넣었는지 알겠어."

4

줄리엣이 굴착기 배 속에서 빠져나왔을 때, 셜리와 칼리는 아직
도 주 발전기를 닦고 있었다. 보비가 다른 사람들에게 어떻게 굴
착기 뒷면을 여는지, 어느 볼트를 빼고 철판을 어떻게 떼어내는지
보여줬다. 줄리엣은 사람들에게 기둥과 기둥 사이 공간을 재보고,
그다음에는 예비 발전기 받침대를 재도록 해서 그녀가 이미 아는
사실을 확인시켰다. 그들이 찾아낸 기계는 살아 있는 도면이었다.
정말로 과거에서 보낸 메시지였다. 한 가지 발견이 무수한 다른
발견들로 이어졌다.

　칼리가 걸레에서 진흙을 짜낸 후에 약간 덜 지저분한 두 번째
물통에 담그는 모습을 지켜보던 줄리엣은 문득 진실을 떠올렸다.
엔진을 오랫동안 그냥 두었다면 썩었을 것이다. 엔진은 계속 사용
하고, 사람들 한 무리가 헌신적으로 돌보아야만 진동했다. 셜리가

진동하는 주 발전기를 닦는 동안 거품투성이가 된 뜨거운 배기관에서 수증기가 올라왔고, 줄리엣은 그들이 오랫동안 이 순간을 위해 노력했음을 알았다. 줄리엣의 오랜 친구이자 지금은 기계부 책임자인 셜리는 그녀의 프로젝트를 싫어하면서도 내내 도왔다. 주 발전기 반대편에 놓인 좀 더 작은 발전기에는 또 다른, 더 큰 목적이 있었던 것이다.

"받침대는 딱 맞는 것 같아." 래프가 줄자를 손에 들고 말했다. "예전 사람들이 저 기계를 이용해서 이 발전기를 가져왔을까?"

셜리가 더러운 걸레를 아래로 던지자, 깨끗한 걸레가 위로 올라갔다. 작업자와 그림자는 피스톤의 진동 같은 리듬으로 일했다.

"난 예비 발전기가 저 굴착기가 나가기 위해 존재한다고 생각해." 줄리엣은 래프에게 말했다. 다만 누구라도 예비 발전기를, 아무리 잠시라 해도 밖으로 내보낼 이유를 알 수는 없었다. 그랬다간 사일로 전체가 고장 날 위험에 처한다. 차라리 벽 저편에서 녹슬어 부서진 엔진을 발견하는 편이 나았을 것이다. 줄리엣의 머릿속에서 조립되어가는 계획에 누구라도 찬성하리라 상상하기 힘들었다.

걸레 하나가 포물선을 그리면서 날아가 갈색 물통에 첨벙 떨어졌다. 칼리는 다른 걸레를 던져 올리지 않았다. 칼리는 발전실 입구를 보고 있었다. 기계부 그림자의 시선을 따라간 줄리엣은 얼굴이 화끈해졌다. 기계부의 시커멓고 지저분한 사람들 사이에 반짝이는 은색 옷을 입은 말끔한 청년이 하나 서서 누군가에게 방향을 묻고 있었다. 상대방이 손가락으로 가리키자, IT부 책임자이자 줄리엣의 연인인 루카스 카일이 그녀를 향해 다가오기 시작했다.

"예비 발전기를 정비해." 줄리엣은 눈에 띄게 굳어버린 래프에게 말했다. 래프는 이 일이 어떻게 진행될지 아는 것 같았다. "저 굴착기가 뭘 하는지 볼 동안만 발전기를 넣어봐야겠어. 어차피 떼어내서 배기관을 청소하려고 하긴 했잖아."

래프는 턱에 힘을 넣었다 풀면서 고개를 끄덕였다. 줄리엣은 래프의 등을 철썩 때리고, 셜리는 감히 쳐다보지도 못한 채 루카스를 만나러 걸어갔다.

"당신이 이 아래에서 뭘 하는 거예요?" 그녀는 루카스에게 물었다. 바로 전날에도 루카스와 대화를 했는데, 그는 여기 찾아오겠다는 말을 하지 않았었다. 도망치지 못하게 붙잡을 생각이었겠지.

루카스가 걸음을 멈추더니 얼굴을 찌푸렸고, 줄리엣은 자신이 쓴 말투에 기분이 나빠졌다. 포옹도, 악수도 없었다. 그녀는 오늘의 발견으로 너무 긴장하고 흥분해 있었다.

"같은 질문을 해야겠는데요." 루카스는 안쪽 벽에 파인 구멍을 계속 보고 있었다. "당신이 이 아래에서 구멍을 파는 동안, IT부 책임자가 시장이 할 일을 하고 있거든요."

"그렇다면 바뀐 게 없네요." 줄리엣은 분위기를 가볍게 하려고 웃으면서 말했다. 그러나 루카스는 웃지 않았다. 그녀는 그의 팔을 잡고 발전기가 없는 복도로 나갔다. "미안해요." 그녀는 말했다. "그냥 당신을 봐서 놀랐어요. 온다고 말을 해줬어야죠. 그리고 저기…… 당신을 보니 기뻐요. 내가 올라가서 몇 군데 서명을 해야 한다면 기꺼이 그렇게 할게요. 연설을 하거나 아기에게 입을 맞춰야 한대도 그렇게 할게요. 하지만 지난주에도 말했잖아요. 난 친구들을 꺼내줄 방법을 찾을 거라고. 그리고 내가 다시 걸어서 언덕 너머로 가는 건 당신이 반대했으니까……."

루카스는 그 경솔한 말을 듣고 눈을 크게 떴다. 그는 혹시 다른 사람이 있나 복도를 돌아보았다. "줄스, 당신이 몇 안 되는 사람들을 걱정하는 사이에 나머지 사일로는 불안해지고 있어요. 상층부 전체에 반대 의견이 돌아요. 당신이 일으켰던 지난번 폭동의 메아리가 울리는데, 다만 이번에는 우리를 겨냥하고 있죠."

줄리엣은 피부가 달아오르는 느낌이었다. 루카스의 팔을 잡은 손이 떨어졌다.

"난 그 싸움에서 어떤 역할도 원하지 않았어요. 심지어 여기 있지도 않았어요."

"하지만 이번에는 여기 있죠." 루카스의 눈빛은 분노가 아니라 슬픔을 담고 있었고, 줄리엣은 그동안 그가 상층부에서 보낸 시간이 그녀가 여기 아래의 기계부에서 보낸 시간만큼 길었다는 사실을 깨달았다. 지난 일주일간 그들은 그녀가 17번 사일로에 있었을 때만큼도 대화하지 않았다. 그들은 서로에게 가까워지면서 더 멀어질 위험에 처했다.

"내가 어떻게 했으면 좋겠어요?" 줄리엣은 물었다.

"우선, 땅을 파지 말아요. 제발. 빌링스가 이 근처 사람들이 보낸 불평을 열 건 넘게 처리했어요. 무슨 일이 일어날지 제멋대로들 추측하는데, 그중에 몇 명은 바깥이 우리에게 올 거라고 말해요. 중층부의 사제 한 명은 위험을 경고하기 위해 일주일에 두 번씩 주일예배를 열고, 먼지가 사일로를 다 채워서 수천 명이 죽는다는 예언을 하고 있고…….”

“사제들이란…….” 줄리엣은 침을 뱉었다.

“그래요, 사제들이란. 그리고 꼭대기부터 심층까지 양쪽에서 사람들이 그 사제의 주일예배에 참석하러 가고 있어요. 그자가 일주일에 세 번 주일예배를 열어야겠다고 생각하면, 폭도가 생길 거예요.”

줄리엣은 손가락으로 머리를 빗었다. 돌 조각과 부스러기들이 떨어졌다. 그녀는 고운 먼지구름을 죄책감 어린 눈으로 보았다. “사일로 바깥에 있던 나에게는 무슨 일이 일어났다고 생각하는 거죠? 내 청소는요? 사람들이 뭐라고 해요?”

“어떤 사람들은 거의 믿질 못해요.” 루카스는 말했다. “전설이 되어가고 있죠. 아, IT부에서는 무슨 일이 있었는지 알지만, 거기서도 몇 명은 당신이 청소를 하러 나갔던 게 맞냐고 생각해요. 아예 그게 선거용 쇼였다는 소문도 들었어요.”

줄리엣은 이를 악물고 욕을 했다. “다른 사일로들 소식은요?”

“난 몇 년 동안이나 다른 사람들에게 별들은 우리 태양과 비슷하다고 말했어요. 어떤 개념은 이해하기엔 너무 큰 법이에요. 그리고 당신 친구들을 구한다 해도 그 사실이 달라지진 않을 거예요. 당신이 무전기 너머 친구를 데리고 장터로 행진해 가서 이 사람이 다른 사일로에서 왔다고 말한다 해도, 사람들은 지금 정도밖에 안 믿을 거예요.”

“워커 아저씨는요?” 줄리엣은 고개를 저었지만, 루카스 말이 옳다는 것은 알았다. "난 나에게 일어난 일을 증명하려고 친구들을 구하려는 게 아니에요, 루카스. 중요한 건 내가 아니에요. 그 사람들은 거기서 죽은 사람들과 같이 살고 있다고요. 유령들과 같이요."

"우리는 아닌가요? 우리는 죽은 사람 위에서 밥을 먹지 않아요? 제발 부탁이에요, 줄스. 몇 사람을 구하려는 당신 때문에 수백 명이 죽을 거예요. 그 사람들은 그곳에 있는 게 나을 수도 있어요."

줄리엣은 숨을 깊이 들이마시고는 그대로 멈춘 채, 화내지 않으려고 애썼다. "그렇지 않아요, 루카스. 내가 구하려는 남자는 그동안 내내 혼자 살아서 반쯤 미쳤어요. 거기 있는 아이들은 자기들끼리 아이를 만들었어요. 의사가 필요하고, 우리의 도움도 필요해요. 게다가…… 난 약속했어요."

루카스는 줄리엣의 애원에 슬픈 눈으로 답했다. 소용없었다. 어떻게 한 번도 만나보지 못한 사람들을 신경 쓰게 만들까? 줄리엣은 그에게 불가능한 것을 기대했고, 사실 그녀도 다르지 않았다. 그녀가 주일예배에서 두 번씩 독을 먹고 있는 사람들에게 정말로 신경을 쓰던가? 아니면 그녀를 지도자로 선출했지만 한 번도 만난 적은 없는 사람들에게는?

"난 이 일을 맡고 싶지 않았어요." 그녀는 루카스에게 말했다. 탓하는 기색 없이 말하기가 힘들었다. 줄리엣이 시장이 되기를 바란 건 다른 사람들이지, 그녀가 아니었다. 어차피 지금은 전처럼 그런 사람이 많지도 않은 모양이지만 말이다.

"나도 내가 어떤 일의 그림자로 들어간 건지 몰랐어요." 루카스가 맞받아쳤다. 그는 뭔가 더 말하려다가, 광부 한 무리가 부츠로 먼지구름을 일으키면서 발전실을 나서자 입을 다물었다.

"무슨 말을 하려고 했어요?" 줄리엣이 물었다.

"정 뚫어야 한다면 비밀스럽게 해달라고 부탁하려 했어요. 아니면 굴착은 이 사람들에게 맡기고……."

그는 나머지 생각을 다 말하지 않았다.

"집에 오라고 하려던 거라면, 여기가 내 집이에요. 그리고 우리가 지난번 책임자들보다 정말 나을 게 없는 건가요? 사람들에게 거짓말이나 하고, 음모를 꾸미게?"

"우리가 더 나쁠까 봐 두려운데요. 그 사람들은 우리를 살려두긴 했잖아요."

줄리엣은 그 말에 웃음을 터뜨렸다. "우리를요? 그 사람들은 당신과 나를 죽이는 데 투표했어요."

루카스는 한숨을 내쉬었다. "우리 둘이 아니라, 다른 모두를 말한 거예요. 전임자들은 다른 모두를 살려두려고 애썼어요." 하지만 루카스도 어쩔 수 없었는지, 줄리엣이 계속 웃어대자 피식 웃고 말았다. 그녀가 뺨에 흐른 눈물을 문지르자 얼룩이 남았다.

"여기 아래에서 며칠만 더 있게 해줘요." 그녀는 말했다. 그건 질문이 아니라 양보였다. "우리에게 굴착 도구가 있긴 한 건지 알아보게 해줘요. 그다음엔 아기들에게 입 맞추고 죽은 사람들을 묻을게요. 물론 그 순서는 아니겠지만요."

루카스는 이 소름 끼치는 말에 얼굴을 찌푸렸다. "그리고 엉뚱한 소리는 나오지 않게 할 건가요?"

그녀는 고개를 끄덕였다. "또 땅을 판다면, 조용히 팔게요." 속으로는 오늘 찾아낸 기계라면 요란한 소리를 내면서 굴착할 수밖에 없지 않을까 생각했다. "어차피 전력 절약 휴가를 계속할까 생각하고 있었어요. 한동안은 주 발전기를 100퍼센트로 돌리고 싶지 않아요. 만약에 대비해서요."

루카스는 고개를 끄덕였고, 줄리엣은 거짓말이 얼마나 쉽고 또 필요하게 느껴지는지 깨달았다. 그녀는 그 자리에서 또 다른 생각을 털어놓을까 고민했다. 몇 주 동안 고심한 계획, 의사 진료실에서 화상을 치료하던 때부터 품은 생각이었다. 최상층부에서 해야 할 일이 있긴 했지만, 그녀도 루카스를 더 화나게 할 때가 아니라는 정도는 알았다. 그래서 그녀는 계획에서 루카스가 반길 만한 부분만 말했다.

"여기 일이 진행되면, 올라가서 한동안 머물 계획이에요." 그녀는 그의 손을 잡고 말했다. "한동안 집에 가 있으려고요."

루카스는 미소 지었다.

"하지만 들어봐요." 그녀는 경고해야겠다는 충동을 느끼고 말했다. "난 저 바깥세상을 봤어요, 루크. 난 밤이면 워커 아저씨의 무전기에 귀를 기울여요. 저 바깥에 우리 같은 사람이 많아요. 두려움 속에서, 따로 떨어져 살면서 아무것도 모르는 사람들이요. 난 내 친구들만 구하려는 게 아니에요. 이 점은 당신도 알았으면 좋겠어요. 난 이 벽 너머, 저 바깥의 진상을 알아내려고 해요."

루카스의 목 울대가 올라갔다가 내려갔다. 미소는 사라졌다.

"당신은 너무 먼 곳을 봐요." 그는 힘없이 말했다.

줄리엣은 미소 지으며 연인의 손을 꽉 잡았다. "별을 보는 사람이 그렇게 말하다뇨."

5

17번 사일로

"솔로! 솔로 아저씨!"

어린아이의 희미한 목소리가 가장 깊은 재배장까지 흘러들었다. 더는 불빛이 쬐지 않고 아무것도 자라지 않는 서늘한 흙밭까지 이르렀다. 지미 파커는 생명 없는 흙 위에, 옛 친구의 추억 가까이에 혼자 앉아 있었다.

지미의 손이 하릴없이 흙덩이를 집어서 가루로 만들었다. 아주 열심히 상상하면 그의 작업복을 뚫는 발톱의 감촉까지 느낄 수 있었다. '그림자'의 작은 배가 물 펌프처럼 그르렁거리는 소리도 들을 수 있었다. 그의 이름을 부르는 어린 목소리가 가까워지자 상상하기는 점점 힘들어졌다. 손전등 불빛이 어린아이들이 '야생지 Wilds'라고 부르는 엉킨 식물들 사이를 뚫고 들어왔다.

"거기 있었네!"

어린 엘리스는 작은 몸집에 어울리지 않게 시끄러운 소리를 냈다. 너무 커서 헐렁한 부츠를 신은 채 쿵쾅거리면서 달려왔다. 지미는 엘리스가 다가오는 모습을 보면서 '그림자'가 말을 할 수 있으면 좋겠다고 생각했던 오래전을 떠올렸다. '그림자'가 까만 털에 그르렁대는 목소리를 가진 소년이라고 꿈꾼 적은 얼마나 많았던가. 그러나 지미는 이제 그런 꿈을 꾸지 않았다. 요새 그는 오히려 옛 친구와 보내던 말 없는 나날이 고마웠다.

엘리스가 울타리 난간 사이를 비집고 들어와서 지미의 팔을 끌어안았다. 엘리스가 위로 향한 손전등을 그의 가슴에 대고 누르는 바람에 눈이 멀 지경이었다.

"갈 시간이야." 엘리스가 그를 잡아당기며 말했다. "시간 됐어, 솔로 아저씨."

그는 너무 센 불빛에 눈을 껌벅이면서 엘리스 말이 옳다는 사실을 알았다. 제일 어린 엘리스는 논쟁을 시작하기보다는 해결할 때가 많았다. 지미는 흙덩어리를 또 하나 부스러뜨려서 흙을 뿌리고는, 손바닥을 허벅지에 닦았다. 떠나고 싶지 않지만, 여기 머물 수는 없었다. 그는 일시적이라고 스스로를 타일렀다. 줄리엣이 그렇게 말했다. 다시 여기로 돌아와서 건너온 다른 사람들과 같이 살 수 있다고 말했다. 한동안은 복권 추첨을 할 필요도 없을 것이다. 사람이 많아질 것이고, 그들이 그의 오래된 사일로를 다시 온전하게 만들어줄 것이다.

지미는 그 많은 사람을 상상하고 몸을 떨었다. 엘리스가 그의 팔을 잡아끌었다. "가자. 가자."

그리고 지미는 정말로 두려운 것이 무엇인지 깨달았다. 어느 날 떠난다는 생각이 두려운 게 아니었다. 그때까지는 아직 시간이 있었다. 펌프로 물을 거의 다 퍼내어 이제는 무섭지 않아진 심층에 집을 꾸린다는 게 두려운 것도 아니었다. 어떤 곳으로 돌아갈지가 무서웠다. 그의 집은 비어갈수록 안전해지기만 했고, 다시 사람이 생기자 그는 바로 공격을 받았다. 그의 마음속 일부는 그저 혼자 남겨져서 솔로로 살기를 원했다.

일어선 그는 엘리스가 이끄는 대로 층계참으로 돌아갔다. 엘리스는 그의 굳은살 박인 손을 잡아당기며 씩씩하게 끌어당겼다. 밖으로 나간 엘리스는 계단 옆에 둔 물건들을 챙겼다. 릭슨과 다른 아이들의 목소리가 아래에서 들려왔다. 조용한 콘크리트 통로에 목소리들이 메아리쳤다. 그 층은 비상등이 하나 꺼져서, 흐릿한 녹색 불빛 사이에 캄캄한 부분이 있었다. 엘리스는 메모리 북이 담긴 어깨 가방을 바로잡고, 등에 멘 배낭 위를 조였다. 식량과 물, 갈아입을 옷, 배터리, 색 바랜 인형 하나, 빗⋯⋯. 엘리스가 가진 모든 물건이 그 안에 들었다. 지미는 엘리스가 팔을 빼낼 수 있게 어깨끈을 들고 있다가, 자기 짐을 집어 들었다. 다른 사람들의 목소리가 희미해졌다. 아래로 향하는 아이들의 발소리가 울리며 계단이 살짝 흔들렸다. 밖으로 나가기 위해 안으로 들어가다니, 이상한 방향 같았다.

"주얼이 우리에게 오려면 얼마나 걸려?" 엘리스가 지미의 손을 잡았고, 그들은 나란히 나선 계단을 내려갔다.

"오래 걸리진 않을 거야." 그건 지미식의 '모르겠다'는 대답이었다. "줄리엣은 애쓰고 있어. 오는 길이 멀어. 너도 물이 아래로 떨어져서 사라지는 데 얼마나 오래 걸리는지 알지?"

엘리스는 고개를 마구 끄덕였다. "계단 수를 세봤어."

"그래, 그랬지. 자, 이제 그쪽에서 우리에게 오려면 단단한 바위를 뚫고 터널을 파야 해. 쉽지 않을 거야."

"해나는 줄스가 온 후에 사람들이 수십 명은 올 거래."

지미는 침을 삼키고, 쉰 목소리로 말했다. "수백 명. 수천 명까지도 될 거야."

엘리스는 그의 손을 꽉 쥐었다. 두 사람이 조용히 수를 세는 가운데 또 수십 계단이 지나갔다. 둘 다 그렇게 큰 숫자는 세기가 힘들었다.

"릭슨은 그 사람들이 우릴 구하러 오는 게 아니라, 우리 사일로를 원하는 거래."

"그래, 뭐, 릭슨은 사람들의 나쁜 면을 보지." 지미는 말했다. "네가 사람들의 좋은 면을 보는 것과 비슷해."

엘리스는 지미를 올려다보았다. 둘 다 계단 수를 잊었다. 그는 엘리스가 수천 명의 사람들이 어떤 건지 상상이나 할 수 있을까 궁금했다. 지미도 거의 기억이 나지 않았다.

"릭슨도 나처럼 사람들의 좋은 면을 볼 수 있으면 좋겠어." 엘리스가 말했다.

지미는 다음 층계참에 도착하기 전에 걸음을 멈췄다. 엘리스는 그의 손과 흔들리는 어깨 가방을 꼭 쥐고 같이 멈춰 섰다. 지미는 엘리스 가까이에 무릎을 꿇었다. 엘리스가 입술을 뾰로통하게 내밀자, 이가 빠진 곳을 볼 수 있었다.

"누구에게나 조금씩은 좋은 면이 있어." 지미는 엘리스의 어깨를 힘주어 잡고, 목에 울컥 걸리는 느낌을 받으며 말했다. "하지만 나쁜 면도 있지. 릭슨이 틀렸을 때보다는 옳을 때가 더 많을 거야."

그렇게 말하기는 싫었다. 지미는 엘리스의 머릿속에 그런 생각을 채우기가 싫었다. 하지만 그래도 엘리스를 딸처럼 사랑했다. 그리고 사일로가 다시 가득 찬다면 엘리스에게 필요할 커다란 강철 문을 주고 싶었다. 엘리스가 금속 통에 든 책을 잘라내고 좋아하는 페이지를 갖게 해준 것도 그래서였다. 엘리스가 어떤 내용이 중요한지 고르도록 도와준 이유도 그래서였다. 지미가 고른 페이지들은 그 아이가 생존하는 데 도움이 될 내용이었다.

"너도 이제 릭슨의 눈으로 세상을 보려고 해야 해."

지미는 스스로를 혐오하면서도 그렇게 말했다. 그리고 일어서서, 이번에는 계단 수를 세지 않고 엘리스를 데리고 내려갔다. 그는 엘리스에게 우는 모습을 보이기 전에, 그 아이가 질문은 쉽지만 답은 전혀 쉽지 않은 질문을 또 던지기 전에 얼른 눈을 문질렀다.

6

눈부신 조명과 편안함이 있는 옛집을 떠나기는 힘들었지만, 지미
는 이미 더 아래쪽 농장으로 이사하는 데 동의했다. 아이들은 그
곳에서 편안했고, 재빨리 재배지 사이에서 하던 일을 다시 시작
했다. 그리고 그곳이 아래로 빠지고 있는 침수 지역에도 더 가까
웠다.

지미는 새로운 녹 자국이 생긴 미끄러운 계단을 내려가면서 웅
덩이와 철판을 퐁당퐁당 때리는 물소리에 귀를 기울였다. 녹색 비
상등도 상당수가 홍수에 잠겼었다. 아직 작동하는 것들도 안에
갇힌 물이 탁하게 부글거렸다. 지미는 지금은 허공이 된 공간에
서 헤엄치던 물고기를 생각했다. 벌써 오래전에 다 잡았다고 생각
했건만, 물이 빠지면서 헤엄치고 있는 물고기를 몇 마리나 발견
했다. 얕아지는 웅덩이에 갇힌 물고기를 잡기란 너무나 쉬웠다.

지미는 엘리스에게 낚시를 가르쳤는데, 아이는 낚싯바늘에서 물고기를 빼내는 일을 잘하지 못했다. 언제나 미끄러운 물고기를 놓쳐 다시 물속에 떨어뜨렸다. 지미는 농담 삼아서 일부러 그런다고 엘리스를 비난했고, 아이는 사실 물고기를 먹는 것보다 잡는 게 더 좋다고 인정했다. 그는 엘리스가 마지막 몇 마리를 잡고 또 잡게 해주다가, 결국에는 이 불쌍한 물고기들이 계속 살아가게 하는 것이 너무 미안해졌다. 릭슨과 해나와 쌍둥이는 기꺼이 이 절망적인 생존자들의 비참한 삶을 끝내어 배 속에 집어넣었다.

지미는 머리 위 난간 너머를 올려다보면서 허공에 드리워진 찌를 상상했다. 이제는 지미가 물속에 갇힌 물고기가 된 것처럼, 그를 내려다보면서 앞발을 휘두르는 '그림자'의 모습을 떠올렸다. 공기 방울을 불어보려고 했지만 아무것도 나오지 않고, 수염만 코끝을 간질였다.

더 내려가자 계단이 끝나는 곳에 웅덩이가 고여 있었다. 이곳의 바닥은 배수가 되게끔 기울어 있지 않고 평평했다. 원래는 물이 그렇게 높이 차오를 게 아니었다. 지미가 손전등을 켜자, 불빛이 기계부 깊숙한 곳에 자리한 음울한 어둠을 갈랐다. 열린 통로를 구불구불 따라가던 전선 한 줄이 보안문에 걸쳐져 있었다. 그 옆으로 뒤엉킨 호스 하나가 따라가다가 되돌아왔다. 이 전선과 호스는 펌프까지 이어졌다. 줄리엣이 남기고 간 것들이었다.

지미는 전선을 따라갔다. 처음 계단 바닥까지 내려왔을 때는 줄리엣이 썼던 헬멧의 플라스틱 돔 부분을 찾아냈었다. 그것은 수많은 쓰레기와 잔해와 진흙, 물이 빠지면서 남겨진 온갖 더러운 것들 사이에 있었다. 최선을 다해서 치우다 보니 그의 작은 금속 와셔들, 예전에 날렸던 종이 낙하산들에 닻 삼아 달았던 그 와셔들이 쓰레기 사이에 은화처럼 박혀 있었다. 침수로 인한 쓰레기는 상당수가 그대로 남았다. 거기에서 건져낸 거라곤 헬멧의 플라스틱 돔뿐이었다.

전선과 호스는 사각 계단 한 층을 내려갔다. 지미는 발이 걸리지 않게 조심하면서 뒤따라갔다. 머리 위 파이프와 전선들에서 가끔 떨어진 물이 어깨와 머리를 때렸다. 손전등 불빛을 받은 물방울이 반짝였다. 다른 곳은 다 어두웠다. 그는 물이 가득했을 때 그곳에 있으면 어떨까 상상하려 해봤지만, 그럴 수가 없었다. 물이 말랐어도 무서운 곳이었다.

물이 정수리를 정통으로 때렸고, 간지럽다 싶더니 물줄기가 턱수염으로 흘러내렸다. "거의 말랐다는 말이었어." 지미는 천장에 대고 말했다. 그는 계단 밑바닥에 도착했다. 이제 길을 안내하는 것은 전선뿐이었고, 알아보기도 힘들었다. 그는 얕게 깔린 물을 철벅거리며 복도를 걸어갔다. 줄리엣은 펌프가 일을 다 했을 때 그곳에 있는 게 중요하다고 했다. 누군가가 가까이 있다가 펌프를 켜고 꺼야 했다. 물이 계속 스며들 테니 펌프가 일을 해야 했지만, 그렇다고 펌프가 메마른 채로 일을 해도 곤란했다. 줄리엣은 그러면 '날개바퀴'인가 하는 물건이 타버릴 거라고 했다.

지미는 펌프를 찾아냈다. 슬프게도 덜커덕거리고 있었다. 우물 가장자리로 커다란 파이프가 구부러져 들어갔고(줄리엣은 그 우물에 빠지지 않게 조심하라고 했다) 우물 깊은 곳에서 뭔가를 빨아들이는 소리와 꼴꼴 소리가 났다. 지미가 손전등으로 비춰보니 안이 거의 텅 비어 있었다. 30센티미터 정도밖에 안 되는 물이 거대한 파이프의 무익한 인력에 끌려 소용돌이쳤다.

그는 앞주머니에서 절단기를 꺼내고 얕은 물에서 전선을 건져 냈다. 펌프가 화난 듯 으르렁거렸고, 금속과 금속이 부딪치는 소리가 나고, 뜨거운 전기장치에서 나는 냄새가 허공에 풍기며 전력을 제공하는 원통형의 덮개에서 김이 피어올랐다. 지미는 붙어 있는 전선 두 개를 뜯어낸 후, 절단기로 한쪽을 잘랐다. 펌프는 잠시 더 돌다가 천천히 멈췄다. 줄리엣이 어떻게 해야 할지 알려주고 갔다. 그는 자른 전선을 벗겨내어 끝을 꼬았다. 수반에 다시 물이 차면, 줄리엣이 몇 주 전에 했던 것처럼 지미가 손으로 시작 스위치를 합선시켜야 할 것이다. 지미와 아이들이 돌아가면서 맡을 수 있었다. 그들은 홍수로 망가진 층 위에 살면서 '야생지'를 돌보고, 사일로에 물이 차지 않게 할 것이다. 줄리엣이 올 때까지.

7

18번 사일로

발전기를 두고 셜리와 벌인 논쟁은 좋지 않게 흘러갔다. 줄리엣은 뜻을 관철했지만, 승리한 기분은 아니었다. 그녀는 옛 친구가 쿵쿵거리며 가버리는 모습을 보고 입장을 바꿔보면 어떨까 상상해보려 했다. 셜리의 남편인 마크가 죽은 지 몇 달밖에 되지 않았다. 줄리엣은 조지를 잃고 꼬박 1년을 엉망으로 지냈었는데, 그런데 이제 웬 시장이 기계부 책임자에게 예비 발전기를 가져가겠다고 말하는 거다. 훔치겠다고. 변덕스럽게 고장을 일으키는 기계에 사일로의 운명을 맡겨야 한다는 뜻이다. 기어 하나에서 톱니 하나만 떨어져도 그걸 고칠 때까지는 모든 층이 어둠에 잠기고, 모든 펌프가 조용해질 것이다.

줄리엣은 셜리의 반대 의견을 듣지 않고도 알 수 있었다. 문젯거리들을 직접 열거하는 것도 가능했다. 이제 그녀는 어두운 복도에 혼자 선 채로 멀어지는 친구의 발소리를 들으며, 대체 내가 뭘 하고 있는 걸까 생각했다. 줄리엣 주변의 사람들마저 믿음을 잃어 갔다. 그런데도 이러는 이유가 뭐지? 약속 하나 때문에? 아니면 그냥 그녀가 고집을 부리고 있는 걸까?

작업복 아래 흉터 하나가 가려워졌고, 그녀는 팔을 긁으면서 거의 20년 동안 완고하게 피하던 아버지와의 대화를 떠올렸다. 두 사람 다 서로가 얼마나 어리석었는지 인정하지는 않았지만, 진실은 누구나 볼 수 있도록 방 안에 매달려 있었다. 그들의 실패, 그들이 살면서 많은 것을 성취하려 하는 추진력의 원천이자 동시에 그들이 너무나 자주 남들에게 피해를 준 이유가 바로 여기 있었다. 이 해로운 자존심.

줄리엣은 몸을 돌려 다시 발전실로 들어갔다. 안쪽 벽에서 울려 퍼지는 요란한 소음을 듣자 좀 더…… 불균형했던 날들이 생각났다. 굴착 소리는 과거에 늘 듣던 비뚤어진 발전기 소리와 다르지 않았다. 젊고 뜨겁고 위험한 소리였다.

예비 발전기는 이미 정비 중이었다. 도슨과 그의 팀이 배기관 연결 장치를 분리해놓았다. 래프는 거대한 렌치를 들고 앞쪽 받침대를 고정시킨 큰 너트에 매달려, 발전기를 아주 오래된 정박지에서 분리하고 있었다. 줄리엣은 자신이 정말로 이런 짓을 저지르고 있음을 깨달았다. 셜리에겐 열받을 권리가 넘치도록 있었다.

줄리엣이 방을 가로질러 벽에 뚫린 구멍 하나에 발을 넣고, 철근 아래로 머리를 숙였더니 보비가 거대한 굴착기 뒤에 서서 수염을 긁고 있었다. 보비는 바윗덩이 같은 남자였다. 머리는 길게 길러서 광부들이 좋아하는 식으로 단단히 땋았고, 새까만 피부는 어둠 속에서 땅을 파는 고역을 감춰줬다. 그는 모든 면에서 친구인 래프와 대조를 이뤘다. 그의 딸이자 그림자이기도 한 하일라가 조용히 그 옆에 서 있었다.

"어떻게 지내?" 줄리엣은 물었다.

"어떻게 지내냐고? 아니면 이 기계가 어떻냐고?" 보비는 몸을 돌려 잠시 줄리엣을 보았다. "이 녹슨 물건이 어떻게 돌아가는지 말해주지. 이건 네가 원하는 대로 방향을 돌리지 않아. 장대처럼 똑바로만 가. 유도에 따르지도 않을 거야."

줄리엣은 하일라에게 인사하고 나서 진행 상황을 가늠했다. 굴착기는 깨끗하게 닦여서 멋진 모습이었다. 그녀는 보비의 팔에 손을 얹고 장담했다. "움직일 거야. 우리가 여기 오른쪽 벽을 따라 철 쐐기들을 둘 거야." 그녀는 그 위치를 가리켰다. 머리 위로 광산에서 가져온 투광등이 검은 바위를 밝혔다. "뒤쪽 끝이 이 쐐기들을 누르면, 그 힘으로 앞쪽이 옆으로 돌아갈 거야." 줄리엣은 한 손으로 굴착기를 대신하고, 반대쪽 손으로 손목을 눌러서 손이 젖혀지는 모습으로 어떻게 움직일지를 시연했다.

보비는 마지못해 끙 소리를 내며 동의했다. "느리겠지만, 될지도 모르겠군." 그는 질 좋은 종이에 모든 사일로가 그려진 도면을 펼친 후, 줄리엣이 그려놓은 길을 연구했다. 루카스의 숨겨진 방에서 훔쳐 온 도면이었는데, 줄리엣이 제안한 굴착로는 18번 사일로에서 17번 사일로까지, 각 사일로의 발전실에서 발전실까지 호선을 그렸다. "아래쪽으로도 방향을 틀어야 할 거야." 보비가 말했다. "위로 올라가려는 것처럼 기울어 있어."

"그건 괜찮아. 보강용 부재는 어떻대?"

하일라는 두 어른을 보며 한 손에는 석판을 든 채 다른 손에 든 목탄 조각을 돌렸다. 보비는 천장을 올려다보고 얼굴을 찌푸렸다.

"에릭은 가진 걸 빌려주고 싶어 하지 않아. 큰 보 여분이 1천 미터도 남지 않았다는데, 내가 너는 그 다섯 배 아니면 열 배를 원한다고 말했거든."

"그렇다면 광산에서 좀 빼 와야겠군." 줄리엣은 석판을 쥔 하일라에게 고갯짓으로 받아 적으라는 신호를 보냈다.

"이 밑에서 전쟁을 시작하겠다는 거야?" 보비는 확실한 불안을 드러내며 수염을 잡아당겼다.

하일라가 석판에 쓰기를 멈추고 어떻게 해야 할지 모르겠다는 듯 윗사람 두 명을 번갈아 쳐다보았다.

"에릭에겐 내가 말할게." 줄리엣은 보비에게 말했다.

"다른 사일로에서 찾아낼 철제 큰 보를 무더기로 주겠다고 약속하면 에릭도 무너질 거야."

보비가 한쪽 눈썹을 들어 올렸다. "용어 선택이 좀 나쁜데."

보비가 불안한 웃음을 터뜨리는 사이 줄리엣은 그의 딸에게 적으라고 신호했다.

줄리엣은 말했다. "우리에겐 수평 부재 서른여섯 개, 수직 부재 일흔두 개가 필요할 거야."

하일라는 켕기는 얼굴로 보비를 한 번 보고는 그대로 받아 적었다.

"이 물건이 움직인다면 흙을 잔뜩 퍼낼 텐데." 보비가 말했다. "여기서부터 광산에 있는 쇄광기까지 부스러기를 나르는 건 보통 일이 아닌 데다, 굴착만큼이나 많은 손이 필요할 거야."

굴착 부스러기를 가루가 되게 갈아서 배기관에 집어넣는 쇄광 실을 생각하자 고통스러운 기억이 떠올랐다. 줄리엣은 손전등으로 보비의 발치를 비추며, 과거를 생각하지 않으려 했다.

"우린 부스러기를 배출하지 않을 거야." 그녀는 말했다. "6번 수직 갱도가 거의 바로 아래에 있어. 똑바로 파 내려가면 만나게 될 거야."

"6번 수직 갱도를 메울 생각이야?" 보비가 못 믿겠다는 듯이 물었다.

"6번은 어차피 거의 수명이 다 됐어. 다른 사일로에 도착만 하면 광물도 두 배가 될 거야."

"에릭이 뚜껑 열리겠는데. 혹시 누구 잊진 않았어?"

줄리엣은 오랜 친구를 찬찬히 보았다. "누굴 잊다니?"

"열받게 할 사람 빠뜨리진 않았냐고."

줄리엣은 그 가벼운 공격을 무시하고 하일라를 돌아보았다. "코트니에게, 예비 발전기를 안에 넣기 전에 완전히 정비하라고 전해. 일단 이 안에다가 집어넣고 나면 압력을 빼보고 밀폐 정도를 확인할 공간이 없을 거야. 천장이 너무 낮아."

보비는 굴착기를 계속 살펴보는 줄리엣을 따라갔다.

"네가 여기 있으면서 일을 처리할 거지?" 그는 물었다. "이 괴물에게 엔진 발전기를 결합할 때 너도 여기 있을 거지?"

줄리엣은 고개를 저었다. "안타깝지만 안 되겠어. 도슨이 지휘할 거야. 루카스 말이 맞아. 난 올라가서 순회를 해야 하고…….."

"헛소리." 보비가 말했다. "무슨 소리야, 줄스. 네가 이런 식으로 프로젝트를 중간에 팽개치는 모습은 본 적이 없어. 3교대를 내리 근무하더라도 네가 했잖아."

줄리엣은 돌아서서 하일라에게 모든 아이들과 그림자들이 잘 아는, 너는 안 들었으면 좋겠다는 표정을 지었다. 하일라가 뒤로 물러서자 오래된 두 친구는 대화를 계속했다.

"내가 여기 내려와 있다는 데 불만이 일고 있어." 줄리엣이 보비에게 말하는 목소리는 조용했고, 주위를 감싼 거대한 기계가 그 소리를 삼켰다. "루카스가 날 데리러 오길 잘한 거야." 그녀는 나이 든 광부에게 차가운 눈빛을 보냈다. "그리고 혹시라도 이 얘기를 루카스한테 하면 흠씬 두들겨 패줄 거야."

보비는 웃음을 터뜨리며 손바닥을 보였다. "그런 말 할 필요 없어. 나도 결혼한 몸이거든."

줄리엣은 고개를 끄덕였다. "내가 다른 곳에 있는 사이에 여기서 굴착을 하는 게 최선이야. 나 때문에 혼란이 일어난다면 아예 시선을 끌어주지 뭐." 그들은 곧 예비 발전기가 들어갈 빈 공간에 이르렀다. 섬세한 엔진을 계속 사용하고 정비하도록 꺼내놓다니, 정말 영리한 방법이었다. 엔진을 뺀 나머지 굴착기는 그저 강철 덩어리와 이빨, 윤활유로 단단히 밀봉해둔 기어들에 지나지 않았다.

"네 그 친구들 말이야." 보비가 말했다. "이런 온갖 일을 할 가치가 있는 거야?"

"있지." 줄리엣은 오랜 친구를 찬찬히 보았다. "하지만 이건 그 친구들만을 위한 일이 아니야. 우리를 위한 일이기도 해."

보비가 턱수염을 씹다가 잠시 후에 말했다. "난 이해가 안 가는데."

"우린 이 일이 가능하다는 걸 증명해야 해." 줄리엣은 말했다. "이건 시작에 불과하거든."

보비는 눈을 가늘게 뜨고 그녀를 보았다. "흠, 이게 한 가지 일의 시작이 아니라면, 다른 일에는 끝을 가져올 거란 말은 해야겠는데."

8

줄리엣은 워커의 작업실 바깥에서 멈칫하고는, 들어가기 전에 문을 두드렸다. 폭동 중에 워커가 나가서 돌아다녔다는 말을 듣기는 했지만, 이건 그녀의 머릿속에 있는 생각과 맞물려 돌아가지 않으려 드는 톱니였다. 줄리엣이 아는 한 워커가 밖에 나왔다는 말은 전설에 불과했고, 직접 보지 않았으니 믿을 수 없는 소리였다. 그러고 보면 그녀가 사일로 바깥에서 벌인 여행이 대부분 사람에게 받아들여지지 않는 것도 비슷했다. 소문일 뿐. 신화일 뿐. 다른 땅을 보았노라 주장하는 이 여자 기계공은 누구란 말인가? 이런 이야기들은 일축되기 마련이었다. 전설이 씨를 뿌리고 종교가 싹을 틔우기 전까지는.

"줄스!" 워커가 책상에서 고개를 드는데, 한쪽 눈이 확대경 때문에 토마토만큼 크게 보였다. 렌즈를 빼자 눈이 보통 크기로 줄어들었다. "잘됐구나, 잘됐어. 여기에서 보니 정말 반갑다." 그는 줄리엣에게 이리 오라고 손짓했다. 노인이 납땜 작업을 하느라 허리를 숙이면서 긴 회색 머리를 간수하지 않았는지, 방 안에서 털이 탔을 때의 냄새가 났다.

"솔로에게 뭘 좀 송신하려고 왔어요." 줄리엣은 말했다. "그리고 아저씨에게도 제가 며칠 떠나 있겠다는 걸 알리려고요."

"오?" 워커는 얼굴을 찌푸렸다. 그는 작은 공구 몇 개를 가죽 앞치마에 꽂고 납땜인두를 젖은 스펀지에 눌렀다. 인두에서 나는 쉭 소리를 듣자 줄리엣은 펌프실에 살면서 어둠 속에서 그녀를 향해 법석을 떨던 성질 나쁜 고양이가 생각났다. "그 루카스란 친구가 널 끌고 가는 거냐?" 워커가 물었다.

줄리엣은 워커가 열린 공간과는 친하지 않아도, 운반인들과는 친하다는 사실을 돌이켰다. 그리고 운반인들은 워커의 돈을 좋아했다.

"그것도 있긴 있죠." 줄리엣은 인정하고 걸상을 하나 빼내어 주저앉은 후, 긁히고 기름때에 전 두 손을 살폈다. "그것만은 아니고 이 굴착 작업에 시간이 꽤 걸릴 텐데, 제가 가만 앉아 있으면 어떻게 되는지 아시잖아요. 그동안 생각하던 다른 프로젝트가 또 있어요. 여기서 벌이는 일보다 더 인기가 없을 거예요."

워커는 잠시 줄리엣을 찬찬히 보더니 천장을 올려다보고, 문득 눈을 크게 떴다. 어떻게 알았는지는 몰라도 그녀의 계획을 정확히 짚은 게 분명했다. "넌 코트니의 칠리 그릇 같아." 그는 속삭였다. "이쪽 끝에나 저쪽 끝에나 말썽을 일으키지."

줄리엣은 웃음을 터뜨렸지만, 제 속이 그렇게 투명하게 읽힌다는 사실에 찌르는 듯한 실망감도 느꼈다. 그녀가 이렇게 예측 가능한 사람이었다니.

"아직 루카스에겐 말하지 않았어요." 그녀는 경고했다. "피터에게도요."

워커는 피터라는 이름을 듣고 얼굴을 구겼다.

"피터 빌링스. 신임 보안관이요."

"그렇지 참." 워커는 납땜인두의 플러그를 뽑고 다시 한번 스펀지에 식혔다. "그게 이젠 네 직업이 아닌 걸 깜빡했구나."

줄리엣은 그런 적이 거의 없었다고 말하고 싶었다.

"그냥 솔로에게 굴착은 거의 진행 직전이라고 말하고 싶어서요. 그쪽 침수는 통제가 되고 있는지 확인해야 해요."

그녀는 한 사일로의 위아래 층만이 아니라 훨씬 멀리까지 통신할 수 있는 워커의 무전기를 가리켰다. IT부의 서버실 아래쪽 방에 있는 무전기처럼, 워커가 만들어낸 이 물건도 다른 사일로까지 방송이 가능했다.

"물론이지. 하루나 이틀 후에 간다면 더 좋을 텐데. 휴대용 무전기를 거의 완성했거든." 워커는 줄리엣과 부보안관들이 허리에 차고 다니던 예전 무전기보다 약간 큰 플라스틱 상자를 보여줬다. 아직도 전선이 늘어져 있었고 커다란 외장 배터리가 붙어 있었다. "일단 이걸 완성하고 나면, 다이얼로 채널을 바꿀 수 있을 거야. 양쪽 사일로 위아래에 있는 중계기를 타고 움직일 거고."

줄리엣은 워커가 무슨 소리를 하는지 전혀 이해하지 못하면서 조심조심 그 물건을 집어 들었다. 워커는 서른두 개의 숫자가 들어간 다이얼을 가리켰다. 이건 그녀도 이해했다.

"거기서 잘 통하려면 옛날 충전지를 구해야 해. 다음은 전압 제한에 손을 댈 거고."

"아저씨는 정말 굉장해요." 줄리엣이 속삭였다.

워커가 활짝 웃었다. "굉장한 건 애초에 이 물건을 만든 사람들이지. 난 그 사람들이 수백 년 전에 할 수 있었던 일을 넘어서질 못해. 그때 사람들은 네가 믿는 것처럼 멍청하지 않았어."

줄리엣은 그에게 직접 본 책들에 대해 말하고 싶었다. 옛날 사람들이 마치 과거가 아니라 미래에서 온 사람들처럼 보였다는 사실에 대해서.

워커는 낡은 걸레에 두 손을 닦았다. "보비와 다른 녀석들에게 경고는 했다만 너도 알아야겠지. 깊이 파고 들어갈수록 무전기가 잘 작동하지 않을 거야. 반대편으로 나가기 전까지는."

줄리엣은 고개를 끄덕였다. "그렇게 들었어요. 코트니가 광산에서처럼 연락인을 쓸 거래요. 굴착은 코트니에게 맡겼거든요. 코트니는 생각하지 않는 게 없죠."

워커가 얼굴을 찌푸렸다. "코트니는 나쁜 공기에 맞닥뜨릴 때를 대비해서 폭파 장치도 갖추고 싶어 한다고 들었는데."

"그건 셜리의 생각이었어요. 셜리는 그냥 굴착을 하지 않을 이유를 대려는 거예요. 하지만 코트니 아시잖아요. 코트니가 일단 마음을 먹으면 해내고야 말죠."

워커는 수염을 긁었다. "나한테 식사 가져오는 걸 잊어버리지만 않는다면야 상관없지."

줄리엣은 웃음을 터뜨렸다. "그런 일은 없을 거예요."

"순회에 행운을 빈다."

"고마워요." 줄리엣은 워커의 작업대에 놓인 커다란 무전기를 가리켰다. "솔로한테 연결 좀 해주실래요?"

"그렇지, 그래. 17번 사일로. 네가 나와 잡담하러 온 게 아니라는 사실을 깜빡했구나. 네 친구한테 연락해보자." 워커는 고개를 저었다. "이 말은 해야겠는데, 대화해보니 참 이상한 친구더라."

줄리엣은 미소를 띠고 오랜 친구를 찬찬히 보았다. 그리고 농담을 하는 건지 보려다가 워커가 정말 진지하게 한 말이라는 사실을 알고는 웃음을 터뜨렸다.

"뭔데?" 워커가 물었다. 그는 무전기 전원을 켜고 수신기를 줄리엣에게 건네면서 다시 물었다. "내가 뭐라고 했길래?"

솔로의 최신 소식은 좋기도 하고 나쁘기도 했다. 기계부가 말랐다는 건 좋은 소식이었지만, 범람한 물을 펌프로 빼내는 데 줄리엣의 생각만큼 오래 걸리지 않았다. 거기까지 가서 뭘 건질 수 있는지 보려면 몇 주, 어쩌면 몇 달이 걸릴 수도 있었고, 녹은 바로 퍼질 터였다. 줄리엣은 멀리 떨어진 이런 문제들을 마음속에서 몰아내고 지금 손댈 수 있는 문제에 집중했다.

줄리엣이 위로 올라가는 데 필요한 물건은 작은 어깨 가방 하나에 전부 다 들어갔다. 거의 입지 않은 멀쩡한 은색 작업복, 싱크대에서 막 빨아서 아직 젖어 있는 양말과 속옷, 찌그러지고 기름때가 묻은 작업용 물통, 그리고 래칫과 드라이버 세트. 주머니에는 다용도 공구와 20치트를 넣었지만, 시장이 된 후로 그녀에게 돈을 받는 사람은 거의 없었다. 빠졌다 싶은 것은 멀쩡한 무전기 정도였는데, 워커가 작동하는 무전기 두 개를 분해해서 새로운 무전기를 만들고 있었고 아직 완성되지 않은 상태였다.

그녀는 보잘것없는 소지품과 친구들을 버리고 있다는 기분을 안고 기계부를 떠났다. 멀리서 굴착을 진행하는 소리가 복도를 지나 계단까지 그녀를 따라왔다. 보안문을 통과하는 것은 정신적인 문지방을 넘는 것과 비슷했다. 몇 주 전에 에어록을 떠나던 순간이 떠올랐다. 제어 밸브처럼, 어떤 것들은 오직 한 방향으로만 흐르는 것 같았다. 돌아올 때까지 얼마나 걸릴지가 두려웠다. 그 생각을 하니 숨 쉬기가 힘들어졌다.

천천히 올라가다 보니 계단에서 다른 사람들을 지나치기 시작했고, 그 사람들이 쳐다보는 시선을 느낄 수 있었다. 예전에 알던 사람들의 노려보는 눈빛은 언덕 비탈에서 그녀를 뒤흔들던 바람을 연상시켰다. 그들의 불신 어린 눈빛은 돌풍처럼 다가왔다가 똑같이 빠르게 물러났다.

오래지 않아서 줄리엣은 루카스가 한 말을 이해했다. 줄리엣의 귀환이 불러일으켰던 선의, 사람들이 청소를 거부하고 거대한 바깥에서 살아남은 사람이란 이유로 그녀에게 품었던 경이감은 저 아래에서 때려대는 콘크리트만큼이나 확실하게 부서지고 있었다. 그녀의 귀환이 희망을 가져왔다면, 사일로 사이에 터널을 뚫겠다는 그녀의 계획은 다른 감정을 불러일으켰다. 그녀는 눈을 피하는 상점 주인의 모습에서, 아이를 보호하려 감싸는 어머니의 팔에서, 갑자기 멈추는 소곤거림에서 그것을 이해할 수 있었다. 줄리엣은 희망의 정반대를 일으키고 있었다. 공포를 퍼뜨리고 있었다.

계단에서 줄리엣을 지나칠 때 고개를 끄덕여 아는 척을 하고 시장님이라고 부르는 사람은 한 줌밖에 없었다. 줄리엣이 아는 젊은 운반인 한 명은 멈춰 서서 악수도 청했는데, 그녀를 만나서 진심으로 흥분한 것 같았다. 하지만 먹을 것을 얻으러 126층의 하부 농장에 들렀을 때나 그보다 세 층 위에서 화장실을 찾았을 때는 상층부에서 정비공을 대할 때와 같은 느낌이었다. 심지어 아직 동족들 사이에 있는데도 그랬다. 아무리 사랑받지 못한다 해도 그녀는 그들의 시장이었는데도.

이런 반응을 몇 번 보고 나니 심층부의 부보안관인 행크를 만나도 괜찮을지 다시 생각하게 됐다. 행크는 폭동이 일어나는 동안 직접 싸웠고, 양쪽의 훌륭한 사람들이 목숨을 버리는 모습을 보았다. 줄리엣은 120층의 부보안관실에 들어서면서 이렇게 들르는 게 실수는 아닐까, 그냥 계속 올라가는 게 맞는 걸까 생각했다. 하지만 그건 아버지를 만나기 두려워하던 어린 시절의 줄리엣, 세상을 피하고자 프로젝트에 머리를 처박고 살던 어린 줄리엣이 하는 생각이었다. 그녀는 이제 그 사람이 아니었다. 그녀에게는 사일로와 사일로 사람들에 대한 책임이 있었다. 행크를 만나는 것이 올바른 일이었다. 줄리엣은 손등에 남은 흉터를 긁으며 용감하게 부보안관실로 걸어 들어갔고, 그녀가 이제 청소형을 받은 죄수가 아니라 시장이라는 사실을 스스로에게 일깨웠다.

그녀가 들어서자 행크가 책상에서 고개를 들었다. 부보안관은 그녀를 알아보고 눈을 크게 떴다. 그들은 줄리엣이 돌아온 이후 지금까지 서로 말도 하지 않고, 만나지도 않았다. 그는 의자에서 벌떡 일어나 줄리엣을 향해 두 걸음을 걸어오다가 멈춰 섰고, 줄리엣은 자신이 느끼는 것과 똑같은 불안과 흥분이 뒤섞인 얼굴을 보고서 여기 오는 것을 두려워하지 말아야 했음을, 지금까지 행크를 피하지 말아야 했음을 깨달았다. 행크는 마치 줄리엣이 악수를 거부할까 걱정하는 것처럼 수줍게 손을 내밀었다. 이미 거부당했을 때 손을 뺄 준비도 하고 있었다. 줄리엣이 어떤 아픔을 가져왔다 해도 행크는 여전히 명령에 따라 청소형을 받도록 그녀를 보냈던 일을 고통스러워하는 것 같았다.

줄리엣은 부보안관의 손을 잡고 끌어당겨 포옹했다.

"미안하다." 행크가 말했다. 목소리에서 마음이 드러났다.

"그만해요." 줄리엣은 말했다. 그녀는 법 집행관을 풀어주고 한 걸음 물러나서 행크의 어깨를 살펴보았다. "사과할 사람은 저죠. 팔은 어때요?"

행크는 어깨를 한 바퀴 돌렸다. "아직 붙어 있어. 그리고 나한테 사과 같은 걸 하면 체포해버릴 줄 알아."

"그럼 휴전이네요."

줄리엣의 말에 행크가 미소 지었다. "휴전이야. 하지만 정말 말하고 싶은데……."

"맡은 일을 하고 있었을 뿐이잖아요. 저도 최선을 다했을 뿐이고. 그걸로 됐어요."

행크는 고개를 끄덕이고 부츠를 내려다보았다.

"여기는 좀 어때요? 루카스 말로는 아래에서 제가 벌이는 일 때문에 불만이 있다던데요."

"말썽이 좀 있기는 했는데, 그렇게 심각한 건 없어. 대부분의 사람들은 수습하는 데만 바쁠걸. 하지만 맞아, 나도 들은 이야기가 좀 있어. 여기에서 중층부나 상층부로 자리를 바꿔달라는 요청을 얼마나 많이 받았는지 몰라. 평소의 열 배는 받았을 거다. 사람들이 아무래도 네가 벌이는 일에 가까이 있고 싶지 않은 모양이야."

줄리엣은 입술을 씹었다.

"또 하나 문제라면 방향이 애매하다는 거야." 행크가 말했다. "이런 짐까지 떠안기고 싶진 않지만, 여기 나와 부하들은 지금 어느 쪽이 위인지 명확히 알 수가 없어. 예전처럼 보안부에서 일을 배정해주질 않거든. 그런데 또 시장실은……."

"그동안 조용했죠." 줄리엣이 대신 말했다.

행크는 뒤통수를 긁었다. "맞아. 정작 너는 그렇게 조용하지 않았지만 말이야. 종종 층계참에서 네가 내는 소리를 들을 수 있어."

"그래서 이렇게 들른 거예요." 줄리엣이 말했다. "여러분이 하는 걱정이 내 걱정이기도 하다는 걸 알리고 싶어요. 1, 2주 정도 시장실에 올라가 있을 건데요. 가면서 다른 부보안관실에도 다 들를 거예요. 많은 면에서 상황이 개선될 거고요."

행크는 얼굴을 찌푸렸다. "너도 내가 널 완전히 믿는다는 걸 알겠지만, 네가 여기 사람들에게 상황이 개선될 거라고 말하면 그 사람들 귀에는 상황이 바뀔 거라는 소리로 들릴 뿐이야. 그리고 숨을 쉬는 것만으로도 축복이라고 생각하는 사람들에게 변화란 한 가지, 오직 한 가지만을 의미하지."

줄리엣은 자신이 심층만이 아니라 최상층에서도 계획하고 있는 모든 일을 생각했다. "행크같이 좋은 사람들이 절 믿는 한은 괜찮을 거예요." 그녀가 말했다. "그리고 부탁이 하나 있는데요."

"밤을 지새울 곳이 필요한 거군." 행크는 추측하며 유치장을 향해 손짓했다. "네가 쓰던 방은 보존해놨어. 침대는 펼 수 있고……."

줄리엣은 웃음을 터뜨렸다. 조금 전까지만 해도 불편했던 일을 두고 벌써 농담을 할 수 있다니 기뻤다. "그건 아니지만, 고마워요. 불이 꺼질 때쯤에는 중층부까지 올라갈 예정이에요. 새로 흙을 간 밭에 첫 작물을 심어야 하거든요." 줄리엣은 허공에 손을 흔들었다. "그런 거 뭐 있잖아요."

행크가 미소 지으며 고개를 끄덕였다.

"제가 부탁하고 싶었던 건, 저 대신 계단을 주시해달라는 거였어요. 루카스가 위쪽에서 불평불만이 있다고 했는데요. 제가 그 사람들을 달래러 올라가긴 하지만, 혹시 상황이 안 좋아지는지 경계하고 봐주면 좋겠어요. 아래쪽은 손이 부족한 데다가 사람들이 날이 서 있으니까요."

"말썽이 일어날 거라고 보나?" 행크가 물었다.

줄리엣은 그 질문에 대해 생각해보고 대답했다. "맞아요. 혹시 그림자가 한두 명 필요하다면 제가 예산을 댈게요."

행크는 얼굴을 찌푸렸다. "보통 돈이 내 쪽으로 날아오면 좋아하는 편인데, 왜 이번에는 마음이 불편할까?"

"제가 기꺼이 지불하려고 하는 이유와 같겠죠." 줄리엣이 말했다. "우리 둘 다 아저씨가 이 거래에서 손해 보는 쪽을 맡았다는 걸 아니까요."

9

부보안관 사무실을 나선 줄리엣은 싸움을 주로 겪은 층들을 통과해 올라갔고, 다시 한번 사일로에 남은 전쟁의 상흔에 주목했다. 그녀가 없을 때 벌어졌던 싸움을 상기시키는, 점점 깊어가던 갈등처럼 갈수록 뚜렷해지는 증거들을 뚫고 위로 올라갔다. 오래된 페인트 사이로 반짝이는 은색을 드러낸 비뚤배뚤한 줄무늬 상처들, 콘크리트에 까맣게 남은 탄 자국과 구멍들, 살을 뚫고 부러진 뼈처럼 튀어나온 철근…….

그녀는 이 사일로를 유지하고, 계속 돌아가게 하는 데 거의 평생을 헌신했다. 사일로는 그녀의 폐에 공기를 채워주고, 작물을 키워주고, 죽은 자들을 받아주는 행위로 그 호의에 보답했다. 그들은 서로에게 책임을 졌다. 사람들이 없었다면 이 사일로도 솔로의 사일로처럼 됐을 것이다. 녹슬어서 물에 잠기고 말았을 것이다. 사일로가 없었다면 그녀는 언덕 위의 해골이 되어 멍하니 구름 가득한 하늘만 보고 있었을 것이다. 그들은 서로를 필요로 했다.

그녀의 손이 난간 위를 미끄러졌다. 난간은 새로 용접한 흔적으로 울퉁불퉁했고, 그녀의 손은 흉터투성이였다. 줄리엣 인생의 많은 시간 동안 그녀와 사일로는 서로를 계속 살아가게 했다. 서로를 죽일 뻔하기 직전까지는 그랬다. 그리고 이제 줄리엣이 언젠가 수리하리라 꿈꿨던 기계부의 작은 상처들은(삐걱거리는 펌프, 물을 토해내는 파이프들, 배기관의 누수) 줄리엣이 떠나면서 일으킨 훨씬 거대한 파괴 앞에 모두 빛이 바랬다. 어린 날의 실수를 떠올리게 하는 드문드문 남은 흉터가 이제는 망가진 살 아래 다 묻힌 것과도 마찬가지였다. 커다란 실수 하나는 자잘한 실수를 다 묻어버릴 수 있었다.

그녀는 한 번에 한 단씩 밟으면서 폭탄이 계단에 갈라진 틈을 내놓은 위치에 이르렀다. 폐허를 얼기설기 금속으로 때워놓아, 이제는 전보다 좁아진 층계참에 철근과 난간이 얽혀 있었다. 여기저기에 목탄 조각으로 폭발에서 목숨을 잃은 이들의 이름을 적어놓았다. 줄리엣은 엉망이 된 금속 사이를 조심스럽게 밟았다. 더 올라가면서 보니 공급부의 문이 교체되어 있었다. 여기서 일어난 싸움은 특히 지독했다. 노란 작업복을 입은 이곳 사람들이 파란 옷을 입은 그녀의 사람들 편을 들었다가 치른 대가였다.

줄리엣이 99층에 있는 교회에 다가갈 때쯤에 주일예배가 사람들을 풀어놓았다. 흘러나온 사람들이 그녀가 막 지나친 조용한 시장에 가려고 나선 계단을 내려갔다. 다들 몇 시간이나 심각한 이야기를 나눈 터라 입을 꾹 다물고 있었고, 관절은 잘 다린 작업복만큼이나 뻣뻣했다. 줄리엣은 그 사람들을 지나치면서 날아오는 적대적인 시선들을 알아차렸다.

층계참에 도착했을 때쯤에는 군중도 거의 빠져나가고 없었다. 그 작은 교회는 오래된 수경 농장과 예전에 심층부를 위해 쓰이던 직원 숙소 사이에 끼어 있었다. 줄리엣이 태어나기 전 일이었지만, 언젠가 녹스가 어떻게 그 교회가 99층에 생겼는지 설명해 줬다. 녹스의 아버지도 소년이었을 때 일인데, 일요일에 하는 음악과 연극을 두고 시위가 일어났다. 시위자들이 불어나서 시장 바깥에 진을 치자 보안부는 뒤로 물러났다. 사람들이 계단 디딤판에서 자며 길을 막는 통에 아무도 지나갈 수 없을 지경에 이르렀다. 한 층 위의 농장은 이 사람들에게 식량을 공급하느라 황폐해졌다. 결국 그들은 수경 농장 층 대부분을 빼앗았다. 28층에 있던 교회가 지부를 설치했고, 이제는 99층에 있는 그 지부가 저절로 생겨났던 교회보다 더 컸다.

줄리엣이 마지막 굽이를 돌고 보니 웬델 신부가 층계참에 있었다. 그는 문 옆에 서서, 주일예배를 떠나는 회중들 하나하나와 악수를 하고 짧게 이야기를 나누고 있었다. 그의 하얀 로브는 빛을 내뿜는 것 같았다. 많은 사람들에게 연설하느라 번들거리는 대머리만큼이나 로브도 반짝였다. 그 머리와 로브가 있으니 웬델 자체가 반짝거리는 것 같았다. 특히 막 얼룩과 기름때의 세상에서 벗어난 줄리엣에게는 더 그랬다. 흠 없는 옷을 보기만 해도 스스로가 더럽게 느껴졌다.

"고맙습니다, 신부님." 한 여자가 아이를 업은 채 고개를 살짝 숙이고 신부와 악수를 했다. 깊이 잠든 아이는 여자의 어깨에 머리를 축 늘어뜨렸다. 웬델은 그 아이의 머리에 한 손을 얹고 몇 마디를 했다. 여자는 다시 한번 고맙다고 인사한 후 움직였고, 웬델은 다음 남자와 악수했다.

줄리엣은 마지막 남은 교회 사람들이 지나쳐 가는 동안 보이지 않게 난간에 붙어 있었다. 그녀는 어떤 남자가 멈칫하더니 짤랑거리는 치트 몇 개를 웬델 신부의 손에 쥐여주는 모습을 보았다. "고맙습니다, 신부님." 이 작별 인사는 일종의 찬송가였다. 줄리엣은 옆을 지나쳐 위로 올라가는 노인에게서 염소인가 싶은 냄새를 맡을 수 있었다. 아마 가축우리로 돌아가는 것이리라. 그 남자가 마지막이었다. 웬델 신부는 돌아서서 줄리엣을 향해 미소 지으며 내내 그녀가 온 것을 알고 있었음을 드러냈다.

"시장님." 그는 두 손을 펼치며 말했다. "영광이군. 11시 예배에 참석하러 왔나?"

줄리엣은 손목에 차고 다니는 작은 시계를 확인했다.

"이게 11시가 아니었나요?" 줄리엣은 꽤 빠른 속도로 오르고 있었다.

"10시였네. 주일예배를 하나 더 하기로 했거든. 나중 시간에는 상층부에서 내려온다네."

줄리엣은 꼭대기에 사는 사람들이 왜 이렇게 멀리까지 여행할까 생각했다. 예배를 피하려고 걷는 속도를 조절했는데, 그게 실수였을지도 몰랐다. 그렇게 많은 사람들이 매혹적이라고 생각하는 이야기라면 들어보는 게 좋을지도.

"안타깝지만 이번에는 잠깐 들르는 정도밖에 못 하겠는데요. 혹시 다시 내려갈 때 한번 참석할까요?"

웬델은 얼굴을 찌푸렸다. "그게 언제가 되겠나? 하느님과 하느님의 백성들로부터 맡은 일을 하러 돌아가고 있다면서."

"아마 몇 주 후일 거예요. 그 정도면 따라잡기엔 충분하죠."

복사가 화려하게 장식한 나무 그릇을 들고 층계참으로 나왔다. 복사는 웬델에게 그릇에 든 내용물을 보여주었고, 줄리엣은 돈 소리를 들었다. 복사 역할을 맡은 소년은 갈색 망토를 입었고, 웬델에게 고개를 숙일 때 보니 두피 가운데를 동그랗게 깎아놓았다. 소년이 돌아서자 웬델이 그 팔을 잡았다.

"시장님께 인사드리거라." 웬델이 말했다.

"시장님." 복사가 고개를 숙였지만, 얼굴에는 아무 표정도 없었다. 무성하고 어두운 눈썹 아래 있는 눈은 검었고, 입술에는 혈색이 없었다. 줄리엣은 이 소년에게 교회 바깥에서 보내는 시간이 거의 없다는 것을 알아차렸다.

"나한테 시장님이라고 할 필요는 없어." 그녀는 정중하게 말했다. "줄리엣이면 돼." 그녀는 손을 내밀었다.

"레미입니다." 소년의 망토에서 손이 나왔고, 줄리엣은 그 손을 잡았다.

"신도석에 가 있거라." 웬델이 말했다. "아직 예배를 한 번 더 드려야 하니."

레미는 두 사람 모두에게 고개를 숙이고 발을 끌며 사라졌다. 줄리엣은 그 소년에게 안됐다는 마음을 느꼈지만, 이유는 알 수 없었다. 웬델은 층계참 너머를 보면서 다가오는 사람들의 소리에 귀를 기울이는 것 같았다. 그는 문을 잡고서 줄리엣에게 들어오라고 손짓했다. "이리 오게. 물통을 채워. 내가 여행을 축복해주지."

줄리엣이 물통을 흔들어보니 거의 빈 소리가 났다.

"고맙습니다." 그녀는 그를 따라 안으로 들어갔다.

웬델은 앞장서서 대기실을 지나더니 그녀에게 아래쪽 예배당으로 들어오라고 손짓했다. 몇 년 전 몇 번의 예배에 참석했을 때 줄리엣도 들어갔던 곳이었다. 레미가 몇 줄로 늘어선 벤치와 의자 사이를 바쁘게 오가며 방석을 갈고, 좁은 싸구려 종이에 손으로 쓴 안내문을 깔고 있었다. 줄리엣은 레미가 일하면서 그녀를 쳐다보는 것을 보았다.

"신들이 자넬 그리워해." 웬델 신부는 줄리엣이 주일예배에 참석하지 않은 지 얼마나 오래됐는지 안다는 사실을 그렇게 알렸다. 예배당은 그녀가 기억하던 모습보다 넓어져 있었다. 자극적이면서 비싼 톱밥 냄새, 다른 곳에서 가져온 문과는 다른 오래된 목재를 새로 깎아내서 나는 나무 냄새가 풍겼다. 그녀는 꽤 큰 돈을 들였을 신도석에 손을 얹었다.

"음, 신들은 절 어디에서 찾을지 아시죠." 줄리엣은 신도석에서 손을 떼며 대꾸했다. 그녀는 가벼운 마음으로 웃으면서 한 말이었지만, 신부의 얼굴에는 실망이 스쳤다.

"가끔은 시장님이 최선을 다해 신들에게서 몸을 숨기는 게 아닌가 싶은데." 웬델 신부는 제단 뒤에 있는 스테인드글라스를 향해 고갯짓을 했다. 유리 뒤에 켜진 불빛이 환해서, 바닥과 천장에 색색의 빛의 파편을 던졌다. "설교단에서 시장님이 모든 탄생과 죽음에 대해 내놓는 성명을 읽는데, 그 안에서는 시장님이 모든 공을 신들에게 돌리더군."

줄리엣은 자신은 그런 성명문을 쓴 적이 없다고 말하고 싶었다. 전부 다른 사람이 써준 글이었다.

"하지만 때로는 시장이 신들을 믿기는 하는지 궁금해져. 신들의 규칙을 그토록 가볍게 여기는 모습을 보면."

"전 신들을 믿어요." 줄리엣은 이 비난에 성질이 나서 말했다. "이 사일로를 창조한 신들을 믿습니다. 정말로 믿어요. 그리고 다른 모든 사일로도……."

웬델이 움찔했다. "신성모독일세." 그는 줄리엣이 한 말이 사람을 죽일 수도 있다는 듯 눈을 크게 뜨고 속삭였다. 웬델이 눈짓하자 레미는 고개를 숙이고 복도 쪽으로 움직였다.

"그래요, 신성모독이죠." 줄리엣은 말했다. "하지만 전 신들이 언덕 너머에 보이는 탑들을 지었다고 믿고, 우리에게 그걸 발견할 길을 남겨주셨다고 믿어요. 여기에서 나갈 길을요. 우린 이 사일로 깊은 곳에서 어떤 도구를 찾아냈어요, 웬델 신부님. 우리를 새로운 곳으로 데리고 가줄 수 있는 굴착기예요. 신부님은 찬성하지 않으신다는 걸 알지만, 전 신들이 이 도구를 우리에게 주셨다고 믿고, 그 도구를 쓸 거예요."

"그 굴착기라는 건 악마의 짓이고, 악마의 심연 속에 놓여 있네." 웬델이 말했다. 그 얼굴에서 친절한 기색은 사라졌다. 그는 질 좋은 손수건으로 이마를 두드렸다. "시장이 말하는 것 같은 신들은 존재하지 않아. 악마들뿐이야."

줄리엣은 이것이 웬델의 설교 내용임을 알았다. 그녀는 그의 11시 설교를 듣고 있었다. 사람들이 이 말을 들으려고 먼 길을 왔다.

그녀는 한 걸음 다가섰다. 화가 나서 피부가 달아올랐다. "제 신들 사이에 악마들이 있을 순 있죠." 그녀는 신부의 언어를 써서 말했다. "제가 믿는 신들…… 제가 숭배하는 신들은 이곳을 지은 사람들에 더 가까워요. 그분들은 자신들이 파괴한 세상에서 우리를 보호하기 위해 이 사일로를 지었어요. 그러니 신이기도 하고 악마이기도 했죠. 그래도 그분들은 우리에게 구원의 공간을 남겨 줬어요. 그분들의 의도는 우리를 해방시키는 것이었고, 그럴 수단도 주셨어요. 신부님." 그녀는 관자놀이를 가리켰다. "바로 여기에 그 수단을 주셨죠. 그리고 굴착기도 남겼어요. 그래요. 그 굴착기를 사용하는 건 조금도 신성모독이 아니에요. 그리고 전 신부님이 계속 의심하는 다른 사일로도 봤어요. 제가 가봤다고요."

웬델은 또 한 걸음 물러섰다. 신부는 목에 건 십자가를 문질렀고, 줄리엣은 레미가 문 너머로 엿보고 있다는 사실을 알아차렸다. 어두운 눈동자에 어두운 눈썹이 그림자를 드리우고 있었다.

"우린 신들이 우리에게 준 도구를 모두 써야 해요." 줄리엣은 말했다. "다만 신부님이 휘두르는, 다른 사람들에게 두려움을 주는 힘만 빼고요."

"내가?" 웬델 신부는 한 손으로 가슴을 누르고 반대쪽 손으로 줄리엣을 가리켰다. "공포를 퍼뜨리는 사람은 너야." 그는 손을 휘저어 신도석과 그 너머로 방 뒤쪽에 빽빽하게 줄지어 놓인 짝짝이 의자와 나무 상자, 들통들을 가리켰다. "사람들은 하루에 세 번 예배를 들으러 여기 와서 네가 하는 악마의 행위를 두고 손을 비틀어. 아이들은 네가 우리 모두를 죽이고 말 거라는 두려움 때문에 밤에 잠을 못 이루고."

줄리엣은 입을 열었지만, 말이 나오지 않았다. 그녀는 계단에서 본 얼굴들을, 자식을 가까이 끌어당기던 어머니와 그녀를 알면서도 이제는 인사조차 하지 않는 사람들을 생각했다. "제가 책을 보여드릴 수 있어요." 그녀는 〈유산〉을 보관한 서가를 생각하며 조용히 말했다. "제가 책들을 보여드릴 수 있어요. 직접 보세요."

"알 가치가 있는 책은 단 한 권뿐이다." 웬델의 시선은 설교단 옆 받침대에, 강철을 구부려 만든 새장 속에 놓인 크고 화려한 금박 장식 책으로 향했다. 줄리엣은 그 책에 실린 교훈들을 기억했다. 검열로 까맣게 쳐진 줄 사이사이로 가끔 암호 같은 문장들이 적혀 있던 페이지가 기억났다. 그녀는 또한 그 받침대가 강철 마루판에 용접되어 있는데, 전문가의 솜씨는 아니라는 사실도 알아보았다. 편집증적인 용접으로 주름이 잔뜩 져 있었다. 신들이 사람들을 안전하게 지켜주리라 믿으면서도, 그 신들이 책 한 권을 돌봐주리라고는 믿지 못하는 걸까. "11시 예배를 준비하실 수 있게 이만 가야겠네요." 줄리엣은 괜히 폭발했다는 후회를 느끼며 말했다.

웬델이 팔짱을 풀었다. 줄리엣은 둘 다 너무 나갔으며, 둘 다 그 사실을 알고 있다는 걸 감지할 수 있었다. 그녀는 의심을 가라앉히려다가 더욱 부풀리기만 했다.

"더 머물렀으면 좋겠구나." 웬델이 말했다. "하다못해 물통이라도 채워야지."

그녀는 등 뒤로 손을 뻗어서 물통을 풀었다. 레미가 무거운 갈색 망토를 끌면서 돌아왔다. 머리카락을 민 정수리가 땀으로 번들거렸다. "그럴게요, 신부님. 고맙습니다." 줄리엣은 말했다.

웬델은 고개를 끄덕였고, 레미에게 손짓하고는 복사가 예배당 분수에서 물을 뜨는 동안 줄리엣에게 아무 말도 하지 않았다. 단한 마디 말도 없었다. 그녀의 여정을 축복해주겠다던 약속은 잊혔다.

10

줄리엣은 중층부 농장에서 진행되는 식목 행사에 참여하고, 늦은 점심을 먹고 계속해서 말없이 사일로를 올라갔다. 30층대에 이르렀을 때쯤에는 조명이 어두워지기 시작했고, 그녀는 저도 모르게 익숙한 침대를 기대했다.

루카스가 층계참에서 기다리고 있었다. 그는 미소로 그녀를 맞이하고, 아무리 가볍다고 해도 그녀의 어깨 가방을 들어주려 했다.

"날 기다릴 필요는 없었는데." 말은 그렇게 했지만, 줄리엣은 루카스가 상냥하다고 생각했다.

"막 도착했어요." 루카스는 말했다. "운반인 하나가 당신이 가까이 오고 있다고 해서요."

줄리엣은 40층대에서 앞질러 갔던 연푸른색 작업복의 소녀를 기억했다. 루카스가 사방에 눈과 귀를 두었다는 사실은 잊기 쉬웠다. 루카스가 문을 잡아주고, 줄리엣은 상충하는 기억과 감정들이 꽉 들어찬 층으로 들어갔다. 여기는 녹스가 죽은 곳이었다. 여기는 잔스 시장이 중독된 곳이었다. 여기는 줄리엣이 청소형을 받은 곳이자 의사들이 그녀의 등을 치료해준 곳이었다.

줄리엣은 회의실 쪽을 보고, 이제 그녀가 시장이라는 소리를 들었던 기억을 떠올렸다. 피터와 루카스와 함께한 자리에서 그녀는 모두에게 진실을 털어놓자고 제안했었다. 세상에 그들만 있는 게 아니라는 사실을 말하자고 말이다. 두 사람 다 반대했지만, 그녀는 여전히 그게 좋은 생각이라고 여겼다. 하지만 사람들에게 말하기보다는 '보여주는' 쪽이 더 좋을 수도 있다. 그녀는 벽 스크린을 보기 위해 올라가듯 사람들이 심층으로 가족 여행을 가는 상상을 했다. 그들은 줄리엣의 세상으로 여행할 것이다. 한 번도 심층에 가보지 않았고, 생존을 뒷받침해주는 기계들이 어떻게 생겼는지 전혀 모르는 사람들 수천 명이. 기계부까지 내려가서 터널을 통과하여 다른 사일로를 보는 거다. 가는 길에 이제는 완벽하게 균형이 잡혀서 진동하고 있는 주 발전기를 보고 경탄할 수도 있으리라. 그녀의 친구들이 뚫어놓은 바닥의 구멍을 보고 놀랄 수도 있으리라. 그리고 이 세상과 거의 똑같은 빈 세상을 채우고, 그곳을 적절한 모습으로 다시 만든다면 얼마나 짜릿할지 생각할 수도 있으리라.

루카스가 패스를 대자 보안문에서 삐 소리가 났고, 줄리엣은 몽상에서 깨어났다. 보안문 뒤에 있던 요원이 손을 흔들었고, 줄리엣도 마주 보며 손을 흔들었다. 그곳을 지나 펼쳐진 IT부 복도는 조용하고 텅 비어 있었다. 직원 대부분은 밤이 되어 집에 간 후였다. 그렇게 사람이 없는 모습을 보니 줄리엣은 17번 사일로가 떠올랐다. 그녀는 솔로가 손에 빵 반쪽을 들고, 턱수염에는 부스러기를 묻힌 채 모퉁이를 돌다가 그녀를 보고 행복한 웃음을 짓는 모습을 상상했다. 17번 사일로에서 전선에 매달린 채 고장 나 있던 조명을 빼면, 그 복도와 이 복도는 똑같이 생겼다.

루카스의 개인 거처로 따라가다 보니 이런 두 세트의 기억들이 머릿속에서 뒤섞였다. 이곳과 저곳, 똑같은 구조에서 두 가지 삶을 사는 두 개의 세계. 솔로와 함께 보낸 몇 주가 평생처럼 느껴졌다. 압박감 속에서 두 사람 사이에 형성된 유대감도 그랬다. 아이들이 집으로 삼은 사무실에서 엘리스가 튀어나와 줄리엣의 다리에 매달릴 것만 같았다. 쌍둥이는 계단 굽이에서 발견한 전리품을 두고 다투고 있을 테고, 릭슨과 해나는 어둠 속에서 몰래 입을 맞추며 태어날 아이에 대해 소곤거릴 것이다.

"……하지만 당신이 동의할 때만이에요."

줄리엣은 루카스를 돌아보았다. "뭐라고요? 아, 그래요. 괜찮아요."

"하나도 안 들었죠?" 그들은 루카스의 거처 문에 다다랐고, 그는 배지를 스캔했다. "당신은 가끔 다른 세상에 가 있는 것 같아요."

줄리엣은 그 목소리에서 분노가 아니라 걱정을 들었다. 그녀는 가방을 받아 들고 안으로 들어섰다. 루카스는 불을 켜고 침대 옆 서랍장 위에 배지를 던졌다. "몸은 괜찮아요?" 루카스가 물었다.

"그냥, 올라오느라 지쳐서요." 줄리엣은 침대 가장자리에 앉아서 신발 끈을 풀었다. 부츠는 벗어서 늘 두던 자리에 뒀다. 루카스의 거처는 두 번째 집 같아서, 친숙하고 아늑했다. 6층에 있는 줄리엣의 아파트가 오히려 낯설었다. 두 번 가봤을 뿐이고 하룻밤도 지낸 적이 없었다. 그곳에서 자면 시장이라는 역할을 온전히 받아들이는 셈이라 그럴까.

"늦은 저녁을 배달시킬까 생각하고 있었어요." 루카스가 옷장 안을 뒤지더니 줄리엣이 뜨거운 물로 샤워한 후에 자주 입었던 부드러운 천 로브를 꺼냈다. 그는 로브를 욕실 문에 걸었다. "욕조에 물을 채워줄까요?"

줄리엣은 한숨을 내쉬었다. "나 냄새 나죠?" 그녀는 손등을 킁킁거리고 기름때 냄새를 맡아보려고 했다. 절단용 토치가 남긴 산성 물질 냄새, 굴착기 배기관이 남긴 냄새……. 석유공들이 팔을 베어 잉크를 물들인 표식처럼 그녀의 살에 박힌 향기였다. 기계부를 떠나기 전에 샤워를 했는데도 그 냄새가 사라지지 않았다.

"아니에요……." 루카스는 상처 입은 표정이었다. "그냥 목욕을 좋아할 것 같았어요."

"아침이라면요. 그리고 저녁 식사는 건너뛸 수 있겠어요. 종일 간식을 먹었거든요." 그녀는 옆에 앉으라고 시트를 폈다. 루카스가 미소 지으며 옆에 앉았다. 그의 얼굴에 기대감 어린 웃음이 떠오르고, 눈에는 두 사람이 사랑을 나눈 후에 보이던 광채가 어렸다. 그러나 그 표정은 줄리엣의 다음 말과 함께 사라졌다. "우리 얘기 좀 해요."

루카스의 얼굴에 맥이 풀리고, 어깨가 내려앉았다. "혼인 등록을 하지 말자는 거군요, 그렇죠?"

줄리엣은 그의 손을 꼭 쥐었다. "아니, 그게 아니에요. 물론 우린 등록할 거예요. 물론이죠." 그녀는 예전에 한 번 〈협정〉으로부터 숨겼던 사랑과 그 사랑이 어떻게 자신을 반으로 찢어놓았는지를 떠올리며 루카스의 손을 가슴에 대고 눌렀다. 다시는 그런 실수를 저지르지 않을 것이다. "굴착 이야기예요." 그녀는 말했다.

루카스는 숨을 깊이 들이마시고, 잠깐 멈췄다가 웃음을 터뜨렸다. "그거였다니." 그는 미소 지으며 말했다. "굴착이 둘 중에 덜 힘든 일처럼 다가오다니 놀랍네요."

"당신이 좋아하지 않을 일을 하나 더 하고 싶어요."

루카스는 한쪽 눈썹을 올렸다. "다른 사일로들에 대한 소식을 퍼뜨리고, 바깥에 무엇이 있는지 말하는 문제라면 피터와 내 생각이 어떤지 알죠. 난 그런 이야기가 안전하다고 생각하지 않아요. 사람들은 당신 말을 믿지 않을 거고, 믿는 사람들은 말썽을 일으키고 싶어 할 거예요."

줄리엣은 웬델 신부와 사람들이 겨우 말로만 빚어낸 놀라운 이야기들을 얼마나 믿을 수 있는지, 어떻게 책에서 믿음이 만들어질 수 있는지를 생각했다. 그러나 그러려면 사람들이 그런 것들을 믿고 싶어 해야 할지도 모른다. 그리고 모두가 진실을 믿고 싶어 하지는 않는다는 루카스의 말이 옳을 수도 있었다.

"사람들에게 하고 싶은 말은 없어요." 그녀는 루카스에게 말했다. "그보다는 보여주고 싶어요. 그게 내가 상층에서 하고 싶은 일이지만, 그러려면 당신과 당신 부서의 도움이 필요해요. 당신 부하들도 몇 명 필요할 거예요."

루카스는 얼굴을 찌푸렸다. "불길하네요." 그는 팔을 문질렀다. "내일 의논하면 안 될까요? 오늘 밤은 그냥 당신과 같이 있는 시간을 즐기고 싶어요. 우리가 일을 하지 않는 하룻밤을요. 나는 그냥 서버 기술자인 척하고 당신은…… 시장이 아닌 척할 수 있겠죠."

줄리엣은 그의 손을 꼭 잡았다. "당신 말이 맞아요. 물론이죠. 그리고 내가 아주 빨리 샤워를 하면……."

"아니에요, 여기 있어요." 그는 줄리엣의 목에 입을 맞췄다. "당신 같은 냄새가 나요. 샤워는 아침에 해요."

줄리엣은 동의했다. 루카스는 그녀의 목에 다시 입을 맞췄지만, 그가 작업복 지퍼를 내리려 하자 그녀는 불을 꺼달라고 부탁했다. 이번만은 루카스도 평소처럼 그녀를 볼 수 없다고 불평하지 않았다. 대신 그는 욕실 조명을 켜놓고 문을 거의 닫아서 아주 희미한 불빛만 남겼다. 줄리엣은 루카스와 함께 벌거벗고 있기를 좋아했지만, 몸을 보이기는 싫어했다. 조각보 같은 흉터들 때문에 그녀의 몸은 석회암에 뚫린 갱도처럼 보였다. 거미줄 모양으로 두드러지는 하얀 암맥 같았다.

하지만 그 흉터들은 보기 흉한 만큼이나 접촉에 민감했다. 모든 흉터가 그녀만의 심층에서 생겨난 신경 말단 같았다. 루카스가 전선 다이어그램을 따라 그리는 전기 기술자처럼 손가락으로 흉터를 덧그리면, 건드리는 곳마다 두 개의 배터리 단자 사이에 렌치를 놓은 것처럼 반응했다. 어둠 속에서 서로를 끌어안고 루카스가 두 손으로 그녀를 탐색하는 동안, 그녀의 몸에는 전류가 흘렀다. 줄리엣은 피부가 달아오르는 것을 느낄 수 있었다. 오늘 밤은 두 사람이 빨리 잠드는 밤이 되지 않을 것이다. 그녀의 설계도와 위험한 계획들은 그의 부드러운 손길과 다정한 압력 아래 희미해졌다. 오늘 밤은 그녀가 어린 시절로 돌아가는 밤, 생각하기보다는 '느끼는' 밤, 더 단순한 것들로 돌아가는 시간이 될 것이다…….

"이상하네요." 루카스가 손길을 멈추고 말했다. 줄리엣은 뭐가 이상하냐고 묻지 않고, 루카스가 그냥 잊어버리기를 바랐다. 그런 식으로 계속 만져달라고 말하기에 그녀는 자존심이 너무 강했다.

"내가 제일 좋아하는 작은 흉터가 없어졌어요." 루카스가 그녀의 팔 한 군데를 문지르며 말했다.

줄리엣의 체온이 확 올라갔다. 에어록 안으로 돌아간 것 같은 열기였다. 조용히 흉터를 만지는 것과 그 흉터에 이름을 붙이는 건 달랐다. 그녀는 아무래도 잠이나 잘 밤이었나 보다 생각하며 팔을 빼고 몸을 돌렸다.

"아니, 여기, 내가 보게 해줘요." 그는 애원했다.

"잔인하게 구네요." 줄리엣이 말했다.

루카스는 그녀의 등을 문질렀다. "아니에요. 정말 아니에요. 팔 좀 봐도 될까요?"

줄리엣은 몸을 일으켜 침대 위에 걸터앉아서 무릎 위로 시트를 끌어 올렸다. 그리고 두 팔로 몸을 감쌌다. "당신이 흉터를 언급

하는 게 싫어요. 그리고 제일 좋아하는 흉터는 없어야죠." 그녀는 살짝 열린 문틈으로 희미한 빛이 새어 나오는 욕실을 향해 고갯짓했다. "제발 저 문을 닫거나, 아예 불을 끌 수 있을까요?"

"줄스, 맹세코 난 당신을 있는 그대로 사랑해요. 다른 모습으로 본 적이 없어요."

그녀는 그 말을 언제나 아름답다는 뜻으로 받아들이지 않고, 흉터가 지기 전에는 그녀의 벗은 몸을 본 적이 없다는 뜻으로 받아들였다. 그녀는 침대에서 벗어나서 직접 욕실 불을 끄러 갔다. 루카스 혼자 벗은 몸으로 침대에 놓아두고 시트도 질질 끌고 갔다.

"당신 오른쪽 팔꿈치에 있었거든요." 루카스가 말했다. "세 개가 교차해서 작은 별 모양을 이뤘어요. 내가 그 자리에 100번은 입 맞췄을 거예요."

줄리엣은 불을 끄고 어둠 속에 혼자 서 있었다. 그녀는 아직도 자신을 바라보는 루카스의 시선을 느낄 수 있었다. 그녀는 옷을 다 입었을 때도 사람들이 그 흉터를 멍청하게 바라보는 것을 느낄 수 있었다. 조지가 그녀를 그렇게 본다고 생각하자…… 목이 메었다. 루카스는 깜깜한 어둠 속에서 그녀 곁에 나타나더니, 그녀에게 팔을 두르고 어깨에 가볍게 입을 맞췄다. "침대로 돌아와요. 미안해요. 불은 꺼놔도 돼요."

줄리엣은 머뭇거렸다. "당신이 그걸 그렇게 잘 아는 게 싫어요. 난 당신의 별자리 지도가 되고 싶지 않아요."

"알아요." 그는 말했다. "나도 어쩔 수가 없어요. 그 흉터도 당신의 일부이고, 내가 아는 당신은 이 모습뿐이에요. 당신 아버지에게 한번 보이면……?"

줄리엣은 포옹을 뿌리치고 조명을 다시 켰다. 그녀는 거울에 팔꿈치를 비춰보았다. 처음에는 오른팔을, 다음에는 왼팔을 살펴보면서 분명히 루카스가 잘못 알았을 거라고 생각했다.

"거기 있었던 건 확실해요?" 그녀는 거미집 같은 흉터 사이에서 빈 부분을, 빈 하늘 같은 부분을 찾으며 물었다.

루카스는 그녀의 손목과 팔꿈치를 부드럽게 잡고, 그 팔을 입가에 들어 올려 키스했다.

"바로 여기요. 내가 100번은 입 맞췄다니까요."

줄리엣은 눈물을 닦아내고, 서글픈 감정의 폭발에서 나오는 한숨과 헐떡임이 뒤섞인 소리를 내며 웃었다. 그녀는 특히 심하게 엉킨 살을, 팔뚝을 두른 채찍 자국 같은 흉터를 찾아서 루카스에게 보여줬다. 그의 말을 믿지는 않는다 해도 용서한다는 의미였다.

"다음엔 여기에 입 맞춰요." 그녀는 말했다.

11

1번 사일로

드론을 움직이는 실리콘 탄소 배터리는 크기가 토스터 오븐만 했다. 샬럿은 배터리 하나에 15킬로그램은 나갈 거라고 판단했다. 드론 두 대에서 뽑아낸 배터리들을 보급품 상자에서 찾아낸 띠로 감싼 후, 손에 배터리를 하나씩 들고 스쿼트를 하면서 천천히 창고 안을 돌았다. 허벅지가 비명을 지르며 떨렸고, 두 팔은 무감각했다.

흐르는 땀이 진전을 알렸지만, 갈 길이 멀었다. 어쩌다가 이렇게까지 몸 상태가 무너지도록 놓아두었을까? 기초 훈련에서 했던 그 많은 달리기와 운동이 결국에는 조종간 앞에 앉아서 드론만 날리고, 주저앉아서 전쟁 게임을 하고, 식당에 앉아서 쓰레기나 먹고, 앉아서 읽기나 하기 위한 것이었나.

결과는 과체중이었다. 그리고 이 악몽에서 깨어나기 전까지만 해도 그게 신경 쓰이지도 않았다. 누군가가 몇백 년 동안 얼려놓기 전까지는 사실, 일어나서 움직이고 싶은 충동조차 느끼지 않았었다. 이제 그녀는 기억하는 예전 몸을 되찾고 싶었다. 제대로 움직이는 다리, 이 좀 닦았다고 아프지 않은 팔을 갖고 싶었다. 예전의 자신으로 돌아갈 수 있다고, 기억하는 세상으로 돌아갈 수 있다고 생각하는 것은 어리석은 일일까. 아니면 그저 더딘 회복에 초조해졌는지도 몰랐다. 이런 일은 시간이 걸리기 마련이었다.

샬럿은 한 바퀴를 다 돌고 드론이 있는 곳까지 돌아왔다. 창고를 한 바퀴 완전히 돌 수 있다는 것은 발전을 의미했다. 오빠가 샬럿을 깨운 지 몇 주가 지났고, 먹고 운동하고 드론을 만지는 일과가 정상으로 보이기 시작했다. 그녀가 깨어나서 마주한 미친 세상이 진짜처럼 느껴지기 시작했다. 그리고 그 점이 무서웠다.

샬럿은 배터리 두 개를 바닥에 내려놓고 여러 차례 숨을 깊이 들이마신 다음, 숨을 참았다. 군인의 삶에서는 일과가 다 비슷했다. 그 습관이 그녀를 지금 상황에 대비시킨 셈이었고, 미치지 않게 지켜주기도 했다. 좁은 곳에 갇히는 건 새로운 일이 아니었다. 밖으로 나가면 위험하고 황량한 사막 한가운데에 있는 것도 새롭지 않았다. 두려워해야 하는 남자들에게 둘러싸여 있는 것도 그랬다. 2차 이란 전쟁 중에 이라크에 주둔했던 샬럿은 이런 일들, 그러니까 기지를 떠나지 않고, 아예 침대나 화장실 칸에서 나가기도 싫어지는 이런 상황에 익숙했다. 또한 그녀는 제정신을 유지하려는 싸움에도 익숙했다. 여기에는 육체적인 연습만이 아니라 정신적인 연습도 필요했다.

샬럿은 드론 조종실로부터 조금 떨어진 칸막이에서 샤워를 하고 몸을 닦은 다음, 세 벌 있는 작업복의 냄새를 하나하나 맡아보고 아무래도 도니에게 다시 세탁을 부탁해야 할 때가 됐다고 생각했다. 그녀는 셋 중에 그나마 좀 나은 작업복을 입고, 수건을 2층 침대 발치에 걸어 말리고, 공군답게 침대를 각 잡히게 정리했다. 도널드는 예전에 이 창고 반대쪽에 있는 회의실에서 살았다지만, 샬럿은 유령이 있는 막사가 편안하기까지 했다. 집 같았다.

막사와 같은 복도에 조종실이 있었다. 대부분 조종석에는 비닐 시트가 씌워진 채였다. 그리고 거대한 모니터들이 모자이크를 이루고 있는 벽 앞에 평평한 책상이 하나 있었다. 그녀는 여기에서 무전기를 조립했다. 샬럿의 오빠가 더 아래에 있는 창고에서 한 번에 하나씩 여분의 부품을 모아들였다. 누군가가 그 부품들이 없어졌다는 사실을 알려면 수십 년, 어쩌면 수백 년이 걸릴 수도 있었다.

샬럿은 그 책상 위에 걸어놓은 전등을 켜고 무전기를 작동시켰다. 이미 꽤 여러 주파수를 맞출 수 있었다. 그녀는 손잡이를 돌리다가 잡음이 나오자 그대로 두고 목소리가 나오기를 기다렸다. 그때까지는 잡음이 아니라 바닷가 파도 소리를 듣는 척했다. 때로는 넓은 나뭇잎 천장에 떨어지는 빗소리라고 여기기도 했다. 아니면 어두운 극장 안에서 조용히 소곤거리는 사람들의 소리. 그녀는 도널드가 모아들인 부품 통을 헤집으며 더 나은 스피커가 있나 찾았고, 아직도 송신하려면 마이크나 다른 기구가 필요했다. 그녀는 기계를 만지는 데 좀 더 재주가 있었다면 좋았겠다고 생각했다.

그녀가 할 줄 아는 것이라곤 이것저것 짜 맞추는 것뿐이었다. 소총 조립이나 컴퓨터 조립과 비슷했다. 짝이 맞는 것들끼리 결합하고 전원에 연결할 뿐이었다. 그랬다가 한번은 연기만 피어오르기도 했다. 이 작업에 주로 필요한 것은 인내심이었고, 샬럿에겐 인내심이 많지 않았다. 인내심이 아니면 시간이 필요했는데, 시간이라면 잠길 만큼 있었다.

복도를 걸어오는 발소리가 아침 식사 시간을 알렸다. 샬럿이 볼륨을 낮추고 책상을 정리해서 공간을 만드는 사이 도니가 손에 쟁반을 들고 들어왔다.

"안녕." 샬럿은 일어나서 쟁반을 받으며 말했다. 운동 때문에 다리가 후들거렸다. 매달린 전구가 쏟아내는 불빛 속으로 오빠가 들어서자 샬럿은 그가 찌푸리고 있음을 알아차렸다.

"별문제 없지?" 샬럿이 물었다.

도널드는 고개를 저었다. "문제가 생길지도 모르겠어."

샬럿은 쟁반을 내려놓았다. "뭔데?"

"첫 근무 때 알았던 남자와 마주쳤어. 엘리베이터에 둘이서만 타고 있었지. 관리 인력이야."

"좋지 않네." 샬럿은 접시를 덮은 찌그러진 금속 뚜껑을 들어 올렸다. 그 밑에는 전자기판과 전선 타래가 들어 있었다. 그리고 샬럿이 요청한 작은 드라이버도 있었다.

"달걀 요리는 다른 접시에 있어."

샬럿은 그쪽 뚜껑을 치우고 포크를 집었다. "그 사람이 오빠를 알아봤어?"

"잘 모르겠어. 난 그 사람이 내릴 때까지 고개를 숙이고 있었거든. 하지만 아마 여기에서 내가 제일 잘 알고 지낸 사람이었을 거야. 내가 그 사람한테 공구를 빌리고, 전구 좀 갈아달라고 하던 게 어제 일 같아. 그 사람한테는 어떨지야 누가 알겠어. 어제 일 같을 수도 있고 10년 전일 수도 있지. 여기서는 기억이 이상하게 작동하니까."

샬럿은 달걀 요리를 한 입 먹었다. 도니가 소금을 너무 뿌려놓았다. 샬럿은 도니가 저 위에서 소금 통을 들고 손을 떠는 모습을 상상했다. "혹시 알아봤다 하더라도……." 그녀는 음식을 먹으면서 말했다. "오빠도 자기처럼 또 근무하나 보다 하겠지. 오빠를 서면으로 아는 사람이 얼마나 돼?"

도널드는 고개를 저었다. "많지는 않아. 그래도 이 문제가 언제든 우리를 덮칠 수 있어. 식료품 저장고에서 먹을 걸 더 가져올게. 건조식품으로. 그리고 너도 엘리베이터에 접속할 수 있게 배지 승인을 바꿔놨어. 다른 사람은 아무도 여기 내려올 수 없게 한 번 더 확인했고. 혹시 나한테 무슨 일이 생길 경우에 네가 여기 갇히는 건 싫어."

샬럿은 접시에 담긴 달걀을 이리저리 밀었다. "그런 생각은 하고 싶지 않아."

"다른 문제가 또 있어. 이 사일로 책임자가 일주일 있으면 근무를 끝내는데, 그러면 문제가 조금 복잡해질 거야. 그 사람이 다음 책임자에게도 내 사정을 알릴 거라고 믿기는 하는데. 지금까지는 모든 게 너무 매끄러웠고……."

샬럿은 웃음을 터뜨리고 달걀을 한 입 더 먹었다. "너무 매끄럽다니." 그녀는 고개를 저었다. "난 일이 덜컹거리는 걸 보고 싶지 않아. 오빠가 제일 좋아하는 사일로의 최신 소식은?"

"오늘은 IT부 책임자가 받더라. 루카스 말이야."

샬럿은 오빠 목소리에서 실망한 기색을 느끼고 물었다. "그리고? 새로운 소식 있어?"

"루카스가 서버를 하나 더 해독했는데, 역시 똑같은 데이터야. 주민들에 대한 모든 정보가 그 안에 있었어. 주민들이 가졌던 모든 직업, 주민들과 관계를 맺은 모든 사람들, 그들이 태어나면서부터 죽을 때까지 말이야. 기계들이 어떻게 이런 정보로 이 순위 목록을 만들어내는 건지 이해가 가질 않아. 잡음만 가득한데 그 안에 뭔가 다른 정보가 있어야 하는 상황 같달까."

도널드는 접힌 종이를 한 장 꺼냈다. 새로 인쇄한 사일로 순위였다. 샬럿이 작업대 위에 공간을 만들자 도널드가 그 보고서를 폈다.

"보여? 또 순위가 바뀌었어. 그렇지만 무엇이 순위를 결정하는 걸까?"

샬럿이 음식을 먹으면서 그 보고서를 살펴보는 동안, 도널드는 서류철을 집었다. 그는 이것저것을 펼쳐놓고 왔다 갔다 서성일 수 있는 회의실에서 일하면서 많은 시간을 보냈지만, 샬럿은 도널드가 드론 조종석에 앉아 있을 때가 더 좋았다. 가끔은 도널드가 몇 시간이고 그 자리에 앉아서 종이를 뒤적이는 동안 샬럿은 무전기를 만지며, 둘 다 잡음 사이로 들려오는 말소리에 귀를 기울이곤

했다.

"6번 사일로가 다시 맨 위로 올라갔네." 샬럿은 중얼거렸다. 도무지 이해가 가지 않는 온갖 숫자를 보고 있는 건, 식사를 하면서 시리얼 박스 옆면을 읽는 것과 비슷했다. 세로줄 하나에는 시설이라고 적혀 있었는데, 도널드는 그게 사일로를 부르는 이름이라고 했다. 각 사일로 옆에는 마치 매일 먹는 엄청난 양의 비타민 용량처럼 퍼센트가 적혀 있었다. 99.992퍼센트, 99.989퍼센트, 99.987퍼센트, 99.984퍼센트. 숫자가 적혀 있는 마지막 사일로는 99.974퍼센트였고 그 아래는 모두 선이 그어져 있거나 해당 없음으로 되어 있었다. 후자에는 40번, 12번, 17번을 비롯한 몇 개의 사일로가 들어갔다.

"여전히 맨 위에 있는 사일로 하나만 살아남을 거라고 생각해?" 샬럿이 물었다.

"그래."

"요새 대화하는 사람들한테도 말했어? 18번은 목록 저 밑에 있잖아."

도널드는 샬럿을 쳐다보기만 하고 얼굴을 찌푸렸다.

"말 안 했구나. 그냥 그 사람들을 이용해서 이걸 다 알아내려고만 하는 거군."

"난 그 사람들을 이용하고 있지 않아. 젠장, 내가 그 사일로를 구했어. 아니, 거기서 무슨 일이 벌어지고 있는지 보고하지 않음으로써 매일 거기를 구하고 있지."

"알았어." 샬럿은 대답한 후 달걀 요리로 돌아갔다.

"게다가 그 사람들은 아마도 자기들이 날 이용한다고 생각할 거야. 젠장, 그 사람들은 우리 대화에서 내 생각보다 많은 걸 얻고 있어. 그쪽 IT부 책임자인 루카스, 그 친구는 세상이 예전에 어땠는지에 대한 질문을 나한테 엄청나게 해대고……."

"그리고 시장은?" 샬럿은 고개를 돌려서 오빠를 자세히 관찰했다. "그 여자는 뭘 얻는데?"

"줄리엣 말이야?" 도널드는 엄지손가락으로 서류철을 훑었다. "줄리엣은 날 위협하는 걸 즐기지."

샬럿은 웃음을 터뜨렸다. "그거 좀 듣고 싶네."

"저 무전기를 해결하면 들을 수 있을 거야."

"그러면 오빠도 여기 밑에서 시간을 더 보낼 거야? 그러면 좋겠어. 누가 알아볼 위험도 줄이고." 샬럿은 포크로 접시를 긁었다. 도널드가 여기에서 더 일하길 바라는 이유는 사실 오빠가 없으면 여기가 너무 텅 빈 느낌이라서라는 걸 인정하고 싶지 않았다.

"물론이지." 도널드는 얼굴을 문질렀고, 샬럿은 오빠가 얼마나 피곤한지 알아보았다. 계속 먹으면서 그녀의 시선은 다시 숫자에 떨어졌다.

"너무 임의적인 것처럼 보이지 않아?" 그녀는 큰 소리로 의문을 표했다. "이 숫자들이 오빠가 생각하는 그 의미라면 말이야. 기능은 거의 동등하잖아."

"난 이 모든 것을 계획한 사람들이 그걸 그런 식으로 볼지 의심스럽다. 그들에게는 사일로 중 하나가 필요할 뿐이야. 어느 사일로인지는 중요하지 않아. 상자 안에 여분이 잔뜩 있는 상황과 비숫하지. 하나를 뽑아내고 나면 그게 작동하는지만 중요한 거야. 그게 다야. 그 사람들은 그저 완전한 100퍼센트를 보고 싶을 뿐이야."

샬럿은 그 사람들이 그런 생각이었다고 믿을 수가 없었다. 하지만 도니가 보여준 〈협정〉과 다른 서류들로 충분히 설득되기는 했다. 하나를 뺀 모든 사일로가 제거될 것이다. 1번 사일로를 포함해서.

"다음 드론이 준비되려면 얼마나 걸려?" 도널드가 물었다.

샬럿은 주스를 한 모금 마셨다. "하루 아니면 이틀 더 걸려. 어쩌면 사흘. 이번에는 정말 가볍게 가려고 해. 날기는 할지도 잘 모르겠네." 지난번 두 대는 첫 번째 드론만큼 멀리 가지 못했다. 샬럿은 필사적으로 변해가고 있었다.

"좋아." 도널드가 다시 얼굴을 문지르는 통에, 손바닥에 가려져서 목소리가 작아졌다. "우린 오래지 않아서 어떻게 해야 할지 결정해야 해. 우리가 아무것도 하지 않으면 이 악몽이 다시 200년간 이어질 테고, 너와 나는 그렇게 오래 살지 못할 거야." 그는 소리 내어 웃으려고 했지만, 웃음소리가 기침 소리로 변했다. 도널드는 손수건을 찾아서 작업복 안을 뒤졌고 샬럿은 시선을 돌렸다. 그녀는 도널드가 발작을 겪는 동안 어두운 모니터들을 살폈다.

인정하고 싶진 않았지만, 샬럿은 그냥 내버려두고 싶었다. 정확한 기계들이 인류의 운명을 통제하고 있는 듯 보였고, 그녀는 오빠처럼 컴퓨터를 불신하지 않았다. 그녀는 알아서 날 수 있고, 어떤 목표물을 맞힐지 결정할 수 있으며, 정확한 위치로 미사일을 유도할 수 있는 드론들을 날리면서 몇 년을 보냈다. 스스로가 조종사라기보다는 기수처럼 느껴질 때도 많았다. 혼자 질주할 수 있는 짐승 위에 타고서, 가끔 고삐를 당기거나 격려해주기 위해서만 필요한 사람이랄까.

그녀는 다시 한번 보고서에 적힌 숫자들을 보았다. 0.001퍼센트의 차이로 누가 살고 누가 죽을지 결정되다니. 그리고 대부분은 죽게 된다니. 그녀와 그녀의 오빠는 그 일이 일어날 때쯤이면 자고 있거나 죽은 지 오래일 것이다. 그 숫자들을 보면 무시무시한 홀로코스트가 너무나 무작위적인 일처럼 보였다.

도널드가 손에 잡은 서류철로 그 보고서를 가리켰다. "18번이 두 순위 올라간 거 알아챘어?"

샬럿도 알아차렸다. "오빠가 너무 애착을 갖게 됐다고 생각하진 않아?"

도널드는 시선을 돌렸다. "내게는 이 사일로와 관련된 과거사가 있어. 그게 다야."

샬럿은 머뭇거렸다. 더 밀어붙이고 싶지는 않았지만 어쩔 수가 없었다. "사일로 얘기가 아니었어. 오빠는 그 여자하고 얘기할 때마다 좀 달라 보여."

도널드는 숨을 깊이 들이마셨다가 천천히 내뱉었다. "그 여자는 청소형에 처해졌고, 바깥에 나갔었어."

잠시 동안 샬럿은 오빠가 그 말만 하고 끝낼 거라 생각했다. 마치 그거면 충분하다는 듯이, 그 말이 모든 것을 설명한다는 듯이 말이다. 도널드는 잠시 입을 다물고 눈동자를 이리저리 움직이다가 마침내 말했다.

"아무도 바깥에서 돌아오지 못했어야 했어. 난 컴퓨터들이 이 걸 고려하지 않는 것 같아. 그 여자가 무엇으로부터 살아남았는지 만이 아니라, 18번 사일로가 버텨냈다는 걸 말이야. 어느 모로 보 나 18번은 버틸 수 없어야 했어. 그런데 극복해냈지. 혹시 이 사람 들이 우리에게 최고의 희망이 아닐까."

"그건 오빠 생각이겠지." 샬럿은 그의 말을 바로잡고 종잇조 각을 흔들었다. "우리가 이 컴퓨터보다 영리할 가능성은 없어, 오 빠."

도널드는 슬퍼 보였다. "컴퓨터보다 우리가 더 연민이 있을 수 는 있지."

샬럿은 반박하고 싶은 충동과 싸웠다. 그녀는 도널드가 이 사일 로에 신경 쓰는 것은 직접 접촉했기 때문이라고 지적하고 싶었다. 도널드가 다른 사일로에 있는 사람들도 알았다면, 다른 사일로 사 람들의 이야기도 알았다면 18번을 응원할까? 아무리 사실이라고 해도 이 말을 하는 건 너무 잔인할 것이다.

도널드가 넝마 같은 손수건에 대고 기침을 했다. 그리고 자신을 빤히 바라보는 샬럿을 보더니, 피에 얼룩진 손수건을 흘긋 보고 치웠다.

"난 무서워." 샬럿은 말했다.

도널드는 고개를 저었다. "난 무섭지 않아. 난 이게 무섭지 않 아. 죽는 것이 무섭지 않아."

"나도 그건 알아. 그거야 뻔하지. 무서웠다면 누군가 의사를 찾아갔을 테니까. 하지만 오빠도 뭔가는 무서워하고 있는 게 분명해."

"사실이야. 많은 게 무서워. 난 산 채로 묻히는 게 무서워. 잘못된 일을 하게 될까 무서워."

"그럼 아무것도 하지 마." 샬럿은 주장했다. 이 자리에서 이 미친 짓을 끝내고 이 고립을 끝내자고 애걸할 뻔했다. 그들은 다시 잠들어서 이 모든 것을 기계들에게, 그리고 다른 자들이 만들어낸 끔찍한 계획에 맡겨둘 수 있었다. "아무것도 하지 말자." 그녀는 호소했다.

샬럿의 오빠는 자리에서 일어나서 그녀의 팔을 꽉 잡더니, 나가려고 몸을 돌렸다. "그건 최악의 선택이 될 거야." 그는 조용히 말했다.

12

그날 밤, 샬럿은 비행하는 악몽을 꾸다가 깨어났다. 그녀는 스프링이 새 둥지처럼 삐걱대는 침대에 일어나 앉아서도 아직 얼굴에 바람을 맞으며 구름 속을 뚫고 급강하하는 감각을 느낄 수 있었다.

언제나 비행하는 꿈이었다. 추락하는 꿈이었다. 그녀가 조종할수도 없고, 멈출 수도 없는 날개 없는 꿈. 가족이 있는 남자를 노리고 급강하하는 폭탄, 마지막 순간에 고개를 돌리고 정오의 태양으로부터 눈을 가리는 남자, 충돌 전에 언뜻 아버지와 어머니와 오빠와 샬럿 자신이 보이더니 신호가 끊기고…….

밑에서 지저귀던 새 둥지가 조용해진 느낌이었다. 샬럿은 꿈 때문에 겁에 질린 몸이 흘린 땀으로 축축해진 시트를 움켜쥔 손에 힘을 풀었다. 방 안은 침울하고 어두컴컴했다. 사방을 둘러싼 빈 침대들을 느끼고, 그녀만 두고 동료 조종사들이 밤중에 불려 나갔을 때의 그 감각을 느낄 수 있었다. 그녀는 일어나서 복도를 걸어 화장실로 향했다. 더듬더듬 걸으면서 스위치를 아주 살짝만 올려 조명은 흐릿하게 유지했다. 가끔은 왜 오빠가 창고 반대편에 있는 회의실에 살았는지 이해가 갔다. 이 복도에는 허깨비의 그림자들이 서성였다. 그녀는 자고 있는 사람들의 유령을 통과해 가는 느낌을 받곤 했다.

그녀는 물을 내리고 손을 씻었다. 그런 꿈을 꾸고 나서 침대로 돌아가거나 다시 잠들 가능성은 없었다. 샬럿은 도니가 가져다준 빨간 작업복을 입었다. 작업복은 세 가지 색깔이었는데, 갇혀 지내는 생활에 조금이라도 다양성을 주기 위해서였다. 파란색이나 금색 작업복의 의미는 기억할 수 없었지만 원자로의 빨간색은 기억이 났다. 빨간 작업복에는 공구를 넣고 꽂을 자리들이 있었다. 주로 작업할 때 입다 보니 빨간색이 제일 깨끗한 옷일 때는 드물었다. 장비를 다 갖춘 작업복은 무게가 10킬로그램에 가까웠고, 걸을 때면 덜그럭거렸다. 그녀는 앞을 여미고 복도를 걸어갔다.

이상하게도 창고 불이 이미 켜져 있었다. 한밤중일 텐데. 샬럿은 불을 잘 끄는 편이었고, 다른 사람은 이 층에 올 수 없었다. 갑자기 입이 말랐다. 샬럿은 방수포를 뒤집어쓴 근처 드론을 향해 살금살금 다가갔다. 그림자 속에서 속삭이는 소리가 새어 나왔다.

드론들 너머, 여분의 부품과 공구와 비상용 휴대 식량이 담긴 상자가 줄줄이 놓인 키 큰 선반들 근처에서 한 남자가 무릎을 꿇은 채 움직이지 않는 다른 남자를 내려다보고 있었다. 그 남자는 샬럿의 공구가 부딪치는 소리를 듣고 고개를 돌렸다.

"도니?"

"응?"

안도감이 밀려왔다. 도널드가 내려다보던 몸뚱이는 사람 몸뚱이가 아니었다. 팔과 다리를 펼쳐서 펴놓은 뚱뚱한 보호복, 텅 비어 생명이 없는 옷이었다.

"몇 시야?" 샬럿은 눈을 비비며 물었다.

"늦었어." 도널드는 소맷자락으로 이마를 닦았다. "아니면 아주 이르다고도 할 수 있겠지. 나 때문에 깼어?"

샬럿은 도널드가 몸을 움직여 보호복을 가리는 모습을 보았다. 오빠는 펄럭이는 한쪽 다리를 들어 올리고, 보호복을 접기 시작했다. 무릎 옆에는 큰 가위 하나와 은색 테이프가 놓였고, 근처에 헬멧과 장갑, 잠수 탱크 같은 병이 있었다. 부츠 한 켤레도 보였다. 보호복이 움직이면서 천이 스치는 소리를 냈다. 샬럿이 목소리라고 착각한 소리였다.

"음? 아니야, 오빠 때문에 깬 거 아니야. 화장실에 가려고 일어났는데, 무슨 소리를 들었다고 생각했어."

거짓말이었다. 그녀는 한밤중에 드론을 만지려고 나왔다. 잠들지 않고 현실에 머물기 위해 뭐라도 하려고 했다. 도널드는 고개를 끄덕이고 앞주머니에서 넝마를 하나 꺼내더니, 그 천에 대고 기침을 한 후에 치웠다.

"뭘 하고 있는 거야?" 샬럿이 물었다.

"몇 가지 보급품을 살펴보고 있었어." 도니는 보호복 부품을 쌓아 올렸다. "위에서 필요로 하는 물건들. 다른 사람이 가지러 내려오는 위험은 감수하고 싶지 않아서 말이야." 그는 동생을 슬쩍 보았다. "아침으로 따뜻한 걸 가져다줄까?"

샬럿은 몸을 감싸 안고 고개를 저었다. 자신이 여기에 갇혀 있다는 사실, 그래서 뭐든 도널드가 가져다줘야 한다는 사실을 돌이키기가 싫었다. "상자에 든 휴대 식량에 익숙해지고 있어. 전투 식량에 든 코코넛 에너지바가 점점 좋아져." 그녀는 소리 내어 웃었다. "기초 훈련 때는 정말 싫어했는데."

"정말로 너한테 뭔가 가져다주는 것도 좋아." 도니는 분명히 그 층에서 나갈 변명거리를, 화제를 바꿀 방법을 찾고 있었다. "그리고 곧 무전기에 필요한 마지막 부품도 챙겨야 해. 마이크는 다른 데서 찾을 수가 없어서 요청해놨어. 통신실에 고장 난 마이크가 하나 있는데, 다른 방법이 하나도 통하지 않는다면 그걸 훔쳐 올 수도 있을 거야."

샬럿은 고개를 끄덕였다. 오빠가 보호복을 커다란 플라스틱 통에 다시 쑤셔 넣는 모습을 지켜보았다. 오빠가 뭔가 말하지 않는 게 있었다. 오빠가 뭔가를 숨길 때는 알아볼 수 있었다. 오빠란 존재들은 원래 그랬다.

샬럿은 제일 가까운 드론으로 가서 방수포를 벗기고, 앞날개 위에 렌치 세트를 펼쳤다. 그녀는 언제나 공구를 다루는 데 서툴렀지만, 몇 주 동안이나 인내심은 없더라도 집요하게 드론을 만지다 보니 슬슬 드론이 어떻게 조립되어 있는지 감을 잡고 있었다. "그래서 보호복은 무슨 일에 필요한 거야?" 그녀는 태연한 척 물었다.

"원자로와 관계가 있을 거야." 도널드는 목덜미를 문지르고 얼굴을 찡그렸다. 샬럿은 그 거짓말이 잠시 울려 퍼지게 두었다. 오빠가 직접 듣고 알았으면 했다.

드론의 날개 외피를 열면서 샬럿은 기초 훈련을 끝내고 새로 생긴 근육과 몇 주 동안 남자들 한 무리 속에서 부대끼며 생긴 맹렬한 경쟁심을 갖고 집에 돌아갔던 일을 기억했다. 자대 배치를 받고 자제력을 놓아버리기 이전의 일이었다. 그때 샬럿은 강인하고 튼튼한 10대였고 오빠는 대학원에 다녔다. 샬럿의 새로운 몸에 대해 놀리자마자 등 뒤로 팔을 붙들려 소파에 처박혔으면서도, 오빠는 낄낄거리면서 더 놀리기만 했다.

그 웃음도 소파 쿠션이 얼굴 옆을 누르면서 도니가 꼼짝 못 하게 된 돼지처럼 끽끽거릴 때까지였다. 재미있는 게임이 심각하고 무서운 일로 변해버렸고, 산 채로 묻히는 데 대한 오빠의 공포증이 내면의 원초적인 무엇인가를 깨웠다. 샬럿이 오빠에 대해 한 번도 놀리지 않았고 두 번 다시 보고 싶지 않은 모습이었다.

지금 샬럿은 도널드가 보호복을 집어넣은 통을 꽉 닫아서 어느 선반 아래에 밀어 넣는 모습을 지켜보았다. 그녀는 사일로 안의 다른 어디에서도 그 옷을 필요로 하지 않는다는 걸 알았다. 도널드는 손수건을 더듬어 찾았고, 기침을 다시 터뜨렸다. 샬럿은 오빠가 발작적으로 기침하는 동안 드론에만 집중하는 척했다. 도니는 그 보호복에 대해서나 자기 폐에 생긴 문제에 대해서나 이야기하고 싶어 하지 않았고, 샬럿도 그 점을 비난하지 않았다. 오빠는 죽어가고 있었다. 샬럿은 오빠가 죽어가고 있음을 알았고, 꿈속에서처럼 마지막 순간에 정오의 태양을 보고 눈을 가리는 모습으로 오빠를 볼 수 있었다. 그녀는 마지막 순간을 보았던 모든 남자들처럼 도널드를 보았다. 드론 조종 화면에 도니의 아름다운 얼굴이 잡혀서, 하늘에서 오는 피할 수 없는 공격을 바라보고 있었다.

그는 죽어가고 있었고, 샬럿을 위해 식량을 쌓아두고 그녀가 떠날 수 있게 하고 싶어 했다. 그래서 샬럿이 무전기를 갖고 있게 하려고 했다. 그래야 누군가와 대화할 수 있을 테니까. 그녀의 오빠는 죽어가고 있었고, 묻히고 싶어 하지 않았다. 숨도 쉴 수 없는 땅속 구덩이에서 죽기를 싫어했다.

샬럿은 오빠가 그 보호복을 왜 꺼냈는지 아주 잘 알았다.

13

18번 사일로

속이 빈 청소용 보호복이 작업대에 펼쳐져 있었는데, 팔꿈치가 부자연스러운 각도로 꺾인 채 팔 한쪽이 가장자리에 늘어졌다. 분리된 헬멧 바이저는 깜박이지도 않고 조용히 천장을 올려다보았다. 헬멧 안에 들어 있던 작은 화면은 제거했고, 그 자리엔 진짜 세상을 내다볼 투명한 플라스틱 창이 있었다. 줄리엣은 보호복 위로 몸을 기울였고, 아래쪽 옷깃을 천에 고정시키기 위한 육각 나사를 꽉 조이다 보니 가끔씩 떨어진 땀방울이 보호복의 표면을 때렸다. 그녀는 지난번에 이런 보호복을 만들었을 때를 기억했다.

보호복 연구실을 맡은 젊은 IT 기술자 넬슨이 작업장 반대편에 있는 똑같이 생긴 작업대에서 일하고 있었다. 줄리엣이 이 프로젝트의 조수로 고른 사람이었다. 넬슨은 보호복을 잘 알았고, 젊었으며, 그녀에게 반대하지 않는 듯했다. 사실 처음 두 가지 기준은 그리 중요하지 않았다.

"다음에 의논해야 할 문제는 인구 보고서예요." 마샤가 말했다. 이 젊은 비서, 그것도 줄리엣이 요청하지도 않은 비서는 10여 개의 서류철로 곡예를 부리다가 정확한 서류철을 찾아냈다. 옆 작업대에 흩어져 놓인 재생지가 물건을 만드는 작업대를 낮은 책상으로 바꿔놓았다. 줄리엣은 시선을 옮겨 마샤가 서류철을 뒤적이는 모습을 지켜보았다. 그녀의 비서는 막 10대에서 벗어난 가냘픈 여자애였고, 장밋빛 뺨과 단단히 말아 올린 검은 머리가 예뻤다. 마샤는 전임 시장 두 명의 비서이기도 했는데, 짧지만 소란스러운 시간이었다. 금색 신분증과 6층에 있는 아파트와 마찬가지로 마샤도 시장직에 딸려 왔다.

"여기 있네요." 마샤가 말하더니, 입술을 깨물면서 보고서를 훑어보았다. 줄리엣은 그 보고서가 양면 인쇄가 아니라는 점을 알아보았다. 시장실에서 쓰고 재생하는 종이의 양이면 아파트 한 층이 1년 동안 쓸 수 있을 정도였다. 루카스는 언젠가 그게 다 재활용 사업을 계속 돌리기 위해서라는 농담을 하기도 했다. 줄리엣은 정말로 그럴 가능성 때문에 따라 웃지 못했다.

"그 개스킷 좀 건네줄 수 있어?" 줄리엣은 마샤 쪽 작업대를 가리키며 물었다.

젊은 비서는 풀림 방지 와셔 통을 가리켰다가, 코터 핀이 모인 곳을 가리켰다. 그러다가 마침내 개스킷 위로 손을 옮겼다. 줄리엣은 고개를 끄덕였다. "고마워."

"그래서, 30년 만에 처음으로 거주민 숫자가 5천 명 이하가 됐어요." 마샤는 보고서로 돌아갔다. "많이…… 가셨죠." 줄리엣은 개스킷을 옷깃에 박아 넣는 데 집중하면서도 자신을 쳐다보는 마샤의 눈길을 느낄 수 있었다. "티켓 추첨 위원회가 공식 집계를 요구하고 있어요. 그래야 대략적인……."

"티켓 추첨 위원회는 할 수만 있다면 매주 인구 조사를 실행할 걸." 줄리엣은 손가락으로 개스킷에 기름을 문질러 바른 후에 옷깃 반대편을 고정했다.

마샤는 예의 바르게 웃었다. "그래요, 음. 티켓 추첨 위원회는 곧 또 추첨을 하고 싶어 해요. 새로운 숫자 200개를 요청했어요."

"숫자라." 줄리엣은 투덜거렸다. 가끔은 루카스의 컴퓨터들이 잘하는 거라곤 그것뿐이라는 생각이 들었다. 윙윙대는 통에서 숫자를 뽑아내는 키 큰 기계 한 무더기. "내가 대사면을 내릴 생각이라는 이야기는 했어? 그 사람들도 곧 우리의 공간이 두 배가 될 거라는 걸 알고는 있는 거지?"

마샤는 불편한 듯 자세를 바꿨다. "말했어요. 남는 공간에 대해서도 말했고요. 별로 잘 받아들이지 않은 것 같아요."

작업장 저편에서 보호복을 고치던 넬슨이 고개를 들었다. 예전에 사람들이 죽으러 나가기 위해 옷을 입었던 이 오래된 연구실에는 지금 그들 셋밖에 없었다. 이제 그들은 다른 뭔가를 만들고 있었다. 사람들을 밖으로 내보낼 다른 이유가 있었다.

"흠, 위원회가 뭐라고 했어?" 줄리엣이 물었다. "그 사람들도 우리가 다른 사일로에 도착하면, 나와 같이 가서 사일로를 일으켜 세우고 다시 운영할 사람들이 필요하다는 걸 알 텐데. 여기 인구가 확 줄어들 거야."

넬슨은 다시 하던 일에 집중하려 고개를 숙였다. 마샤는 인구 보고서 서류철을 닫고 발만 내려다보았다.

"위원회가 추첨을 연기하자는 내 생각에 대해 뭐라고 했어?"

"아무 말도 안 했어요." 마샤가 고개를 들자, 머리 위에 달린 불빛이 눈동자를 덮은 얇은 눈물 막을 비췄다. "시장님이 말하는 다른 사일로를 믿는 사람이 많지 않은 것 같아요."

줄리엣은 소리 내어 웃고 고개를 절레절레 흔들었다. 마지막 고정 나사를 옷깃에 박는 손이 떨리고 있었다. "위원회가 뭘 믿는지는 사실 중요하지 않아. 안 그래?" 그러나 그녀는 이 말이 그녀에게도 해당한다는 것을 알았다. 누구든 마찬가지였다. 한 사람이 얼마나 많은 의심이나 희망이나 미움을 불어넣든, 바깥세상은 그대로일 것이다. "굴착이 진행 중이야. 하루에 100미터가량을 파고 있지. 티켓 추첨 위원회도 직접 내려가서 봐야 할 것 같아. 그 사람들에게 말해줘. 가서 보라고 해."

마샤는 얼굴을 찡그리며 받아 적었다. "다음 안건은……." 마샤는 장부를 집었다. "급격하게 많은 불평이……."

그때, 문 두드리는 소리가 났다. 줄리엣이 고개를 돌렸을 때 루카스가 미소 지으며 보호복 연구실에 들어왔다. 루카스가 손을 흔들자 넬슨은 8분의 3인치 렌치를 들고 인사했다. 루카스는 마샤를 보고도 놀라지 않은 것 같았다. 루카스는 마샤의 어깨를 잡고 농담했다. "이 사람의 커다란 나무 책상을 이 아래로 옮겨야겠는데요. 운반 예산이 있을 거예요."

마샤는 미소 짓고 검은색 스프링 하나를 잡아당기더니, 연구실을 둘러보았다. "정말 그래야겠어요."

줄리엣은 어린 비서가 루카스를 보고 얼굴을 붉히며 혼자 웃는 모습을 지켜보았다. 헬멧이 깔끔한 찰칵 소리와 함께 옷깃에 잠겼다. 줄리엣은 해제 기제를 시험했다.

"시장님을 빌려도 될까요?" 루카스가 물었다.

"그럼요, 물론이죠." 마샤가 말했다.

"난 안 괜찮은데." 줄리엣은 보호복의 소매 한쪽을 살폈다. "우린 일정보다 한참 뒤처졌어요."

루카스는 얼굴을 찌푸렸다. "일정은 없잖아요. 당신이 정한 일정이지. 게다가 이 일에 대해 허가는 받았어요?" 그는 마샤 옆에서서 팔짱을 꼈다. "뭘 계획하고 있는지 비서에게는 말했어요?"

줄리엣은 뜨끔해서 시선을 옮겼다. "아직요."

"왜요? 뭘 하시는 건데요?" 마샤가 장부를 내리고 보호복을 관찰했다. 이제야 처음으로 살펴보는 것 같았다.

줄리엣은 마샤를 무시하고 루카스를 노려보았다. "일정보다 뒤처졌다는 건, 굴착을 완료하기 전에 이 작업을 끝내고 싶어서예요. 아래쪽에서 야단법석이었어요. 부드러운 흙을 만났다나요. 난 정말이지 굴착팀이 벽을 뚫고 나갈 때 아래에 함께 있고 싶어요."

"그리고 난 당신이 오늘 회의에 참석했으면 좋겠어요. 서두르지 않으면 놓칠 거예요."

"난 안 가요." 줄리엣이 말했다.

루카스가 슥 쳐다보자 넬슨은 렌치를 내려놓고, 마샤를 데리고 문밖으로 나갔다. 줄리엣은 두 사람이 나가는 모습을 보고 그녀의 젊은 루카스가 생각보다 더 큰 권위를 갖고 있음을 깨달았다.

"이건 시청의 월례 회의예요." 루카스가 말했다. "당신이 당선된 후 첫 회의고요. 피컨 판사에게 당신이 갈 거라고 했어요. 줄스, 시장 노릇을 하지 않으면 그리 오래 시장으로 있을 수⋯⋯."

"좋아요." 줄리엣은 두 손을 들어 올렸다. "난 시장이 아니에요. 내가 그렇게 선포하죠." 그녀는 드라이버로 허공에 휘갈겨 썼다. "서명하고 도장도 찍었어요."

"좋지 않아요. 후임 시장이 이 모든 걸 어떻게 생각할 것 같아요?" 루카스는 손을 내저어 작업대를 가리켰다. "그래도 당신이 이런 게임을 할 수 있을까요? 이 방은 곧바로 처음의 목적으로 돌아갈 거예요."

줄리엣은 그에게 쏘아붙이고 싶은 충동, 지금 하고 있는 일은 게임이 아니라 훨씬 심각한 일이라고 말하고 싶은 충동을 씹어 삼켰다.

줄리엣이 무슨 표정을 지었는지는 몰라도 루카스는 그 얼굴을 외면했다. 그의 시선이 줄리엣이 가져다 둔 간이침대 옆에 쌓인 책 더미에 꽂혔다. 그녀는 가끔 두 사람의 의견이 맞지 않거나, 그냥 혼자 있을 곳이 필요할 때 여기에서 잤다. 최근에는 수면 자체를 많이 취하지 않기도 했다. 그녀는 눈을 문지르며 네 시간을 내리 잔 게 언제였는지 기억해보려고 했다. 밤이면 에어록 안에서 용접을 하며 시간을 보냈고, 낮이면 보호복 연구실 아니면 통신 허브 뒤에서 시간을 보냈다. 실제로는 잠을 잔다고 할 수도 없었다. 그저 잠깐씩 의식을 잃을 뿐이었다.

"저 책들은 안전하게 보관해야 해요." 루카스가 책 더미를 가리키며 말했다. "계속 꺼내놓으면 안 돼요."

"누가 펼쳐본다 해도 아무도 안 믿을 거예요." 줄리엣이 말했다.

"종이 때문에 그래요."

그녀는 고개를 끄덕였다. 그 말이 맞았다. 그녀는 그 책에서 정보를 보았지만, 다른 사람들은 돈을 볼 것이다. "다시 갖다 둘게요." 그녀는 약속했고, 갈라진 피복에서 새는 기름처럼 분노가 빠져나갔다. 그녀는 무전기로 자기가 제일 좋아하는 페이지를 모아서 책 한 권을 만들고 있다고 말해준 엘리스를 생각했다. 줄리엣에게도 그런 책이 필요했다. 엘리스의 책은 아마 예쁜 물고기와 밝은색의 새들로 가득할 테지만, 줄리엣의 책은 음울한 것들의 목록이 될 것이다. 인간의 마음속에 있는 것들.

루카스가 한 걸음 다가서더니 그녀의 팔에 손을 얹었다. "이 회의는……."

"사람들이 재투표를 생각하고 있다면서요." 줄리엣은 그의 말을 끊었다. 그녀는 얼굴에 흘러내린 머리카락을 걷어내어 귀 뒤로 넘겼다. "어차피 난 시장 자리에 오래 있지 못할 거예요. 그래서 이 일을 끝내야 하는 거예요. 모두가 다시 투표할 때쯤에는 결과가 상관없어질 거예요."

"왜죠? 그때쯤엔 다른 사일로의 시장이 될 거라서요? 그게 당신 계획이에요?"

줄리엣은 둥그런 헬멧에 한 손을 얹었다. "아니요. 그때쯤엔 내가 답을 얻을 거라서요. 그때쯤엔 사람들도 보게 될 거라서요. 그러면 다들 날 믿을 거예요."

루카스는 팔짱을 끼고 깊은 한숨을 내쉬었다. "난 서버실에 내려가야 해요. 연락이 왔을 때 받을 사람이 아무도 없으면 결국엔 사무실에도 불이 번쩍이기 시작할 테고, 모두가 대체 무슨 일이냐고 물을 거예요."

줄리엣은 고개를 끄덕였다. 직접 본 적도 있는 상황이었다. 또한 그녀는 루카스가 그녀만큼이나 서버 뒤에서 길게 대화하기를 좋아한다는 것도 알았다. 차이라면 루카스가 그녀보다 대화를 더 잘한다는 것뿐이었다. 줄리엣의 대화는 모두 말다툼으로 이어졌다. 루카스는 상황을 부드럽게 다듬고 이해하는 데 능했다.

"제발 회의에 가겠다고 말해줘요, 줄스. 간다고 약속해줘요."

그녀는 넬슨이 얼마나 진행했는지 보려고 다른 작업대 위의 보호복을 살펴보았다. 두 번째 에어록에 한 사람이 더 들어가려면 보호복도 한 벌이 더 필요했다. 밤을 새우고 내일 하루 종일 일한다면……

"날 위해서요." 루카스가 애원했다.

"갈게요."

"고마워요." 루카스는 벽에 걸린 낡은 시계를 흘긋 보았다. 뿌연 플라스틱 안에 빨간 시침과 분침이 보였다. "저녁 식사 때 볼까요?"

"그럼요."

루카스가 몸을 기울이더니 그녀의 뺨에 입을 맞췄다. 그가 몸을
돌리자 줄리엣은 나중에 쓰기 위해 가죽 패드 위에 공구를 늘어놓
기 시작했다. 그녀는 깨끗한 천을 집어서 두 손을 닦다가 말했다.
"아 참, 루카스?"

"네?" 그는 문 앞에서 멈칫했다.

"그 새끼한테 내 인사도 전해줘요."

14

루카스는 보호복 연구실을 나서서 34층 반대편에 있는 서버실로 향했다. 가면서 텅 빈 전자장비실을 지나쳤다. 예전에 그 방에서 일하던 남자와 여자들은 이제 심층부와 공급부에서 목숨을 잃은 기계공들과 다른 노동자들의 자리를 메꿨다. IT부 사람들이 죽인 사람들의 자리를 대신했다.

후유증에 시달리는 기계부를 맡은 사람은 줄리엣의 친구인 셜리였다. 셜리는 뼈대만 남은 교대조에 대해 루카스에게 끝없이 불평했고, 루카스가 도울 사람들을 재배치하고 나자 또 불평했다. 그에게 뭘 원한 걸까? 인력을 원하긴 했어도, 아마 IT부 사람들을 바라진 않았겠지.

루카스가 다가가자 휴게실 바깥에 서 있던 몇 안 되는 기술자와 보안 인력들이 조용해졌다. 손을 흔들자 상대방은 정중하게 손을 들어 올렸다. "부장님." 누군가가 하는 말에 루카스는 움찔했다. 그가 모퉁이를 돈 후에야 잡담이 다시 시작되었고, 루카스는 자신도 예전에 상사가 빠른 걸음으로 지나갈 때 그런 식으로 대화하던 기억을 떠올렸다.

버나드. 예전에 루카스는 책임을 맡는다는 게 무슨 의미인지 이해한다고 생각했다. 그냥 자신이 원하는 대로 하면 되는 거라고. 결정은 임의로 내리는 것이며, 잔인해지고 싶어서 잔인하게 군다고. 그리고 이제 그는 예전에 상상했던 어떤 것보다 더 나쁜 일들에도 동의하고 있었다. 이제 그는 너무나 끔찍한 세상에 대해 알았다. 어쩌면 루카스 같은 부류는 이끄는 위치에 맞지 않을지도 몰랐다. 결코 큰 소리로 말할 수는 없었지만, 어쩌면 재투표가 최선일 수도 있었다. 줄리엣이라면 IT부에서도 대단한 연구 기술자가 될 것이다. 납땜과 용접은 그저 규모의 차이일 뿐, 그렇게 다르지 않았다. 그런 생각을 하다가 그는 줄리엣이 다른 사람이 입고 청소하러 나갈 보호복을 만드는 모습, 아니면 그 주에는 출생이 어느 정도 허용되는지를 두고 다른 사일로에서 지시를 받으며 하릴없이 앉아 있는 모습을 상상해보려고 했다.

그보다는 새로운 시장을 선출하면 두 사람이 떨어져 지낼 가능성이 더 컸다. 아니면 루카스가 기계부로 전근하겠다는 요청을 내고 렌치 돌리는 방법을 배워야 할지도 모른다. IT부 책임자에서 3교대 기계공으로. 루카스는 소리 내어 웃었다. 그는 서버실 문에 암호를 입력하면서 어쩌면 직업을 버리고 그녀와 인생을 함께하는 것도 낭만적일지 모른다는 생각을 했다. 밤이면 위로 올라가서 별을 보는 것보다 더 낭만적인 일일지도 모른다. 줄리엣이 이 래라저래라 하는 데 익숙해지긴 해야겠지만, 그건 문제가 아니다. 기름때를 다 닦아내면 아래에 있는 줄리엣의 예전 방도 살 만해질 것이다. 루카스는 서버 사이를 걸으면서 발아래 공간에서 훨씬 힘들게 살았던 시간을 생각했다. 중요한 건 두 사람이 함께한다는 것이다.

머리 위 불빛은 아직 깜박거리지 않았다. 루카스가 빨리 왔거나, 도널드라는 남자의 연락이 늦었다. 루카스는 옆면이 열린 채 전선을 쏟아낸 서버 몇 대를 지나쳐서 안쪽 벽을 향해 걸어갔다. 그는 도널드의 도움을 받아서 그 기계들에 온전히 접속하고, 그 안에 무엇이 있는지 알아내고 있었다. 아직은 흥미진진한 성과가 없었지만, 진척은 있었다.

그는 오래전에 그에게 집 속의 집이 되었던 통신 서버 앞에 멈 춰 섰다. 지금 루카스가 그 서버 뒤에서 빠져드는 대화는 그때와 종류가 달랐다. 통신선 반대편에 있는 사람도 달랐다.

아래에서 흔들거리는 나무 의자도 하나 가져다 두었다. 루카스 는 의자를 위로 밀어 올리면서 사다리를 오르고, 줄리엣은 밧줄을 내렸어야 했다고 소리치며 둘이서 어린 운반인들처럼 다투던 시 간을 떠올렸다. 그 의자 옆에는 책이 든 금속 통이 쌓여서 협탁 비 슷한 역할을 했다. 그 위에는 〈유산〉 책 한 권이 펼쳐져 있었다. 루 카스는 의자에 앉아서 책을 집어 들었다. 구석을 접어서 표시해둔 페이지들이 있었다. 질문이 있으면 가장자리 여백에 작게 점을 찍 었다. 그는 책을 보면서 연락을 기다렸다.

예전에는 그 책에서 지루하다고 생각했던 부분이 지금은 루카스가 제일 신경 쓰는 내용이었다. 갇혀 있던 동안, 그러니까 입문 의식 동안 그는 강제로 〈규칙〉에서 인간 행동을 다루는 내용을 읽어야 했다. 이제 그는 그 항목들을 자세히 보았다. 그리고 통신선 반대편에 있는 목소리의 주인인 도널드는 이 내용들이 그냥 지어낸 이야기가 아니라고 믿게 만들었다. 로버스 동굴 소년들과 밀그램과 스키너 같은 내용들, 그중에 일부는 실제로 일어난 일이었다.

루카스는 이런 이야기들을 졸업한 후에 〈유산〉의 책들에서 더 많은 가르침을 찾아냈다. 이제 그의 관심을 장악한 것은 구세계의 역사였다. 수천 년에 걸쳐서 한 번씩 폭동이 일어났다. 루카스와 줄리엣은 그런 주기적인 폭력 사태를 끝낼 수 있느냐 없느냐를 두고 논쟁했다. 그 책들은 폭력을 끝낼 수 있다는 희망은 어리석다고 말했다. 그러다가 루카스는 통째로 폭동의 여파가 지닌 위험성만을 다루는 장을 찾아냈는데, 바로 지금 그들이 처한 상황과 같았다. 그는 크롬웰과 나폴레옹, 카스트로, 레닌 같은 이상한 이름을 갖고 민중을 해방시키려 싸웠다가 이전보다 더 나쁜 정부의 노예로 만들어버린 남자들에 대해 읽었다.

줄리엣은 그건 다 전설이라고 주장했다. 신화라고, 부모님들이 자식들의 행동을 바로잡으려고 써먹는 귀신 이야기 같은 거라고 말이다. 그녀는 그런 내용은 다 세상이 해체되는 일이 간단하다는 것을 의미하며, 인간의 본성이라는 중력이 적극적으로 그렇게 하도록 잡아당긴다고 보았다. 복잡한 부분은 그 후의 재건이었다.

부당함이 존재했던 자리에 무엇을 놓을지를 생각하는 사람은 극소수였다. 그녀는 언제나 사람들이 일단 부수고 나면 부서진 조각과 재를 다시 붙일 수 있다는 듯이 군다고 말했다.

루카스 생각은 달랐다. 루카스는 이 이야기들이 진짜라고 생각했고, 도널드도 그렇게 말했다. 그래, 혁명은 고통스럽다. 언제나 사태가 더 나빠지는 기간이 있을 것이다. 하지만 결국에는 다시 상황이 나아진다. 사람들은 실수로부터 배운다. 그게 루카스가 어느 날 밤에 도널드에게 받은 전화로 어두운 시간을 다 보내고 나서 줄리엣을 설득하려던 내용이었다. 물론 줄스는 논쟁에서 마지막 발언을 차지해야만 했다. 그녀는 루카스를 데리고 구내식당으로 올라가서 지평선 너머에 밝아오는 기운을, 생명 없는 언덕들을, 노후한 탑들 위에 드물게 맺히는 햇빛을 가리켰다. "이게 그 나아진 세상이에요. 이게 실수로부터 잘도 배운 인간의 모습이라고요."

줄리엣은 언제나 결정적인 발언을 했지만, 루카스에게는 더 할 말이 있었다. "이건 더 나아진 세상이 오기 '전'의 나쁜 시절일지도 모르죠." 그는 커피에 대고 속삭였다. 그리고 줄리엣은 못 들은 척했다.

루카스의 손가락 사이에 잡혀 있던 책장이 빨간색으로 물들었다. 그는 이제 호출이 들어왔다는 표시로 깜박이고 있는 머리 위 불빛을 보았다. 통신 서버에서 진동음이 났다. 첫 번째 슬롯 위에서 불이 깜박였다. 그는 헤드셋을 집어 들고 꼬인 선을 풀어 수신기에 꽂았다.

"여보세요?" 루카스가 말했다.

"루카스." 기계는 목소리에서 모든 억양과 감정을 제거했다. 실망감은 예외였다. 받은 사람이 줄리엣이 아니라는 사실에 대한 실망감이, 목소리에 바로 실리지는 않았다 해도 느껴졌다. 다 루카스의 상상일 수도 있겠지만.

"저뿐입니다." 루카스가 말했다.

"좋아요. 미리 말하자면 여기에 긴급한 일들이 있어서, 통화할 시간이 짧습니다."

"알겠습니다." 루카스는 책에 표시해둔 곳을 찾았다. 이전에 대화하다가 끊긴 곳으로 넘어갔다. 이런 통화를 하다 보면 버나드와 하던 공부가 생각났다. 다만 이제는 〈규칙〉을 졸업하고 〈유산〉으로 넘어갔을 뿐. 그리고 도널드는 버나드보다 답이 빠르고, 더 솔직했다. "그래서…… 이 루소라는 사람에 관해 묻고 싶었는데요……."

"들어가기 전에, 다시 한번 굴착을 멈추라고 간청해야겠는데요." 도널드가 말했다.

루카스는 손가락을 페이지 사이에 끼운 채로 책을 닫았다. 줄리엣이 시청 회의에 참석하겠다고 해서 다행이었다. 줄리엣은 이 화제가 나올 때마다 활기를 띠었다. 도널드는 그녀가 예전에 했던 위협 때문에 그들이 1번을 향해 땅을 파고 있다고 생각하는 것 같았고, 줄리엣은 루카스에게 굳이 오해를 풀어주지 말라고 맹세까지 시켰다. 그녀는 1번에서 17번에 있는 친구들에 대해 알아내거나, 그들을 구하겠다는 계획을 알게 되기를 바라지 않았다. 루카

120

스는 이 책략이 불편했다. 줄리엣은 그들의 집이 언제든 신비로운 방식으로 폐쇄될 수 있다고 경고한 이 남자를 믿지 않았지만, 루카스는 그가 어떻게든 그들을 도우려 하는 사람이라고 보았다. 줄스는 도널드가 본인의 죽음을 무서워한다고 생각했다. 루카스는 도널드가 그들의 죽음을 두려워한다고 생각했다.

"유감이지만 굴착은 계속되어야 할 것 같습니다." 루카스는 말했다. 하마타면 '줄리엣이 멈추지 않아요'라고 말해버릴 뻔했지만, 둘이 연대한다는 느낌을 주는 게 나으리라.

"이쪽 사람들이 진동을 알아차릴 거예요. 뭔가 일이 벌어지고 있음을 알 겁니다."

"그 사람들에게 우리 발전기에 문제가 있다고 해주실 수 없나요? 발전기가 다시 어긋났다고요."

컴퓨터도 손댈 수 없는 실망의 한숨 소리가 들렸다. "여기 사람들이 그보다는 똑똑해요. 내가 한 일은 이 문제를 파고드느라 시간 낭비하지 말라고 지시한 게 다고, 그게 내가 할 수 있는 전부예요. 진심으로 말하는데, 이 일에선 좋은 결과가 나올 수 없어요."

"그렇다면 왜 우리를 돕는 겁니까? 왜 당신 목을 내놓는 거예요? 지금 그러고 계신 것 같은데요."

"내 일은 당신들이 죽지 않게 하는 겁니다."

루카스는 서버 타워 내부를, 깜박이는 불빛과 전선들과 전자기판들을 찬찬히 보았다. "그래요. 하지만 이런 대화 말이죠. 이 책들을 두고 나누는 대화, 매일 시계처럼 정확한 연락, 그런 건 왜 하는 거죠? 그러니까…… 당신이 이런 대화에서 얻을 게 뭐가 있나요?"

통신선 저편에서 잠시 침묵이 흘렀다. 자칭 그들의 후원자가 말하는 흔들림 없는 목소리에 드물게 확신이 없어지는 순간이었다.

"그건…… 나에겐 당신들이 기억하도록 도울 기회니까요."

"그게 중요해요?"

"그래요. 중요합니다. 나에겐 중요해요. 난 잊는 게 어떤 느낌인지 알아요."

"이 책들이 그래서 여기 있는 건가요?"

또다시 침묵. 루카스는 우연히 진실에 맞닥뜨렸다고 느꼈다. 지금 들은 말을 기억했다가 나중에 줄리엣에게 전해줘야 할 것이다.

"그 책들이 그곳에 있는 건 누가 세상을 물려받든 간에…… 누가 선택되든 간에 반드시 알게 하기 위해서예요……."

"뭘 알아요?" 루카스는 간절하게 질문했다. 상대를 놓칠까 두려웠다. 도널드는 이전의 대화에서도 이 문제에 가까이 갔었지만, 언제나 더 말하지 않고 물러났다.

"일을 바로잡을 방법을 알게 하기 위해서요." 도널드가 말했다. "이봐요, 시간이 다 됐습니다. 난 가봐야 해요."

"세상을 물려받는다는 건 무슨 의미죠?"

"다음에 말하죠. 가봐야 해요. 안전하게 지내요."

"네." 루카스는 말했다. "당신도……."

하지만 이미 헤드폰에서 딸깍 소리가 난 후였다. 이상하리만치 구세계에 대해 많은 것을 알고 있는 남자가 통화를 끝냈다.

15

줄리엣은 시청 회의에 참석해본 적이 없었다. 돼지가 새끼를 낳는 일처럼, 그런 일이 일어난다는 건 알지만 굳이 현장을 보고 싶다고 느낀 적이 없었다. 첫 참석은 시장으로서가 될 테고, 그녀는 그것이 마지막 참석이기를 바랐다.

그녀는 피컨 판사와 빌링스 보안관과 함께 높은 단 위에 올라갔고, 주민들은 복도에서 흘러 들어와 자리를 찾았다. 한 단 높은 곳에 있노라니 시장에 있는 무대가 생각났고, 줄리엣은 아버지가 이런 회의를 연극에 비유하던 것을 기억했다. 결코 칭찬으로 한 말은 아니었다.

"난 대사를 하나도 몰라요." 그녀는 피터 빌링스에게 수수께끼처럼 속삭였다.

두 사람은 어깨가 닿을 정도로 가까이 앉아 있었다. "잘하실 겁니다." 피터가 말했다. 그는 앞줄에 앉은 젊은 여자에게 미소를 지었고, 그 여자가 대답하듯 손가락을 흔들자 줄리엣은 젊은 보안관이 누군가를 만나고 있었음을 알았다. 삶은 빠르게 다시 이어졌다.

줄리엣은 긴장을 풀려고 했다. 그녀는 모인 사람들을 살펴보았다. 낯선 얼굴이 많았다. 알아볼 수 있는 얼굴도 몇 명 있었다. 복도로 난 출입문은 세 개였다. 그중 두 개의 문은 오래된 벤치들 사이를 가르는 통로로 이어졌다. 세 번째 통로는 벽에 붙어 있었다. 방을 셋으로 나눈 모양새가, 명확하게 정의하지 않았어도 사일로 안을 구획 지은 경계선과 비슷했다. 줄리엣은 듣지 않고도 알 수 있었다. 안으로 들어오는 사람들을 보면 분명했다.

방 한가운데를 차지한 상층부 벤치는 이미 꽉 차 있었고, 그 벤치들 뒤쪽에 서 있는 사람도 많았다. IT부에서 봤거나 구내식당에서 보았던 사람들이었다. 한쪽 옆에 있는 중층부 벤치는 반쯤 차 있었다. 줄리엣은 여기 주민들 대부분은 통로 가까이, 그러니까 최대한 중앙에 가깝게 앉아 있음을 알아차렸다. 초록색 옷을 입은 농부들. 수경재배 배관공들. 꿈이 있는 사람들. 그리고 반대쪽은 거의 비어 있었다. 여기가 심층부를 위한 자리였다. 이 구역 앞줄에는 나이 든 커플 한 쌍이 손을 잡고 앉아 있었다. 줄리엣은 부츠를 만드는 사람인 남자 쪽을 알아보았다. 그들은 먼 길을 왔다. 줄리엣은 심층부 주민들이 더 나타나기를 계속 기다렸지만, 그들은 너무 먼 길을 올라와야 했다. 그리고 이제 그녀는 사일로 심층부에서 일할 때 이런 회의들이 얼마나 멀어 보였는지 돌이켰다. 그녀와 친구들은 무슨 논의가 오갔고 어떤 법이 통과되었는지를 다 끝난 후에 들을 때가 많았다. 멀리 올라와야 해서만이 아니라, 그 사람들 대부분은 내일에 대해 의논하기에는 매일매일 살아남아 터덜터덜 어딘가로 가기에도 바빴기 때문이다.

주민들의 물결이 띄엄띄엄 줄어들자, 피컨 판사가 회의를 시작하려고 일어섰다. 줄리엣은 회의 절차 때문에 지루해서 반쯤 죽을 각오를 했다. 짧은 담화, 소개말, 그다음에는 사람들을 괴롭히는 문제에 귀를 기울일 것이다. 개선하겠다고 약속하고는, 바로 똑같은 일을 하러 돌아갈 것이다.

줄리엣은 일을 하러 돌아가야 했다. 에어록이나 보호복 연구실에서 완수해야 할 일이 너무 많았다. 사소한 불만들, 재투표 요구, 아니면 그녀의 굴착을 두고 욕하는 소리를 듣는 것만은 정말이지 하고 싶지 않았다. 아마 다른 사람들에게는 심각한 일이 그녀에게는 사소하게 느껴지는 것이리라. 죽으러 나갔다가 돌아와서 불의 세례를 받고 살아남으면 대부분의 다툼은 마음속 제일 구석으로 밀려나고 말았다.

피컨이 망치를 두드리고 개회를 선언했다. 그는 모두를 환영하고, 준비된 안건 목록을 읽었다. 줄리엣은 앉은 자리가 좀이 쑤셨다. 군중들 쪽을 보았더니 아주 많은 수가 판사를 보지 않고 그녀를 보고 있었다. 그녀는 피컨의 마지막 문장 끝부분만 겨우 들었다. 그녀의 이름이 나왔기 때문이다. "……여러분의 시장님, 줄리엣 니컬스에게 듣겠습니다."

그는 돌아서서 줄리엣에게 연단으로 올라오라고 손짓했다. 피터가 그녀의 무릎을 두드려 격려했다. 줄리엣이 연단으로 걸어가자, 나사를 단단히 조이지 않은 금속판이 부츠 아래에서 삐걱거렸다. 들리는 소리라곤 그게 다였다. 그러다가 청중 사이에서 누군가가 기침을 했다. 그리고 사람들이 몸을 다시 움직이면서 벤치 사이에서 부스럭대는 소리가 났다. 줄리엣은 연단을 잡고 자신을 마주 보는 뒤섞인 색깔들에, 파란색과 흰색과 빨간색과 갈색과 녹색 작업복들의 물결에 경탄했다. 그녀는 그 옷들 위에 드러난 험상궂은 얼굴들을 보았다. 온갖 생활 분야에서 화난 사람들이 와 있었다. 그녀는 목청을 가다듬으면서 자신이 얼마나 준비가 되지 않았는지 깨달았다. 그녀는 몇 마디를 하고 싶었다. 사람들에게 걱정해줘서 고맙다고 하고, 자신이 그들에게 새롭고 더 나은 삶을 주기 위해 쉬지 않고 일하고 있다고 안심시키고 싶었다. 그냥 한 번만 기회를 달라고 말하고 싶었다.

"고맙습니다⋯⋯." 줄리엣이 입을 열자, 피컨 판사가 그녀의 팔을 잡아당기며 연단에 붙은 마이크를 가리켰다. 뒤쪽에 선 누군가가 들리지 않는다고 외쳤다. 줄리엣이 마이크를 자기 쪽으로 가까이 돌리면서 보니 군중 속에 보이는 얼굴들이 계단에서 지나쳤던 얼굴들과 같았다. 그들은 그녀를 경계했다. 경외심이나 그 비슷한 감정은 의심에 부식되어버렸다.

"오늘 저는 여러분의 질문을 들으러 왔습니다. 여러분의 걱정거리를요." 그녀는 크게 울려 퍼지는 스스로의 목소리에 놀랐다. "그러기 전에, 우리가 올해 무엇을 성취하기를 희망하는지 몇 가지만 말씀드리고 싶습니다."

"이 안에 독을 들였어요?" 뒤쪽에서 누군가가 외쳤다.

"뭐라고요?" 줄리엣은 묻고 나서 목을 가다듬었다.

한 여자가 아기를 안고 일어섰다. "당신이 돌아온 후부터 우리 아이가 열병에 걸렸어!"

"다른 사일로들이 진짜 있습니까?" 누군가가 외쳤다.

"바깥은 어땠나요?"

중층부 벤치에서 한 남자가 화가 나서 불그레한 얼굴로 벌떡 일어났다. "대체 밑에서 뭘 하길래 그렇게 시끄러운 소리가 납니까?"

10여 명이 더 일어나서 소리를 지르기 시작했다. 그들이 던지는 질문과 불평은 섞여서 하나의 소리를, 분노의 엔진음을 만들어 냈다. 사람들이 손가락질을 하고 여기 좀 보라고 손을 흔드는 통에 비좁게 앉아 있던 중앙 구역 사람들이 통로로 밀려 나왔다. 줄리엣은 맨 뒤에 서 있는 아버지를 보았다. 평온한 태도와 걱정스레 찌푸린 얼굴이 눈에 띄었다.

"한 번에 한 사람씩……." 줄리엣은 두 손을 들어 올렸다. 사람들이 앞으로 왈칵 밀려들더니, 탕 소리가 울려 퍼졌다.

줄리엣은 움찔했다.

바로 옆에서 다시 한번 요란하게 탕 소리가 났고, 망치는 이제 피컨 판사의 손에 늘어져 있지 않았다. 판사가 몇 번이고 두드리자 연단 위에 놓인 나무 원반이 튀어 올랐다가 빙그르르 돌아서 제자리로 돌아갔다. 문 옆에 서 있던 부보안관 호일이 멍한 상태에서 빠져나와 통로에 선 사람들 사이를 헤치고 움직이며, 모두

자리로 돌아가 앉고 입을 다물라고 외쳤다. 피터 빌링스도 자리에서 일어나 모두에게 진정하라고 외치고 있었다. 결국에는 군중들에게도 긴장된 정적이 내려앉았다. 하지만 이 사람들 안에서 뭔가가 윙윙대고 있었다. 마치 아직 돌아가지는 않지만 돌고 싶어 하는 모터 같았고, 표면 아래에서 웅웅대며 억제하고 있는 전자음 같았다. 줄리엣은 말을 조심스럽게 골랐다.

"바깥이 어떤지는 말씀드릴 수가 없습니다……."

"말할 수 없는 거요, 말하지 않는 거요?" 누군가가 물었다. 이 사람은 통로를 걸어 다니던 부보안관 호일이 노려보자 조용해졌다. 줄리엣은 심호흡을 했다.

"제가 말씀드릴 수 없는 이유는, 우리가 모르기 때문입니다." 줄리엣은 두 손을 올려서 잠시만 들어보라는 뜻을 전했다. "우리가 벽 너머 세상에 대해 들은 모든 말이 거짓이었고, 꾸며낸 이야기였습니다……."

"거짓말하는 게 당신 쪽이 아닐지 우리가 어떻게 알아?"

그녀는 군중 사이에서 그 목소리를 찾았다. "그야 저는 우리가 아무것도 모른다는 사실을 인정하는 사람이니까요. 또, 여러분에게 우리가 직접 나가서 보아야 한다고 말하기 위해 오늘 여기에 온 사람이기도 하고요. 새로운 눈으로 봐야 합니다. 진짜 호기심을 품고서요. 전 한 번도 이루어지지 않은 일을 하자고 제안합니다. 밖에 나가서 샘플을 가져옵시다. 바깥 공기를 담아 와서 세상이 뭐가 잘못됐는지 보고……."

뒤쪽에서 폭발적인 반응이 일어나며 줄리엣의 나머지 말을 삼켰다. 사람들이 다시 일어섰고, 이번에는 그 사람들을 말리려는 사람들까지 튀어나왔다. 어떤 이들은 이제 호기심을 보였다. 어떤 이들은 전보다 더 격분했다. 망치 소리가 요란하게 울렸고, 호일은 경찰봉을 뽑아서 첫 줄에 대고 흔들었다. 그래도 군중은 진정할 줄 몰랐다. 피터가 총에 손을 올리고 앞으로 나섰다. 줄리엣은 연단에서 물러섰다. 피컨 판사가 팔로 마이크를 때리는 바람에 스피커에서 찢어지는 소리가 났다. 나무 원반이 사라지는 바람에 판사는 연단을 직접 때렸고, 줄리엣은 예전에도 이렇게 질서를 되찾으려고 시도하면서 연단 위에 남은 반달 같은 자국을 보았다. 그 자국들은 찌푸린 표정 같기도 하고 웃는 표정 같기도 했다.

호일 부보안관은 군중들이 앞으로 쏟아지는 바람에 무대까지 물러나야 했다. 많은 사람들이 아직 물어볼 게 있었고, 대부분은 난폭한 분노를 보였다. 떨리는 입술에 맺힌 침이 거품을 이뤘다. 줄리엣은 쏟아지는 비난을 들었고, 줄리엣이 병을 퍼뜨렸다고 하던 아기 안은 여자를 보았다. 마샤가 무대 뒤로 달려와서 진짜 나무처럼 보이게 칠한 금속 문을 활짝 열었다. 그리고 피터가 줄리엣에게 그리로 들어가라고, 판사실로 물러나라고 손짓했다. 줄리엣은 가고 싶지 않았다. 이 사람들을 진정시키고, 좋은 뜻으로 하는 일이라고, 기회만 준다면 이 상황을 바로잡을 수 있다고 말하고 싶었다. 그러나 그녀는 뒤쪽으로 질질 끌려가고 있었다. 어두운 로브가 그림자들처럼 걸린 외투 보관실을 지나, 과거의 판사들 사진이 비스듬히 걸려 있는 복도도 지나쳐, 문과 비슷하게 칠해놓은 낡은 금속 책상까지 끌려갔다.

고함이 뒤쪽에서 막혔다. 잠시 주먹으로 문을 때리는 소리가 들리고, 피터가 욕을 했다. 줄리엣은 테이프로 보수한 낡은 가죽 의자에 무너져서 두 손으로 얼굴을 감쌌다. 그들의 분노는 그녀의 분노였다. 그녀를 시장으로 만든 피터와 루카스에게 분노를 돌리려드는 스스로를 느낄 수 있었다. 굴착을 뒤로하고 꼭대기로 올라오게 만든 루카스, 이 회의에 참석하게 만든 루카스에게 분노를 돌리고 싶었다. 여기 오면 이 대중을 달랠 수 있다고 생각했다니.

문이 잠깐 열리면서 복도 저편에서 폭발적인 소음이 흘러왔다. 줄리엣은 피컨 판사가 합류하는 줄 알았다가, 아버지를 보고 놀랐다.

"아빠."

그녀는 낡은 의자에서 일어서 아버지를 맞이하러 걸어갔다. 아버지는 그녀를 끌어안았고, 줄리엣은 어렸을 때 위안을 찾았던 기억이 있는 아버지의 가슴팍에 안겼다.

"여기 있을지도 모른다고 들었다." 아버지가 속삭였다.

줄리엣은 아무 말도 하지 않았다. 아주 나이 든 기분이었는데도, 아버지에게 안기자 지난 세월이 녹아 사라졌다.

"네가 뭘 할 계획인지도 들었는데, 가지 않았으면 좋겠구나."

줄리엣은 물러서서 아버지를 살폈다. 피터가 실례하겠다고 말한 후 나갔다. 이번에 문이 열렸을 때 바깥에서 흘러든 소음은 아까처럼 크지는 않았고, 줄리엣은 피컨 판사가 그녀의 아버지를 통과시켜주고 밖에서 군중을 진정시키고 있음을 깨달았다. 아버지가 줄리엣에게 반응하는 사람들을 보고, 사람들이 하는 말을 들었다. 그녀는 갑자기 솟아오르는 눈물을 참았다.

"저 사람들은 제게 설명할 기회를 주지 않았어요……." 그녀는 눈물을 훔치며 입을 열었다. "아빠, 저 바깥에 우리와 비슷한 다른 세계들이 있어요. 다른 세상이 있는데 여기 앉아서 우리끼리 싸우는 건 미친 짓이……."

"굴착 이야기가 아니다." 아버지가 말했다. "위에서 하려는 일을 들었어."

"들었……." 그녀는 다시 눈가를 닦고 중얼거렸다. "루카스가……."

"루카스가 아니야. 그 기술자, 넬슨이 검진하러 들렀다가 나보고 혹시 뭔가 잘못될 때를 대비해서 대기해줄 수 있냐고 묻더라. 무슨 소리를 하는 건지 나도 아는 척해야 했다. 넌 조금 전에 밖에 나가겠다는 계획을 선포하려고 했던 것 같은데?" 그는 외투 보관실 쪽을 흘긋 보았다.

"우린 바깥에 무엇이 있는지 알아야 해요." 줄리엣이 말했다. "아빠, 사람들은 이제까지 상황을 조금도 개선하려고 하지 않았어요. 우린 아무것도 모르고……."

"그렇다면 다음 청소부가 보게 하려무나. 그 사람들이 나갔을 때 샘플을 가져오게 해. 너 말고."

줄리엣은 고개를 저었다. "이제 청소형은 없을 거예요, 아빠. 제가 시장인 동안엔 없어요. 저는 아무도 밖에 내보내지 않을 거예요."

아버지가 그녀의 팔에 손을 얹었다. "그리고 난 내 딸을 내보내지 않을 거다."

줄리엣은 팔을 떼어냈다. "죄송해요. 제가 나가야 해요. 예방 조치는 모두 다 취할게요. 약속해요."

아버지의 얼굴이 엄해졌다. 그는 손을 뒤집어 손바닥을 응시했다.

"아버지라면 큰 도움이 될 거예요." 줄리엣은 혹시 지금 새로 균열을 내고 있다면 그 위에 다리를 놓고 싶은 마음에 말했다. "넬슨 생각이 옳아요. 팀에 의사가 있으면 좋을 거예요."

"난 이 일에 전혀 끼고 싶지 않다. 지난번에 너에게 무슨 일이 생겼는지 봐." 그는 보호복의 금속 옷깃이 갈고리 모양의 흉터를 남겨놓은 줄리엣의 목을 보았다.

"그때는 불이었죠." 줄리엣은 작업복을 바로잡으며 말했다. "그리고 다음번에는 뭔가 다른 위험일 거예요."

그들은 사람들이 조용히 판결을 받는 방에서 서로를 가만히 보았고, 줄리엣은 싸움에서 달아나고 싶은 익숙한 유혹을 느꼈다. 줄리엣 나이의 여자에겐 허용되지 않는 방식으로, 기계공이라면 절대 불가능한 방식으로 아버지의 가슴에 얼굴을 묻고 울고 싶은 새로운 욕망이 그 충동과 맞섰다.

"아버지를 또 잃고 싶진 않아요." 그녀는 아버지에게 말했다. "제게 남은 가족이라곤 아버지뿐이에요. 제발 이 일에선 절 지지해주세요."

말하기가 힘들었다. 연약하고 솔직하게 말하다니. 이제는 루카스의 일부가 그녀 안에 살고 있었다. 이건 루카스가 전해준 모습이었다.

반응을 기다리던 줄리엣은 아버지의 얼굴이 누그러드는 모습을 보았다. 그녀의 상상일지도 모르지만, 아버지가 한 걸음 다가서서 방어벽을 내린 것 같았다.

"다녀오기 전과 후에 내가 검진을 해주마." 아버지가 말했다.

"고마워요. 아, 검진이라고 하셔서 말인데, 아버지에게 묻고 싶은 게 또 있어요." 그녀는 작업복의 긴 소매를 팔뚝 위로 걷어 올리고 손목에 남은 하얀 흉터를 살폈다. "혹시 시간이 지나면 흉터가 사라진다는 얘기 들은 적 있어요? 루카스 생각에는……." 그녀는 아버지를 올려다보았다. "흉터가 사라지기도 해요?"

아버지는 숨을 깊이 들이마시더니 잠시 멈췄다. 그의 시선이 줄리엣의 어깨 위를 헤매다가 멀어졌다.

"아니. 상처는 몰라도 흉터는 아니야. 시간이 흘러도 사라지지 않아."

16

1번 사일로

브레버드는 일곱 번째 교대근무를 거의 마쳤다. 이제 세 번만 남
았다. 세 번만 더 근무 기간 동안 보안문 뒤에 앉아서, 누레진 책
장이 떨어져 나갈 때까지 똑같은 소설책 몇 권만 읽고 또 읽으면
된다. 세 번만 더 탁구장에서 탁구채를 휘두르며 근무 기간마다
바뀌는 새로운 부팀장에게 마지막으로 탁구를 친 지 엄청나게 오
래됐다고 말하면 된다. 지겹도록 똑같은 음식을 먹고 똑같은 옛날
영화를 보고 깨어나면 그를 맞이하는 다른 모든 똑같고 낡고 무미
건조한 것들을 세 번만 더 견디면 된다. 세 번만 더. 그는 해낼 수
있었다.

1번 사일로의 보안팀장은 이제 예전에 은퇴까지 남은 연수를
헤아렸던 것처럼 남은 근무 수를 헤아렸다. '별일 없이 지나가라'
를 주문처럼 외웠다. 무미건조한 게 좋았다. 지나가는 시간의 맛

은 평범했다. 그는 말라붙은 핏자국이 가득한 채 열려 있는 냉동 수면 장치 앞에 서서, 입안에 전혀 평범하지 않은 역한 맛을 느끼며 그런 생각을 했다.

스티븐스 부팀장이 장치 안을 한 번 더 찍는 통에, 카메라에서 눈 부신 빛이 쏟아졌다. 안에 들어 있던 몸은 몇 시간 전에 치웠다. 의료 기술자 한 명이 옆 수면 장치를 정비하다가 이쪽 장치 뚜껑에 남은 핏자국을 알아차렸다. 그는 얼룩을 반쯤 닦아낸 후에야 그게 무엇인지 깨달았다. 브레버드는 이제 그 의료 기술자의 걸레가 남긴 자국을 찬찬히 보았다. 그리고 쓴 커피를 또 한 모금 마셨다.

커피가 담긴 머그잔은 식은 지 오래였다. 사람 몸을 저장해놓은 창고의 차가운 공기 탓이었다. 브레버드는 이 아래에 오는 것이 싫었다. 여기에서 벌거벗은 채 깨어나는 것도 싫었고, 여기로 내려와서 잠드는 것도 싫었으며, 이 방이 커피를 식히는 것도 싫었다. 그는 커피를 한 모금 더 마셨다. 교대근무를 세 번만 더 하면 은퇴였다. 그게 무슨 의미든 간에. 아무도 그렇게 멀리까지는 생각하지 않았다. 오직 다음번 근무만 생각했다.

스티븐스가 카메라를 내리더니 출구 쪽으로 고갯짓을 했다. "다시가 돌아왔습니다."

두 경찰관은 야간 경비원인 다시가 냉동실 안을 걸어오는 모습을 지켜보았다. 다시가 그날 아침 일찍 제일 먼저 현장에 도착했고, 부팀장인 스티븐스를 깨웠으며, 스티븐스는 다시 상관을 깨웠다. 그 후에 다시는 그만 가서 자라는 명령을 거부했다. 대신 두 사람이 범죄 현장을 살피는 동안 시신과 같이 의료부에 가서 검사 결과를 기다리겠다고 자원했다. 다시는 이제 그들 쪽으로 걸어오면서 종이 한 장을 너무나 열렬히 흔들고 있었다.

"전 이 사람 못 참겠어요." 스티븐스가 대장에게 속삭였다.

브레버드는 회피 삼아 커피를 마시면서 야간 경비원이 다가오는 모습을 보았다. 다시는 20대 후반 아니면 30대 초반 정도로 젊었고, 금발이었으며 언제나 멍청하게 웃는 얼굴이었다. 딱 경찰이 온갖 나쁜 일이 벌어지는 야간 근무에 배치하고 싶어 하는 미숙련 자였다. 논리적이진 않지만, 전통이 그랬다. 경험이 많은 사람은 미친 짓이 일어날 때 숙면을 취할 수 있었다.

"제가 뭘 받아 왔는지 믿지 못하실 거예요." 다시가 스무 걸음 떨어진 곳에서 극성을 떨었다.

"일치한다는 결과겠지." 브레버드는 건조하게 말했다. "뚜껑에 묻은 피와 수면 장치 안이 일치한다는 결과." 그는 다시가 브레버드나 스티븐스에게 줄 뜨거운 커피를 가져오지 않은 건 알겠다고 덧붙일 뻔했다.

"그것도 있는데요." 다시는 짜증 난 얼굴로 말했다. "어떻게 아셨어요?" 그는 심호흡을 몇 번 하고 보고서를 건넸다.

"일치하는 결과는 신이 나니까." 브레버드는 종이를 받으면서 말했다. "일치하니까 할 말이 있다는 듯이 허공에 결과를 흔들지. 변호사와 배심원들도 일치한다는 결과가 나오면 흥분하고." 그는 '신참들도 그렇지'라고 덧붙이고 싶었다. 그는 다시가 오리엔테이션 이전에 무슨 일을 했는지 몰랐지만, 경찰 일은 확실히 아니었다. 브레버드가 보고서를 보니 일반적인 DNA 일치 결과가 보였다. 연속적인 막대기 그림이 다른 그래프와 나란히 놓여 있고, 똑같은 부분을 연결하는 선이 그려져 있었다. 그리고 뚜껑에서 얻은 혈액 샘플과 수면 장치 기록, 이 두 개는 완전히 똑같았다.

"음, 더 있어요." 다시가 말했다. 야간 경비원은 그러면서 심호흡을 또 했다. 엘리베이터에서 내려서 복도를 달려온 게 분명했다. "아주 많아요."

"우리가 짜 맞춘 것 같은데." 스티븐스가 자신 있게 말하며 열려 있는 수면 장치를 고개로 가리켰다. "살인이 여기에서 벌어진 건 확실해. 시작은……."

"살인이 아니에요." 다시가 말을 끊었다.

"이 친구에게도 기회를 좀 줘." 브레버드는 머그잔을 들어 올리면서 말했다. "몇 시간 동안 현장을 보고 있었다고."

다시는 뭔가 말하려다가 참았다. 피곤한 듯 눈 밑을 문지르긴 했지만, 고개를 끄덕였다.

"좋아." 스티븐스가 카메라로 냉동 수면 장치를 가리켰다. "뚜껑에 피가 묻었다는 건 싸움이 여기 바깥에서 시작됐다는 의미야. 우리가 안에서 찾아낸 남자는 싸움이 일어난 후에 우리의 살인자에게 눌렸을 거야. 그래서 뚜껑에 피가 묻은 거지. 그 후에 이 남자는 자기 수면 장치 안에 내던져졌어. 두 손은 묶였는데, 아마 살인자가 총을 겨누고 있었겠지. 손목 주위에서는 달리 싸움의 흔적을 보지 못했거든. 이 남자는 가슴에 한 방을 맞았어." 스티븐스가 뚜껑 안쪽에 남은 핏자국과 얼룩을 가리켰다. "여기에 피가 튄 걸 보면 피해자는 앉아 있었어. 하지만 핏자국이 흐른 모양을 보면 그 직후에 뚜껑이 닫혔을 거야. 그리고 착색 정도를 보면 이 사건은 우리 근무 기간에, 분명히 한 달 안에 일어난 것 같아."

브레버드는 내내 다시의 얼굴을 관찰하며, 그 얼굴이 동의하지 않는다는 듯 일그러지는 모습을 보았다. 이 청년은 자기가 상관보다 잘 안다고 생각했다.

"또 뭐가 있지?" 브레버드는 더 이야기하라고 스티븐스를 재촉했다.

"아, 그렇죠. 피해자를 살해한 후, 우리의 범인은 시신이 부패하지 않게 정맥주사와 카테터를 끼웠습니다. 그러니까 의료 훈련을 받은 사람인 거죠. 물론 아직 근무 중일 수도 있습니다. 그래서 의료팀 주변이 아니라 이 아래에서 논의하는 게 최선이라고 생각한 거고요. 의료진은 한 번에 한 명씩 심문해야겠죠."

브레버드는 고개를 끄덕이고 커피를 한 모금 마시며, 야간 경비원의 반응을 기다렸다.

"살인이 아니었어요." 다시가 몹시 화가 나서 말했다. "제가 알아 온 다른 소식을 듣고 싶으시긴 해요? 우선, 말씀대로 뚜껑에 묻은 피가 이 장치에 등록된 데이터베이스 기록과 일치하기는 하지만, 피해자와는 일치하지 않아요. 안에 들어 있던 사람은 다른 사람이에요."

브레버드는 커피를 뱉을 뻔했다. 그는 손으로 콧수염을 닦았다. "뭐라고?" 그는 제대로 들은 게 맞나 싶어서 반문했다.

"바깥에 있던 피에는 침이 섞여 있었는데, 두 번째 사람의 침이었어요. 의사 선생이 아마 기침 때문일 테고, 어쩌면 가슴의 상처일 수도 있대요. 그러니까 우리의 용의자도 부상을 입었을 가능성이 있죠."

"잠깐만. 그러면 우리가 수면 장치 안에서 찾아낸 남자는 누구야?" 스티븐스가 물었다.

"의료진도 잘 몰라요. 혈액 검사를 돌리긴 했는데, 기록에 누가 손을 댄 것 같아요. 이 수면 장치 앞으로 등록된 사람은, 그 남자는 아예 행정동에 있으면 안 돼요. 심냉동실에 들어가 있어야 했죠. 그리고 뚜껑 안쪽에 묻은 피는 행정 인력 파일에 있는 부분 기록과 일치하니까, 여기 어디에 있을 사람이긴 한데……."

"부분 기록이라니?" 브레버드가 물었다.

다시는 어깨를 으쓱였다. "파일이 다 엉망이 됐어요. 휘트모어 박사님 말에 따르면요."

"아." 스티븐스 부팀장이 손가락을 딱 울렸다. "알았다. 여기에서 무슨 일이 벌어진 건지 알았어." 그는 카메라로 수면 장치를 가리켰다. "여기 밖에서 싸움이 있었던 거죠, 맞죠? 심냉동에 들어가기 싫은 사람이 어찌어찌 풀려났는데, 해킹하는 방법을 알고……."

"잠깐만." 브레버드가 한 손을 들어 올렸다. 그는 다시의 얼굴에서 아직 할 말이 더 있음을 알 수 있었다. "왜 계속 살인이 아니었다고 우기는 거지? 우리에겐 총상, 핏자국, 닫힌 뚜껑, 없어진 무기, 손이 묶여 있던 남자, 그리고 누구 앞으로 등록되어 있었건 간에 이 수면 장치 뚜껑에 묻은 피가 있어. 이 사건에서 나온 모든 증거가 살인이라고 울부짖는데."

"바로 그걸 말씀드리려고 했어요." 다시가 말했다. "이게 살인이 아닌 건, 그 남자가 장치에 꽂혀 있었기 때문이에요. 총에 맞기전에도, 내내 장치에 연결되어 있었죠. 그리고 수면 장치는 여전히 작동하고 있어요. 이 트로이라는 사람은······ 아니면 누구든 간에, 우리가 꺼낸 사람은 아직 살아 있어요."

17

세 남자는 냉동 수면 장치를 뒤로하고 의료동과 수술실로 향했다.
브레버드의 머릿속이 팽팽 돌아갔다. 이런 난장판을 근무 기간에
겪을 필요는 없었다. 이건 평범한 상황이 아니었다. 그는 이 사건
이 끝난 후에 써야 할 보고서를 생각해보고, 다음 보안팀장에게
브리핑하는 일이 얼마나 재미있을지 상상했다.

"양치기를 관여시켜야 할까요?" 스티븐스가 행정동의 최고 임
원을 두고 말했다. 거의 혼자 지내는 남자였다.

브레버드는 코웃음을 쳤다. 그는 암호를 입력해서 심냉동실 문
을 열고, 두 사람을 이끌고 복도로 나갔다. "이건 그분이 맡기엔
좀 저급한 일 같지 않아? 양치기는 모든 사일로를 다 걱정해야 해.
혼자 틀어박혀 있는 모습을 보면 그게 얼마나 부담스러운지 알 수
있잖아. 이런 사건을 해결하는 건 우리 일이야. 설사 살인이라 해

도."

"옳은 말씀입니다." 스티븐스가 말했다.

아직 호흡이 거친 다시가 힘들게 따라왔다.

그들은 엘리베이터를 타고 두 층을 올라갔다. 브레버드는 직접 조사했을 때 총상 입은 몸뚱이가 어땠는지 생각했다. 그 남자는 안치소에 있는 시체처럼 뻣뻣하고 차가웠지만, 생각해보면 모두가 처음 깨어났을 때는 그렇지 않던가? 그는 냉동과 해동 과정이 일으키는 온갖 손상을 생각하고, 핏속에 든 기계들이 어떻게 세포 단위로 손상을 고치게 되어 있는지 생각했다. 그 작은 기계들이 총상에도 같은 일을 할 수 있다면?

68층에서 엘리베이터 문이 열렸다. 브레버드는 수술실에서 흘러나오는 목소리를 들을 수 있었다. 지난 몇 시간 동안 그와 스티븐스가 생각해낸 가설을 버리기는 힘들었다. 그 가설을 버리고 다시가 말해준 사실에 적응하기는 쉽지 않았다. 기록에 누군가 손을 댔다고 생각하면 이 일이 훨씬 더 복잡한 문제가 됐다. 이제 세 번만 더 근무하면 끝인데, 이제 와서 이런 사건이라니. 하지만 피해자가 실제로 살아 있다면, 범인은 확실히 잡을 수 있을 것이다. 그 남자가 말을 할 상태라면 자기를 쏜 남자가 누군지 알아볼 수 있겠지.

거의 쓰지 않는 수술실 바깥의 대기실에 의사와 보조원 한 명이 있었다. 장갑은 벗은 채였고, 의사의 회색 머리카락은 손가락으로 마구 헤집은 것처럼 흐트러져 있었다. 둘 다 기진맥진한 얼굴이었다. 브레버드가 수술실 창문을 들여다보니, 수면 장치에서 꺼낸 바로 그 남자가 보였다. 잠든 것처럼 누워 있었지만 혈색은 완전히 달랐고, 연한 파란색 종이 가운 안으로 튜브와 전선들이 구불구불 이어졌다.

"이례적인 반전이 있었다면서요." 브레버드는 개수대로 걸어가서 커피를 버리고, 혹시 새로 끓인 커피 주전자가 있나 둘러보았다. 커피는 없었다. 지금 이 자리에서 뜨거운 커피 한 잔, 담배 한 갑, 그리고 그 담배를 피워도 좋다는 허가만 준다면 교대근무를 한 번 더 하라고 해도 할 지경이었다.

의사는 보조원의 팔을 토닥이고 지시를 내렸다. 젊은 남자는 고개를 끄덕이더니 주머니에서 장갑을 꺼내어 끼고 다시 수술실로 들어갔다. 브레버드는 보조원이 환자에게 연결된 기계들을 확인하는 모습을 보았다.

"말은 할 수 있습니까?" 브레버드가 물었다.

"아, 그럼요." 휘트모어 박사는 회색 수염을 긁었다.

"여기 도착했을 때 한바탕 난리가 났습니다. 환자가 보기보다 힘이 세요."

"그리고 완전히 죽지도 않았죠." 스티븐스가 말했다.

아무도 웃지 않았다.

"환자는 대단히 활력이 있었습니다. 자기 이름이 트로이가 아니라고 주장하더군요. 검사를 해보기 전에요." 휘트모어 박사는 지금은 브레버드가 들고 있는 종이를 고갯짓으로 가리켰다.

브레버드는 그 말대로냐고 다시를 쳐다보았다.

"전 화장실에 있었어요." 다시가 우물쭈물 인정했다. "환자가 깨어났을 땐 여기 없었죠."

"저희가 진정제를 놨습니다. 그리고 신원을 확인하려고 제가 혈액 샘플을 뽑았죠."

"결과는 어떻게 나왔습니까?" 브레버드가 물었다.

휘트모어 박사는 고개를 저었다. "환자의 기록은 삭제됐어요. 적어도 저는 그렇게 생각합니다." 그는 찬장에서 플라스틱 컵을 하나 꺼내더니, 싱크대에서 물을 받아 마셨다. "저에게 접속 권한이 없기 때문에, 기록이 일부만 나오긴 합니다. 지위와 냉동 수면 수준만 나오죠. 예전에, 첫 근무 때 이걸 본 기억이 있어요. 그 사람도 행정동 출신이었는데, 그 생각을 하고 나니 팀장님이 이분을 어디에서 찾았는지가 기억났죠."

"행정동이라." 브레버드는 말했다. "하지만 이게 저 사람 수면 장치가 아니었단 말이죠?" 그는 다시에게 들은 말을 기억했다. "뚜껑에 묻은 피는 장치와 일치하지만, 안에 들어 있던 사람은 다른 사람이라고요. 그렇다면 누군가가 시체를 숨기려고 자기 수면 장치를 이용한 걸까요?"

"제 직감이 맞는다면, 그보다 더 나쁩니다." 휘트모어 박사는 물을 한 모금 더 마시고 손가락으로 머리카락을 빗었다. "행정동 냉동 수면 장치에 적힌 이름인 트로이는 제가 뚜껑에서 얻은 샘플과 일치하지만, 그 사람은 지금 심냉동실에 있어야 해요. 1세기도 더 전에 잠들었고 그 후로 깨어난 적이 없습니다."

"하지만 뚜껑에 그 사람 피가 있었어요." 스티븐스가 말했다.

"그러니까 그 후에 깨어났다는 뜻이네요." 다시가 지적했다.

브레버드는 야간 경비원을 흘긋 보고, 이 청년을 오판했음을 깨달았다. 매번 다른 사람들과 근무하다 보면 이게 문제였다. 누군가를 제대로 알 수가 없고, 사람의 가치를 제대로 가늠할 수가 없었다.

"그래서 우선 심냉동실에서 이상한 활동이 없었는지 의료 기록부터 살펴봤습니다. 혹시 심냉동을 방해받은 사람이 있는지 보고 싶었죠."

브레버드는 마음이 불편해졌다. 의사가 그가 할 일을 전부 대신하고 있었다. "뭔가 찾아냈습니까?"

휘트모어 박사는 고개를 끄덕였다. 그는 대기실 책상 위에 놓인 단말기를 가리켰다. "이 사무실에서 시작된 심냉동실 활동이 있었습니다. 말해두는데 내가 근무할 때는 아니에요. 하지만 벌써 두 번째로 심냉동실 좌표에서 사람들이 깨어난 적이 있었어요. 그중 하나는 예전 심냉동실 한가운데에 있었어요. 오리엔테이션 이전에 있던 창고예요."

의사는 이 말이 제대로 전해질 때까지 말을 멈췄다.

브레버드는 바로 깨닫지 못했다. 잠을 빼앗긴 그의 야간 경비원이 조금 더 빨랐다.

"여자라는 뜻인가요?" 다시가 물었다.

휘트모어 박사는 얼굴을 찌푸렸다. "단언하긴 어렵지만, 내 의심은 그래요. 이유는 모르겠지만 나에겐 이 사람의 기록에 접근할 권한이 없어요. 그 안에 누가 있는지 눈으로 확인하라고 마이클을 내려보냈습니다."

"치정 살인일 수도 있겠네요." 스티븐스가 말했다.

브레버드는 끙 소리로 동의를 표했다. 그도 같은 생각을 하고 있었다. "외로움을 견딜 수 없는 남자가 있다고 쳐봅시다. 그 남자가 몰래 아내를 깨웠는데, 그러려면 접근 권한이 있는 행정 임원이어야 했을 거예요. 그런데 임원이 아닌 누군가가 그 사실을 알아내는 바람에 그 남자를 죽여야 했죠. 하지만…… 그러다가 오히려 자기가 살해당하고……." 브레버드는 고개를 내저었다. 너무 복잡한 이야기였다. 카페인이 부족한 게 분명했다.

"여기 또 반전이 있어요." 휘트모어 박사가 말했다.

브레버드는 기대감에 신음했다. 차가운 커피를 버린 게 후회스러웠다. 그는 다음 소식을 말하라고 손짓했다.

"심냉동에서 끌려 나온 사례가 하나 더 있는데, 이 남자 기록에는 내가 접근 권한이 있어요." 휘트모어 박사는 보안 요원 세 명을 훑어보았다. "누가 그 사람 이름을 맞혀볼래요?"

"그 사람 이름이 트로이군요." 다시가 말했다.

의사는 놀라서 눈을 크게 뜨고 손가락을 딱 울렸다. "빙고."

브레버드는 야간 경비원을 돌아보았다. "자네는 대체 어떻게 생각해낸 건가?"

다시는 어깨를 으쓱였다. "누구나 일치 결과를 좋아하잖아요."

"그러면 다시 정리해봅시다." 브레버드는 말했다. "우리에겐 심냉동실에서 나와서 행정 임원 한 명을 쓰러뜨리고, 그 자리와 아마 그 사람 암호까지 훔친 다음, 여자들을 깨우는 흉포한 살인자가 있는 거군요." 보안팀장은 스티븐스를 돌아보았다. "좋아,

자네 생각이 맞았어. 양치기를 끌어들여야 할 때로군. 이 사건은
딱 그분에게 맞겠어."

스티븐스는 고개를 끄덕이고 문 쪽으로 몸을 돌렸다. 하지만 나
가기 전에 복도에서 요란하게 달려오는 부츠 소리가 들렸다. 수면
장치에서 사람을 꺼낼 때 도왔던 의료보조원 마이클이 거품을 물
고 날 듯이 모퉁이를 돌아서 달려왔다. 그는 무릎에 두 손을 얹고
몇 번인가 심호흡을 한 후에 상사를 보았다.

"빨리 다녀오라고 했지, 뛰어갔다 오라고 하진 않았는데." 휘
트모어 박사가 말했다.

"넵……." 마이클은 심호흡을 몇 번 하고 나서 말했다. "문제가
생겼습니다." 의료보조원은 보안팀 사람들을 쳐다보고 얼굴을 찡
그렸다.

"무슨 문제요?" 브레버드가 물었다.

"여자였어요." 마이클은 고개를 끄덕였다. "확실히 여자였죠.
하지만 수면 장치 데이터 판독기가 깜박거리고 있길래 잽싸게 확
인해봤어요." 그는 크게 뜬 눈으로 그들을 훑어보았고, 브레버드
는 그게 무슨 의미인지 알았다. 알았지만, 이번에도 다른 사람이
먼저 말했다.

"죽었군요." 다시가 말했다.

보조원은 무릎에 손을 댄 채 맹렬히 고개를 끄덕였다. "애나."
그는 중얼거렸다. "장치에 적힌 이름은 애나였어요."

이름도 없이 수술실에 누운 남자는 구속구를 시험해보았다. 근

육질의 늙은 두 팔이 부풀었다. 휘트모어 박사는 그 남자에게 가만히 있어달라고 부탁했다. 브레버드 팀장은 이동 침대 반대편에 섰다. 막 깨어난 남자, 죽으라고 팽개쳐져 있던 남자의 냄새를 맡을 수 있었다. 이글거리는 두 눈이 모인 사람들 사이에서 브레버드를 찾아냈다. 총에 맞은 남자는 브레버드가 책임자인 줄 알아본 것 같았다.

"이거 풀게." 노인이 말했다.

"무슨 일이 벌어졌는지 알아내기 전까진 안 됩니다." 브레버드는 말했다. "선생님이 회복하시기 전엔 안 돼요."

노인이 당겨보자 손목을 감은 가죽 수갑에서 듣기 싫은 소리가 났다. "이 망할 수술대에서 벗어나면 나아지겠는데."

"총에 맞으셨습니다." 휘트모어 박사가 환자의 어깨에 손을 얹고 진정시키려 했다.

노인은 베개에 머리를 내리고, 의사에게서 보안팀장에게로 시선을 옮겼다가 다시 의사를 보았다. "알아."

"누가 한 짓인지도 기억하십니까?" 브레버드가 물었다.

노인은 고개를 끄덕였다. "그자의 이름은 도널드요." 그는 턱을 악물었다가 풀었다.

"트로이가 아니고요?" 브레버드가 물었다.

"그게 그 소리요. 같은 사람이니까." 브레버드는 노인이 두 손을 꽉 움켜쥐었다가 푸는 모습을 지켜보았다. "이보시오, 난 이 사일로의 책임자 중 하나요. 당장 이거 풀어요. 내 기록을 확인해보면……."

"저희가 해결할······." 브레버드가 말하는데, 구속구에서 듣기 싫은 소리가 났다.

"망할 기록이나 확인하라니까." 노인이 다시 말했다.

"기록은 조작됐습니다." 브레버드는 말했다. "이름을 말해줄 수 있습니까?"

남자는 근육에서 힘을 빼고 잠시 누워서 천장을 응시했다. "어떤 이름? 내 이름은 폴이오. 대부분은 내 이름이 아니라 성을 부르지, 서먼이라고. 예전에는 상원의원으로 통했고······."

"양치기." 브레버드 대장이 말했다. "폴 서먼은 사람들이 양치기라고 부르는 남자의 본명입니다."

노인은 눈을 가늘게 떴다. "아니, 그건 아닌 것 같군. 살면서 수많은 이름으로 불렸지만, 나에게 양치기 같은 별명은 없었어."

18

17번 사일로

땅이 으르렁댔다. 사일로 벽 너머의 땅이 우르릉거렸고, 그 소리
가 꾸준히 커졌다.

그 소리는 며칠 전에 멀리서 낮게 시작되었는데, 그때는 긴 파
이프 끝에서 작동을 시작하는 수경 펌프 같은 소리였고, 맨발로
미끄러운 금속 바닥을 밟으면 느낄 수 있는 수준의 진동이었다.
그러다가 어제는 그 소리가 지미의 무릎과 뼈를 거쳐 이를 부딪치
게 만드는 꾸준한 진동으로 변했다. 머리 위에서는 파이프에서 물
방울이 흔들리며 떨어지고, 범람한 물이 빠지면서 아직 다 마르지
않은 웅덩이에 가볍게 빗발이 떨어져 물을 튀겼다.

물방울에 맞은 엘리스가 꺅 소리를 내며 정수리를 만졌다. 엘리
스는 빠진 이가 보이게 웃으며 위를 올려다보고 또 물 폭탄이 떨
어지나 살폈다.

"끔찍한 소음이네." 릭슨이 말하더니, 그 소음의 출처 같은 오래된 발전실 안쪽 벽에 손전등을 비췄다.

해나는 두 손을 짝 부딪치고 쌍둥이에게 벽에서 떨어지라고 했다. 마일스가(지미는 마일스라고 생각했지만, 사실 쌍둥이를 잘 구별하지는 못했다) 콘크리트에 귀를 대고 눈을 감은 채 입을 벌리고 집중하고 있었다. 다른 쌍둥이 마커스는 신이 나서 밝아진 얼굴로 자신의 형제를 잡고 다른 사람들 쪽으로 당겼다.

"내 뒤로 와라." 지미가 말했다. 진동 때문에 발이 얼얼했다. 보이지 않는 기계가 단단한 바위를 씹어 먹으며 다가오는 진동을 가슴으로 느낄 수 있었다.

"얼마나 더 걸려?" 엘리스가 물었다.

지미는 아이의 머리를 헤집고, 걱정스러워하는 엘리스의 팔이 허리를 꼭 감아오는 감촉을 즐겼다. "곧이야." 말은 그렇게 했지만, 사실은 지미도 몰랐다. 그들은 지난 2주 내내 펌프를 돌리고 기계부를 말렸다. 그날 아침에 깨어나보니 굴착 소음이 견딜 수 없는 수준이었다. 그날 내내 소음은 점점 심해졌는데, 아직도 텅 빈 벽은 그들 앞에 단단히 서 있었고 덜덜 떨리는 젖은 파이프에서는 계속 물방울이 떨어졌다. 쌍둥이는 참을성을 잃고 웅덩이에서 물을 튀겼다. 알 수 없는 일이지만, 아기는 해나의 품에서 평화롭게 잠들었다. 그들은 몇 시간이나 그곳에서 점점 커지는 소리에 귀를 기울이며, 무슨 일이든 벌어지기를 기다리고 있었다.

바위 부서지는 소리 사이사이로 들려오는 기계음이 긴 기다림의 끝을 예언했다. 금속 관절이 삐걱이는 소리, 무시무시한 이빨이 부딪치는 소리…… 요란한 소음의 크기와 호흡이 흐트러지더니 갑자기 사방에서 터져 나왔다. 바닥과 천장과 사방의 벽에서 소음이 울려 퍼졌다. 물웅덩이가 뒤집히고, 물이 위에서만 떨어지는 게 아니라 바닥에서도 날아올랐다. 지미는 넘어질 뻔했다.

"물러서." 지미는 요란한 소음 속에서 외쳤다. 그는 허리에 매달린 엘리스와 함께 벽으로부터 물러섰고, 다른 사람들도 눈을 크게 뜨고 팔을 벌려 균형을 잡으면서 그 지시에 따랐다.

콘크리트 벽 한 부분이 무너졌다. 사람 하나 크기의 평평한 벽이 흘러내리듯이 쓰러져, 바닥을 때리고 부서졌다. 먼지가 허공을 가득 메웠다. 마치 벽 자체에서 먼지가 나오는 것 같았고, 콘크리트가 큰 숨을 내쉬면서 가루를 내뿜는 것 같았다.

지미는 몇 걸음 더 물러섰고, 아이들도 흥분보다 걱정에 휩싸여 뒤따랐다. 이제는 기계 한 대가 다가오는 소리가 아니라, 수백 대가 다가오는 것 같았다. 굉음이 사방에 울렸다. 모두의 가슴속에도 울려 퍼졌다.

굉음이 무섭게 커지더니 콘크리트가 더 무너지고, 금속이 두들겨 맞은 듯한 비명을 질렀다. 엄청난 텅텅 소리가 울리고 불똥이 튀더니 거대한 굴착기가 벽을 뚫고 들어왔다. 균열이 하나 생긴다 싶더니, 벽을 따라 달리는 그림자처럼 호선을 그리며 틈이 벌어졌다.

벌어진 틈의 크기를 보니 소음은 뒷전이 됐다. 벽을 베어 문 이빨이 천장부터 무너뜨리면서 뚫고 들어왔다가, 바닥 아래까지 파고든 후에 몸을 일으켜 반대쪽으로 다시 물러났다. 벽이 잘려 나간 자리에 철근들이 튀어나왔다. 금속과 석회암 타는 냄새가 풍겼다. 굴착기는 142층 벽을 뚫고 들어오면서 위아래 콘크리트의 상당량을 씹어 먹었다. 사일로 한 층 높이보다 더 큰 구멍이 남았다.

쌍둥이가 환호성을 질렀다. 엘리스는 지미가 숨 쉬기 힘들 정도로 세게 허리를 끌어안았다. 해나의 품에 안긴 아기가 꿈틀거렸지만, 굉음 속에서는 아기 울음소리도 거의 들리지 않았다. 굴착기의 이빨이 한 번 더 크게 돌면서 천장부터 바닥까지 움푹 팠고, 더 제대로 뚫고 들어오면서 모습을 드러냈다. 거대한 원반 안에서 도는 수십 개의 원반 같은 바퀴들이 보였다. 천장에서 떨어진 바윗돌 하나가 발전기 두 개 중에서 더 큰 쪽을 향해 바닥을 굴러갔다. 지미는 사일로 자체가 사방으로 쏟아져 내리는 줄 알았다.

머리 위 전구가 진동에 박살 나고, 빠지지 않고 남아 있던 물이 부슬부슬 떨어지는 가운데 유리가 반짝였다. "뒤로!" 지미가 외쳤다. 그들과 굴착기 사이에는 넓은 발전실 거의 전체가 있었지만, 사방이 너무 가깝게 느껴졌다. 바닥이 흔들려서 서 있기도 힘들었다. 지미는 갑자기 공포를 느꼈다. 이 굴착기가 계속 다가올 것이다. 사일로를 곧바로 뚫고 계속 갈 것이다. 통제 불능으로…….

돌을 씹던 원반이 방 안에 들어서고, 날카롭게 갈린 바퀴들이 허공에서 윙 돌며 비명을 지르고, 한쪽에서는 바위를 토해내고 반대쪽에서는 돌을 짓부쉈다. 격렬함이 덜해지고, 메마른 금속 관절이 내는 귀를 찢는 소리도 줄어들었다. 해나는 품에 안은 아기를 흔들어 달래면서 눈을 크게 뜨고, 그들의 집에 침입한 이 기계를 빤히 보았다.

어디선가 고함을 지르는 소리가 났다. 떨어지는 돌 사이로 새어 나왔다. 빙빙 돌던 원반이 느려지다가 멈췄는데, 좀 더 작은 바퀴가 좀 더 오래 돌았다. 바퀴들 가장자리로 땅을 뚫는 싸움으로 닳아서 노출된 반짝이는 부분이 드러났다. 한쪽에는 긴 보강용 철근 하나가 매듭지은 신발 끈처럼 휘감겨 있었다.

정적이 길어졌다. 아이들은 다시 한번 얌전해졌다. 멀리서 덜컹거리고 윙윙대는 소리, 아마도 굴착기의 배에서 우르릉거리는 소리만 들렸다.

"여보세요?"

굴착기 저편에서 고함이 들렸다.

"그래, 뚫었어." 또 다른 목소리가 외쳤다. 여자 목소리였다.

지미는 엘리스를 안아 올렸고, 아이는 그의 목을 끌어안고 발로 그의 허리를 감쌌다. 지미는 앞에 보이는 징 박힌 강철 벽을 향해 달려갔다.

"이봐!" 릭슨이 서둘러 쫓아오며 외쳤다.

쌍둥이도 따라 달렸다.

지미는 숨을 쉴 수가 없었다. 이번에는 엘리스가 꼭 끌어안고 있어서가 아니었다. 방문자들이 있다는 생각 자체 때문이었다. 두려워하지 않아도 되는 사람들. 도망치지 않고 오히려 맞이하러 달려가도 되는 사람들.

모두가 같은 감정을 느꼈다. 다들 웃으면서 굴착기의 입을 향해 달려갔다.

벽에 생긴 틈과 조용해진 원반 사이에서 팔이 하나, 어깨가 하나 나타나더니 바닥 아래로 파인 터널에서 여자가 한 명 기어 올라왔다.

그 여자는 무릎을 대고 올라오더니 똑바로 서서 얼굴을 가린 머리카락을 걷어냈다.

지미가 멈춰 섰다. 아이들도 열 걸음 뒤에 멈춰 섰다. 여자였다. 낯선 사람이었다. 모르는 여자가 먼지와 그을음투성이가 되어 미소 지으며 그들의 사일로 안에 서 있었다.

"솔로?" 여자가 물었다.

여자의 이가 번득였다. 흙투성이여도 예뻤다. 그녀가 그들에게 걸어오면서 두꺼운 장갑을 벗는 사이, 또 한 명이 굴착기의 이빨 뒤에서 기어 나왔다. 여자가 손을 내밀었다. 아기가 울고 있었다. 지미는 그 여자의 미소에 멍해진 채 손을 잡고 흔들었다.

"난 코트니예요." 여자가 말하더니, 더 활짝 웃으면서 아이들을 둘러보았다. "네가 엘리스겠구나." 그녀는 어린 여자아이의 어깨를 잡았다. 덕분에 엘리스는 지미의 목을 더 세게 끌어안았다.

이번에는 새로 만든 종이처럼 하얗고 머리카락도 똑같이 흰 남자 하나가 굴착기 뒤에서 나타나더니, 몸을 돌려 벽처럼 버티고 선 절삭 날을 살펴보았다.

"줄리엣은 어디 있죠?" 지미가 엘리스를 더 추어올리면서 물었다.

코트니는 얼굴을 찌푸렸다. "줄리엣이 말 안 했어요? 바깥에 나갔어요."

2부

바깥

19

18번 사일로

줄리엣은 주변에 가스가 들어오는 동안 에어록에 서 있었다. 청소
용 보호복이 피부에 닿아 주름이 잡혔다. 지난번에 나가게 되었을
때와 같은 두려움은 느끼지 않았지만, 많은 사람을 도피로 내몬
기만적인 희망도 없었다. 무익한 꿈과 가망 없는 두려움 사이 어
딘가에 세상을 알고 싶다는 욕망이 있었다. 그리고 가능하다면 세
상을 개선하고 싶다는 욕망도.

　에어록 안의 압력이 점점 강해졌고, 보호복은 그녀의 몸 여기
저기에 도드라진 흉터를 모조리 찾아냈다. 예전에 주름이 타들어
갔던 자리를 새로운 주름이 눌렀다. 100만 개의 부드러운 바늘이
찌르고, 온몸의 모든 예민한 곳을 한꺼번에 건드리는 느낌이었다.
마치 이 에어록이 그녀를 기억하고, 아는 것만 같았다. 미안해하
며 어루만지는 것 같기도 했다.

벽마다 투명한 비닐 시트가 씌워져 있었는데, 파이프에 팽팽하게 눌리고 줄리엣이 옷을 입을 때 썼던 벤치 주위를 감싸면서 시트에 잔물결이 일어났다. 이제 오래 남지 않았다. 줄리엣은 오히려 흥분했다. 안도했다. 장기 프로젝트 하나가 끝에 다다른다는 느낌이었다.

그녀는 가슴팍에서 샘플 용기를 하나 빼내어 뚜껑을 열고, 대조군으로 불활성 아르곤을 채집했다. 뚜껑을 다시 돌려 닫다 보니 거대한 바깥문 안에서 익숙하고 둔탁한 쿵 소리가 들렸다. 사일로가 열리고, 바깥 공기가 안으로 들어오지 못하게 압축가스가 빠져나가면서 안개가 피어올랐다.

안개가 부풀어 올라 줄리엣 주변에서 회오리쳤다. 안개가 그녀를 뒤로 밀면서 움직이라고 재촉했다. 줄리엣은 부츠 한쪽을 들어 올리고, 18번 사일로의 두꺼운 바깥문을 넘어서 다시 한번 바깥으로 나갔다. 경사로는 기억 속 그대로였다. 그녀가 묻혀 사는 집의 마지막 층에서부터 지상까지 콘크리트 평면이 비스듬히 올라갔다. 경사로에 쌓인 흙 때문에 올라가기가 힘들어졌고, 벽에는 진흙이 튀고 흘러내린 자국이 얼룩졌다. 줄리엣의 등 뒤에서 무거운 문이 쿵 소리를 내며 닫히고, 흩어진 안개는 구름을 향해 올라갔다. 줄리엣은 완만한 경사로를 올라가기 시작했다.

"괜찮아요?"

헬멧 안에 루카스의 조용한 목소리가 가득 찼다. 줄리엣은 미소 지었다. 루카스와 함께하니 좋았다. 그녀는 엄지손가락과 다른 손가락을 한데 모아 집었다. 헬멧 안에 든 마이크를 작동시키는 신호였다.

"경사로에서 죽은 사람은 이제까지 하나도 없어요, 루카스. 난 잘하고 있어요."

루카스가 사과의 말을 속삭였고, 줄리엣의 미소는 더 커졌다. 이런 지원팀을 등 뒤에 두고 나가는 건 전혀 다른 경험이었다. 사람들이 부끄러워하며 등을 돌리고, 아무도 감히 지켜보지 않는 가운데 추방당하는 경험과는 많이 달랐다.

경사로 맨 위에 도달하자 '바로 이거다'라는 느낌이 엄습했다. 두려움도 없고 전자 바이저가 내보내는 디지털 거짓말도 없어지자 인간이 원래 느껴야 할 듯한 감정이 느껴졌다. 벽이 사라지고, 사방으로 개발되지 않은 땅이 펼쳐지고, 몇 킬로미터고 텅 빈 하늘과 움직이는 구름이 가득한 풍경을 본다는 건 아찔하게 북받치는 경험이었다. 탐험의 흥분에 몸이 찌릿했다. 이전에도 여기에 두 번은 서봤지만, 이번에는 새로웠다. 이번에는 목적이 있었다.

"첫 번째 샘플 채집합니다." 그녀는 장갑을 꼬집으며 말했다.

보호복에서 작은 용기를 하나 더 빼냈다. 청소를 할 때와 마찬가지로 모든 것에 숫자가 매겨졌지만, 이행할 단계는 달랐다. 이 일을 계획하고 설계하느라 몇 주가 들었고, 친구들이 땅을 파는 동안 위에서 부산을 떨어야 했다. 그녀는 용기 뚜껑을 열고, 통을 높이 들어 10까지 센 다음, 다시 뚜껑을 돌려 닫았다. 용기 위쪽은 투명했다. 안에서는 개스킷 두 개가 달그락거렸고, 바닥에는 똑같은 길이의 열 테이프 두 개가 붙어 있었다. 줄리엣은 뚜껑 가장자리에 밀폐제를 발라 용기를 밀폐시켰다. 숫자가 적힌 샘플은 허벅지에 달린 덮개형 주머니에 들어가서 에어록 샘플 용기와 합류했다.

무전기로 치직거리는 루카스의 목소리가 들렸다. "우린 에어록을 완전히 태웠어요. 넬슨이 들어가기 전에 식히는 중이에요."

줄리엣은 몸을 돌려 센서 탑을 마주했다. 그녀는 손을 들어 올리고 구내식당 벽 스크린을 지켜보고 있을 수십 명에게 아는 척을 하고 싶은 충동을 억눌렀다. 가슴팍을 내려다보면서 머리를 비우고, 다음에 할 일이 무엇이었는지 기억하려 했다.

토양 샘플. 그녀는 경사로와 센서 탑으로부터 떨어져서, 아마도 몇 세기 동안 사람 발이 닿은 적 없을 흙을 향해 걸어갔다. 무릎을 꿇고(내복이 무릎 안쪽을 꼬집었다) 얕은 용기를 써서 흙을 펐다. 흙이 단단하게 다져져서 파기가 힘들었기에, 지표면에 있는 흙을 조금 더 쓸어서 샘플 용기를 채웠다.

"지표면 샘플 채집 완료." 그녀는 장갑을 집으며 말했다. 뚜껑을 조심스럽게 돌려 닫고 밀폐제를 빙 두른 다음, 샘플 용기를 반대쪽 허벅지에 달린 주머니에 밀어 넣었다.

"진행 잘하고 있어요." 루카스가 말했다. 아마 격려하려고 한 말이겠지만, 줄리엣의 귀에는 애타는 걱정만 들렸다.

"다음에는 깊은 곳 샘플을 채집합니다."

그녀는 두 손으로 천공기를 잡았다. 뚱뚱한 보호복 장갑을 끼고도 제대로 쥘 수 있게끔 위에 커다란 T 자 손잡이를 만들어 붙인 도구였다. 코르크스크루 끝이 땅을 파고들자, 그녀는 손잡이를 돌리고 또 돌리면서 단단한 흙 속으로 날이 뚫고 들어갈 수 있게 몸

무게를 실었다.

이마에 땀이 맺혔다. 땀 한 방울이 바이저를 때리더니 두 팔이 힘을 쓰느라 움직이자 파르르 떨리면서 작게 고인 땀 웅덩이 속으로 흘렀다. 부식성의 강한 바람이 보호복을 뒤흔들며 그녀를 한쪽으로 밀었다. 천공기가 손잡이에 테이프로 표시한 곳까지 다 뚫고 들어가자, 그녀는 일어서서 다리를 이용하여 T 자 손잡이를 당겼다.

플러그가 빠져나오고, 깊은 곳에서 파낸 흙이 메마른 구멍 속으로 우르르 쏟아졌다. 그녀는 케이스를 플러그 위에 놓고 딱 맞게 잠갔다. 모든 것이 공급부가 가장 일을 잘할 때처럼 딱 맞고 반질반질했다. 그녀는 천공기를 다시 가방에 넣어서 등에 짊어지고, 심호흡을 했다.

"잘됐어요?" 루카스가 물었다.

그녀는 탑을 향해 손을 흔들었다. "잘되어가요. 이제 샘플 두 개만 더 채집하면 돼요. 에어록 안은 얼마나 진행됐어요?"

"확인해볼게요."

루카스가 그녀의 귀환 준비가 어떻게 되어가는지 살피는 동안, 줄리엣은 터벅터벅 제일 가까운 언덕을 향해 걸어갔다. 가벼운 비가 내리면서 예전에 남긴 발자국을 지웠지만, 그래도 그녀는 경로를 또렷하게 기억했다. 언덕에 있는 주름이 이리 오라고 초대하는 계단 같았고, 그 비탈길에 아직도 두 사람이 자리 잡고 있었다.

그녀는 언덕 밑에 멈춰 서서 개스킷과 열 테이프가 든 용기를 하나 더 꺼냈다. 뚜껑은 쉽게 열렸다. 그녀는 용기를 바람에 대고,

바람 속에 무엇이 들었건 간에 그 용기에 갇히도록 했다. 그들이 아는 한은 이것이 바깥 공기로 벌이는 첫 실험이었다. 예전의 청소에서 남긴 많고 많은 가짜 보고서들은 두려움을 유지하고 정당화하기 위한 숫자 놀음일 뿐이었다. 진전이 있는 척, 세상을 바로잡으려는 노력을 하고 있는 척하면서 사실은 세상이 얼마나 잘못되었는지에 대한 이야기만 계속 팔아먹으려고 했다.

줄리엣에게 이 음모의 깊이보다 더 인상적인 것이 하나 있다면 IT부 안에서 그 메커니즘이 얼마나 빠르게, 그것도 안도감과 함께 무너져 내렸는가였다. 34층 사람들을 보면 겁에 질려 눈을 동그랗게 뜨고서 누구라도 믿고 매달릴 수 있는 어른을 간절히 찾던 17번 사일로의 아이들이 떠올랐다. 바깥 공기를 조사해 실험하겠다는 줄리엣의 시도도 사일로 안 다른 곳에서는 전부 의심하고 두려워하며 지켜보았지만, 몇 세대 동안이나 이 사기극을 유지해 온 IT부에는 그 시도를 열렬히 반기는 사람이 많았다.

'망할!'

줄리엣은 용기 뚜껑을 때렸다. 마음이 다른 데 가 있어서 10까지 세는 것을 잊었다. 아마도 시간이 그 두 배는 흘렀을 것이다.

"어이, 줄스?"

그녀는 손가락으로 장갑을 꼬집었다. "응?" 그녀는 마이크를 놓고 뚜껑을 꽉 닫아서 위에 적힌 '2' 자를 확인한 후, 가장자리를 밀봉했다. 그리고 자신의 부주의를 나무라며 다른 용기와 같이 넣었다.

"에어록 소독 끝났어요. 다 태운 후에 당신이 들어올 수 있게 넬슨이 준비하러 들어갔는데, 아르곤을 다시 채우는 데 시간이 좀 걸릴 거라네요. 기분은 괜찮은 거 확실해요?"

줄리엣은 솔직하게 대답하기 위해 잠시 스스로를 점검해보았다. 심호흡을 몇 번 하고, 관절을 다 움직여보았다. 어두운 구름을 올려다보며 시각과 균형 감각이 정상인지도 확인했다.

"그래요. 멀쩡해요."

"알았어요. 그리고 당신이 돌아오면 불을 뿜을 거예요. 아무래도 그 과정이 정말로 필요했는지도 모르겠어요. 당신이 나가기 전에 에어록 내부 측정치가 이상했거든요. 예방 차원에서 넬슨이 지금 안쪽 잠금장치를 박박 닦고 있어요. 우리가 최대한 빨리 모든 걸 준비하도록 할게요."

줄리엣에게는 도무지 마음에 들지 않는 소리였다. 17번 사일로의 에어록을 통과했을 때도 무서웠지만, 그 후에 남는 영향은 없었다. 몸에 수프를 퍼붓는 조치 정도로도 살아남기에 충분했었다. 그래서 이제까지 그들은 바깥 상태가 생각만큼 나쁘지 않고, 화염 소독은 정말로 공기를 정화하는 데 필요한 게 아니라 누군가가 에어록을 떠나지 못하게 막는 방법에 가깝다는 가설을 세웠다. 또 화상을 입거나 병원에 누울 일 없이 안으로 돌아가는 것도 이번에 줄리엣이 세운 임무 목표였다. 그러나 사일로를 위험에 빠뜨릴 수도 없었다.

그녀는 갑자기 여기에 걸린 온갖 것들을 생각하면서 장갑을 꼬집었다. "아직도 사람들이 잔뜩 모여서 보고 있어요?" 루카스에게 물었다.

"네. 다들 많이 흥분했어요. 사람들이 이런 일이 벌어지고 있다는 걸 믿지 못하고 있어요."

"그 사람들 해산시켰으면 좋겠어요."

줄리엣이 엄지를 놓았는데도, 저쪽에서는 답이 없었다.

"루카스? 내 말 들려요? 모두 최소한 4층까지는 내려가게 해요. 이 일에 참여한 사람이 아니면 다 해산시켜요, 알았죠?"

줄리엣은 기다렸다.

"그래요." 루카스가 말하는데, 배경에서 잡음이 많이 들렸다. "지금 그렇게 하는 중이에요. 모두를 진정시키려고 해요."

"그냥 예방 차원이라고 해요. 에어록 측정치 때문에요."

"그러고 있어요."

루카스의 호흡이 거칠었다. 줄리엣은 팬히 공황 사태를 일으킨 게 아니기를 빌었다.

"마지막 샘플을 채집할게요." 그녀는 눈앞의 일에 초점을 맞췄다. 그들은 최악의 사태에도 대비했다. 모든 것이 잘될 것이다. 그녀는 에어록에 설치한 조잡한 센서들이 고마웠다. 다음에 나갈 때는 탑에 영구적인 센서를 설치해야겠다. 하지만 혼자 너무 앞서 갈 수는 없었다. 그녀는 언덕 발치에 쓰러진 청소부 한 명에게 다가갔다.

그들이 고른 시신은 잭 브렌트의 것이었다. 잭 브렌트가 아내의 두 번째 유산 이후 미쳐버려서 청소형을 받은 지 9년이 지났다. 줄리엣은 그 남자에 대해 더 아는 것이 없었다. 마지막 샘플로 그의 시체를 선택한 것도 그 때문이었다.

그녀는 유해를 향해 다가갔다. 낡은 보호복은 흙과 같은 칙칙한 회색으로 변한 지 오래였다. 예전에는 금속 코팅이었을 부분이 오래된 페인트처럼 벗겨져 나갔다. 부츠는 얇아졌고, 바이저는 이가 빠졌다. 잭은 두 팔을 가슴 위에 교차하고, 두 다리는 나란히 곧게 뻗고 누워 있었다. 마치 낮잠을 잤다가 다시는 일어나지 못하게 된 듯한 자세였다. 실제로는 바이저 안으로 맑고 파란 하늘을 올려다보고 누워 있었겠지.

줄리엣은 '3'이라고 적힌 마지막 용기를 꺼내어, 죽은 청소부 옆에 무릎을 꿇었다. 스코티와 워커, 너무나 많은 위험을 무릅써 준 공급부 사람들이 아니었다면 자신의 운명도 이랬을 거란 생각에 섬뜩했다. 그녀는 샘플 용기에서 날카로운 칼을 꺼내어 보호복을 네모나게 잘라냈다. 칼날은 죽은 청소부의 가슴 위에 놓고, 샘플을 집어서 용기 안에 떨궜다. 숨을 참고, 혹시 그녀의 보호복을 베지 않도록 조심해서 칼날을 잡아 죽은 청소부의 배 부분에 드러난 썩어버린 내복을 잘랐다.

이 마지막 샘플은 칼날로 들어내야 했다. 혹시 내복 안에 살이 남아 있었는지, 같이 잘렸는지는 알 수 없었다. 그러나 고맙게도 너덜너덜한 보호복 안은 모든 것이 캄캄했다. 그 안에는 말라버린 뼈 사이로 날리는 흙밖에 없는 듯했다.

그녀는 샘플을 용기 안에 넣고, 칼날은 청소부 옆에 내버려두었다. 더는 칼이 필요하지도 않았고, 괜히 뚱뚱한 장갑을 자를 위험을 더 감수하고 싶지도 않았다. 그녀는 일어서서 센서 탑 쪽으로 몸을 돌렸다.

"괜찮아요?"

루카스의 목소리가 다르게 들렸다. 알아듣기가 힘들었다. 줄리엣은 너무 오래 숨을 참는 바람에 약간 현기증을 느끼면서 숨을 내뱉었다.

"멀쩡해요."

"거의 다 준비됐어요. 내가 다시 그쪽으로 갈게요."

그녀는 이 거리에서는 루카스가 자신을 보지 못할 테고, 아무리 큰 화면으로 확대한다 해도 무리라는 것을 알면서도 고개를 끄덕였다.

"이봐요, 우리가 뭘 잊었는지 알아요?"

그녀는 굳은 채 센서 탑을 살폈다.

"뭔데요? 뭘 잊었죠?" 뺨으로 흘러내리는 땀방울이 피부를 간지럽혔다. 지난번 보호복이 몸에 달라붙은 채로 녹아내려서 생긴 목덜미의 흉터 자국을 느낄 수 있었다.

"울 패드를 한두 개 들려 보내는 걸 깜박했잖아요." 루카스가 말했다. "안쪽에 벌써 먼지가 쌓인 곳이 보여요. 기왕이면 당신이 나가 있는 동안에……."

줄리엣은 탑을 노려보았다.

"그냥 해본 말이에요. 나간 김에 당신이 청소를 좀 할 수도 있었다는 거죠……."

20

줄리엣은 경사로 밑에서 기다렸다. 지난번에 여기 있었을 때가 떠올랐다. 솔로가 만들어준 열 테이프 담요를 두르고, 문이 열리기 전에 공기가 다하진 않을까 생각하며, 안에서 기다리는 것으로부터 살아남을 수 있을까 생각하면서 같은 자리에 서 있었던 기억. 루카스가 에어록 안에 있다고 생각했다가 알고 보니 버나드와 드잡이질을 했던 기억도 났다. 그녀는 이런 기억들을 털어내려고 했다. 주머니들을 내려다보고, 모든 주머니의 덮개가 잘 닫혀 있는지 확인했다. 예정된 오염 제거의 모든 과정이 머릿속을 스쳐 지나갔다. 그녀는 모든 것이 제대로 돌아가리라 믿었다.

"자, 갑시다." 루카스가 무전을 했다. 이번에도 목소리가 멀고 공허하게 들렸다.

신호가 떨어지자 에어록 문의 기어가 듣기 싫은 소리를 내고,

아르곤 압축가스가 문틈으로 새어 나왔다. 줄리엣은 그 안개 속으로 몸을 던졌다. 실내에서 움직이자 강렬한 안도감이 찾아왔다.

"나 들어왔어요. 들어왔어요." 줄리엣이 말했다.

등 뒤에서 쿵 소리를 내며 문이 닫혔다. 줄리엣이 안쪽 에어록 문을 보았더니, 유리창 반대편에 헬멧이 하나 보였다. 누군가가 안을 들여다보고 있었다. 준비된 벤치로 이동한 그녀는 넬슨이 그녀가 없는 사이에 설치해둔 밀폐 상자를 열었다. 빨리 움직여야 했다. 가스실과 화염은 모두 자동으로 작동했다.

허벅지에서 잘 닫힌 주머니들을 떼어내어 상자에 넣었다. 샘플과 함께 지고 있던 천공기도 집어넣은 다음, 뚜껑을 꽉 밀어 닫고 잠갔다. 예행연습을 해둔 것이 도움이 됐다. 보호복을 입고 움직이기가 불편했다. 그녀는 밤이면 침대에 누워서 이 모든 단계를 습관이 될 때까지 생각했었다.

발을 끌며 작은 에어록 안을 가로지른 그녀는 직접 용접해둔 거대한 금속 욕조 가장자리를 잡았다. 지난번 화염 세례 때문에 아직도 따뜻했지만, 넬슨이 가득 채워놓은 물이 열기를 거의 다 흡수한 후였다. 그녀는 괜히 숨을 깊이 들이마시고 욕조 안에 몸을 담갔다.

물이 헬멧에 찰랑거렸고, 줄리엣은 처음으로 세차게 몰려드는 진짜 두려움을 느꼈다. 호흡이 빨라졌다. 바깥에 나가는 일은 다시 물속에 들어가는 데 비하면 아무것도 아니었다. 물이 입까지 차올랐다. 작은 공기 방울을 들이마시던 느낌이 돌아왔다. 계단의 쇠 맛과 녹 맛까지 느낄 수 있었다. 그녀는 잠시 무엇을 해야 했는지 잊어버렸다.

그녀는 욕조 바닥에 붙은 손잡이 하나를 보고 손을 뻗어, 몸을 끌어 내렸다. 한 번에 한쪽 발씩 욕조 반대편에 용접해둔 철봉을 찾아내어 그 아래로 발을 집어넣고, 등이 물에 덮이리라 믿고 바닥에 몸을 고정했다. 보호복의 부양력을 거슬러서 몸을 밀어 넣으려니 팔이 아팠다. 그리고 헬멧을 쓰고 물속에 잠겨서도 욕조에서 밀려난 물이 에어록 바닥에 튀는 소리를 들을 수 있었다. 화염이 터져 나와서 포효하며 욕조를 핥는 소리도 들을 수 있었다.

"셋, 넷, 다섯……." 루카스가 수를 세고, 고통스러운 기억이 줄리엣의 눈앞을 스쳤다. 흐릿한 녹색 비상등, 어쩔 줄 모르던 공포…….

"여섯, 일곱, 여덟……."

물에 잠긴 심층에서 살아 나왔을 때, 마지막으로 들이마신 숨에서 느껴지던 석유 맛까지 느낄 수 있을 정도였다.

"아홉, 열. 소독 완료." 루카스가 말했다.

손잡이를 놓고 부츠를 걷어차서 발을 풀어낸 그녀는 끓는 수면 위로 떠올랐다. 보호복 너머로 뜨거운 물이 느껴졌다. 그녀는 무릎과 부츠를 몸 아래로 내리고 일어서려고 애썼다. 물이 튀어 사방에 수증기가 피어올랐다. 이다음 단계가 오래 걸릴수록 공기가 그녀에게 더 많이 달라붙어서 두 번째 에어록을 오염시킬까 두려웠다.

그녀는 위험하게 미끄러운 부츠를 옮기며 서둘러 이미 손잡이가 돌아가고 있는 문으로 향했다.

'서둘러, 서둘러.' 스스로에게 되뇌었다.

문이 살짝 열렸다. 그녀는 그 틈으로 뛰어들려다가 미끄러지면서 문설주에 세게 부딪혔다. 장갑을 낀 손 몇 개가 허둥지둥 안으로 들어가는 그녀를 붙잡았다. 보호복을 입은 기술자 두 명이 그녀를 안으로 잡아당기고 문을 쾅 닫았다.

이전에 보호복 담당 기술자였던 넬슨과 소피아가 붓을 준비해두었다. 그들은 붓을 파란색 중화제 통에 담갔다가 줄리엣의 보호복을 닦아내고 돌아서서 자기들 몸도 닦았다.

줄리엣은 등을 돌려서 거기에도 중화제를 칠하도록 했다. 통으로 가서 세 번째 붓을 꺼낸 그녀는 몸을 돌려 소피아의 보호복을 닦기 시작했다. 그러다가 상대가 소피아가 아니라는 사실을 알았다.

그녀는 장갑 마이크를 꼬집었다. "뭐 하자는 거예요, 루크?"

루카스는 켕기는 표정으로 어깨를 으쓱였다. 그녀는 루카스가 다른 사람이 위험을 감수한다고 생각하면 참을 수 없었을 거라고 생각했다. 아니면 무슨 일이 생길 때를 대비해서 에어록 문 옆에 있고 싶었을지도 모른다. 줄리엣은 그를 탓할 수 없었다. 그녀라도 똑같이 했을 것이다.

그들은 피터 빌링스와 다른 몇 명이 보안관실에서 쳐다보는 가운데 두 번째 에어록을 닦았다. 청소용 중화제에서 나온 거품이 허공에 떠다니다가, 새로운 에어록 안쪽의 공기를 첫 번째 에어록으로 들여보내는 배기관을 향해 날아갔다. 넬슨은 일부러 낮게 만들어둔 천장을 닦았다. 안으로 공기가 덜 들어오게 하기 위해서였다. 부피를 줄이기 위해서, 그리고 손이 더 쉽게 닿을 수 있도록. 줄리엣은 안쪽 에어록에 있으면서 무슨 문제는 없었나 넬슨의 얼굴을 살폈지만, 열심히 내부를 닦느라 붉어진 얼굴로 땀을 흘리고 있어 알 수가 없었다.

"완벽한 진공상태였어요." 피터가 사무실 무전기를 써서 말했다. 줄리엣은 다른 사람들에게 손짓을 하고, 손으로 목을 그었다가 주먹을 쥐었다. 두 사람 다 고개를 끄덕이고 다시 청소에 몰두했다. 구내식당에서 새로운 공기가 들어오는 동안 그들은 다시 한번 서로를 점검했고, 줄리엣은 마침내 안으로 돌아왔다는 사실에 기뻐할 수 있었다. 다시 안에 들어왔다. 해냈다. 화상도 없고, 병원도 없고, 오염도 없었다. 그리고 잘하면 이제 그들은 뭔가를 배울 수 있을 것이다.

피터의 목소리가 다시 헬멧 안을 채웠다. "당신이 보호복을 입고 있는 동안에는 말하기 싫었지만, 30분 전에 굴착기가 반대쪽까지 뚫고 들어갔어요."

고양감과 죄책감이 동시에 밀려왔다. 줄리엣이 그 자리에 있어야 했다. 타이밍이 지독했지만, 꼭대기에서 뭔가를 할 기회는 지금뿐이라는 것을 느끼고 내린 결정이었다. 그녀는 죄책감을 놓아버리고 솔로와 아이들을 위해 기뻐했다. 그들의 오랜 시련이 끝나서 마음이 놓였다.

두 번째 에어록(그녀가 샤워 칸막이로 만들어내어 밀봉한 유리문)이 열리기 시작했다. 등 뒤에서는 예전 에어록 안에 밝은 불빛이 피어나고, 작은 창이 빨간색으로 빛났다. 두 번째 화염 소독이 작은 방을 휘돌며 오염된 벽을 씻어내고, 공기 자체를 태우고, 줄리엣이 바닥에 흘린 물을 증발시키고, 욕조를 맹렬한 수증기가 뿜어져 나오는 가마솥으로 바꿔놓았다.

줄리엣은 다른 사람들에게 손짓해서 새 에어록 밖으로 내보내고, 자신은 조심스럽게 예전 에어록을 지켜보며 그 안에 있던 기억을 떠올렸다. 루카스가 돌아와서 그녀를 잡아끌고 문을 통과했다. 그들은 예전에 유치장이었던 곳으로 들어가서 내복만 남기고 다 벗은 다음 다시 샤워를 해야 했다. 흠뻑 젖은 옷을 벗으면서 줄리엣은 벤치 위에 단단히 봉해놓은 내연 상자밖에 생각할 수 없었다. 이런 위험을 감수할 가치가 있었기를, 무참한 의문들에 대한 대답이 그 상자 안에 안전하게 들어 있기를 빌었다.

21

17번 사일로

거대한 굴착기는 고요히 서 있었다. 그 기계가 뚫은 천장에서 먼지가 떨어졌고, 커다란 강철 이빨과 회전하는 원반들은 단단한 바위를 뚫고 오느라 희미하게 빛났다. 그 원반들 아래에 보이는 굴착기의 얼굴은 흙과 부스러기, 잘린 철근 토막과 큰 바위에 뒤덮였다. 굴착기가 17번 사일로의 심장부로 뚫고 들어온 곳 가장자리로 아주 다른 두 세계를 잇는 검은 틈이 보였다.

지미는 그 두 세계 중 한 곳에서 온 낯선 사람들이 그의 세계로 쏟아져 들어오는 모습을 지켜보았다. 검은 수염을 기르고 누런 미소를 번득이는 건장한 남자들이 기름때가 시커멓게 앉은 손으로 걸어 들어와서 머리 위의 녹슨 파이프를, 바닥에 고인 물웅덩이를, 오래전에는 덜컹거렸다가 지금은 죽은 듯 잠잠해진 한 사일로의 조용한 내부를 가늘게 뜬 눈으로 둘러보았다.

그들은 지미의 손을 붙잡고, 그를 솔로라고 부르고, 겁에 질린 아이들을 껴안았다. 줄리엣이 안부를 전해달라 했다고 말했다. 그러더니 헬멧에 달린 등을 조정해서 금빛 원뿔 모양의 빛을 던지며 첨벙첨벙 지미의 집 안을 돌아다녔다.

또 한 무리의 광부와 기계공들이 지나가는 동안 엘리스는 지미의 다리를 꼭 붙들고 있었다. 두 마리 개가 같이 들어오더니 멈춰서서 물웅덩이를 킁킁거리고, 떨고 있는 엘리스의 냄새도 맡은 후에 주인을 따라갔다. 줄리엣의 친구라는 코트니는 한 무리에게 지시를 다 내리고 나서 지미와 아이들에게 돌아왔다. 지미는 코트니의 움직임을 관찰했다. 머리카락은 줄리엣보다 색이 옅었고 이목구비는 더 또렷했으며 키는 더 작았지만, 그녀에게도 똑같은 격렬함이 있었다. 그는 혹시 저 다른 세상 사람들은 다 똑같은 걸까 궁금했다. 남자들은 턱수염을 기르고 검댕투성이에, 여자들은 사납고 재주가 많고.

릭슨은 쌍둥이를 불러 모았고, 해나는 울어대는 아기를 달래어 다시 재우려 했다. 코트니가 지미에게 손전등을 내밀었다.

"손전등이 모두에게 하나씩 돌아갈 만큼은 없네요. 그러니까 같이 바싹 붙어 있었으면 좋겠어요." 코트니는 머리 위로 손을 들어 올렸다. "터널이 충분히 높기는 하니까, 지지 기둥만 조심해요. 그리고 바닥이 울퉁불퉁하니 천천히 움직이고, 중앙으로만 가고."

"왜 우리가 여기에 있고 그쪽에서 의사가 이리로 오면 안 돼?" 릭슨이 물었다.

해나가 등에 업은 아기를 추스르면서 릭슨에게 눈총을 줬다.

"우리가 데려가는 곳이 훨씬 더 안전해." 코트니는 미끄러운 데다 침식당한 벽들을 둘러보았다. 지미는 자신의 집을 쳐다보는 그녀의 눈빛을 보고 있자니 변명하고 싶어졌다. 그들은 꽤 오랫동안 잘 지냈다고 말이다.

릭슨은 터널 반대쪽이 더 안전하다는 말에 대해 나름의 의심이 있는지 지미에게 시선을 던졌다. 지미는 릭슨이 무엇을 두려워하는지 알았다. 지미는 쌍둥이가 대화하는 것을 들은 적이 있었고, 쌍둥이는 더 나이 많은 아이들이 소곤대는 소리를 들었다. 해나는 어머니들이 그랬듯 골반에 임플란트를 삽입해야 할 것이다. 릭슨은 가족을 먹여 살리는 것 외의 직업과 그 직업에 맞는 색깔을 배정받을 것이다, 같은 소리. 이 어린 커플도 지미만큼이나 새로 온 어른들을 경계했다.

그들은 두려워하면서도 그들의 세상에 쏟아져 들어온 사람들에게 빌린 안전모를 쓰고, 서로에게 달라붙어서 틈을 비집고 나갔다. 굴착기 이빨 너머는 재배등이 다 꺼졌을 때의 야생지처럼 캄캄한 터널이었다. 다만 여기는 서늘했고, 목소리가 메아리치는 것도 야생지와 달랐다. 지미는 그들을 삼키려 드는 것 같은 땅속에서 코트니를 따라잡으려 했고, 아이들은 지미와 보조를 맞추려 했다.

그들은 금속 문으로 들어갔다가, 내부가 따뜻한 기다란 굴착기 안을 통과했다. 반대 방향으로 가는 사람들과 부대끼며 좁은 복도를 따라가다가 겨우 다시 문으로 나가서 서늘하고 어두운 터널에 들어섰다. 남자와 여자들이 끝이 보이지 않을 정도로 높이 쌓인 돌무더기와 씨름하면서 헬멧에 달린 불빛을 휘두르고, 서로에게 소리를 질러댔다. 돌덩이들이 움직이며 덜그럭거렸다. 양쪽에 돌무더기가 쌓여서 중앙에 위태로운 통로 하나만 남아 있었다. 진흙과 땀 냄새를 풍기는 일꾼들이 그 통로를 줄지어 지나갔다. 지미보다도 키가 커서, 사람들이 다 둘러 가야 하는 바윗덩어리도 있었다.

그렇게 한쪽으로만 계속 걷고 있으니 기분이 이상했다. 그들은 벽에 부딪히지도 않고, 나선형으로 도는 일도 없이 걷고 또 걸었다. 부자연스러웠다. 수평으로 이어지는 공간이 가끔만 빛이 보이는 어둠보다 더 무서웠다. 천장에서 떨어지는 먼지구름이나, 돌무더기에서 한 번씩 굴러떨어지는 돌보다도 그게 더 무서웠다. 어둠 속에서 스쳐 지나가다가 부딪치는 낯선 사람들보다도, 빙빙 도는 그림자들 속에서 튀어나오는 통로 한중간의 강철 들보보다도 그게 더 무서웠다. 계속 걸어가도 막을 것이 없다는 으스스함이 제일 무서웠다. 한 방향으로 걷고 걷고 또 걷는데도 끝이 나지 않다니.

지미는 나선 계단을 오르내리는 데 익숙했다. 그게 정상이었다. 이건 정상이 아니었다. 그래도 그는 비틀거리며 바위를 뜯어내어 울퉁불퉁한 바닥을 걷고, 전등 불빛이 점점이 박힌 어둠 속에서 서로를 불러대는 남자와 여자들을 지나쳐 걸었다. 좁은 중앙 통로를 가득 메운 흙무더기 사이를 걸었다. 그들은 그의 사일로에서 꺼낸 기계 부품과 철봉들을 들고 가는 사람들을 추월했고,

지미는 그 사람들에게 무슨 말이든 하고 싶었다. 엘리스가 코를 훌쩍이더니 무섭다고 했다. 지미는 아이를 안아 올려서 목을 감싸고 매달리게 했다.

터널이 계속 이어졌다. 저 끝에 울퉁불퉁한 사각형 형태로나마 빛을 볼 수 있게 되고 나서도, 그 밝은 입이 커지기까지는 셀 수도 없는 걸음을 걸어야 했다. 지미는 바깥에서 이렇게 먼 길을 걸었을 줄리엣을 생각했다. 그런 일을 하고도 살아남다니 불가능해 보였다. 그는 그 후로 수십 번은 줄리엣의 목소리를 들었다고, 줄리엣이 정말로 그런 일을 했다고, 도움을 구하러 나갔고 다시 찾으러 오겠다는 약속도 지켰다고 스스로에게 되뇌어야 했다. 그들의 두 세계가 하나가 되었다.

그는 터널 중앙에 놓인 강철 기둥을 하나 더 피했다. 손전등 불빛을 위로 향하자 이 기둥들이 지탱하는 머리 위 작은 보를 볼 수 있었다. 한 번씩 떨어지는 돌멩이 때문에 지미는 새로이 경계해야 했고, 그러다 보니 코트니를 따라가기가 전만큼 꺼려지지 않았다. 그는 앞을 향해, 앞에 보이는 빛을 향해 계속 걸어갔다. 뒤에 남기고 온 것도, 어디로 가는지도 잊고 오직 힘없이 땅을 떠받치고 있는 지하 터널에서 나갈 생각만 했다.

한참 뒤에서 요란하게 부러지는 소리가 나더니, 이어서 돌이 우르르 쏟아지고 비키라고 외치는 일꾼들의 소리가 들렸다. 해나가 지미 옆을 스쳐 지나갔다. 지미가 내려놓은 엘리스와 쌍둥이가 앞으로 달려가는 모습이 코트니의 손전등 불빛 속에 보였다가 사라졌다가 했다. 안전모에 불빛을 고정한 사람들이 줄줄이 지나갔다.

지미의 집으로 향하는 사람들이었다. 그는 반사적으로 가슴팍을 더듬으며, 서버실을 떠나기 전에 목에 건 오래된 열쇠를 찾았다. 그의 사일로는 무방비 상태였다. 하지만 어쩐지 아이들이 무서워하고 있음을 느끼니 마음이 강해졌다. 그는 아이들만큼 겁먹지 않았다. 이럴 때 강해지는 게 그의 의무였다.

터널이 축복받은 끝에 다다르고, 쌍둥이부터 얼른 빠져나갔다. 두 아이 때문에 무릎에 기름때가 묻은 남색 작업복을 입고 공구가 잔뜩 꽂힌 가죽 앞치마를 두른 무뚝뚝한 남자와 여자들이 놀랐다. 석회암 때문에 하얗고 그을음 때문에 까만 얼굴들이 눈을 커다랗게 떴다. 지미는 터널 입구에 멈춰 서서 릭슨과 해나부터 내보냈다. 해나의 품에 안긴 아기를 보자 모든 작업이 멈췄다. 여자 하나가 나서서 아이를 만져보고 싶다는 듯 손을 들어 올렸지만, 코트니가 손을 저어 물러나게 하고 다들 하던 일로 돌아가라고 했다. 맨 위층에 올라갔다는 말을 들었으면서도 지미는 혹시 줄리엣이 있나 둘러보았다. 엘리스가 다시 안아달라고 조르며 작은 두 손을 허공에 뻗었다. 지미는 허리가 아팠지만 신경 쓰지 않고, 배낭을 바로잡은 후에 아이를 안아 들었다. 엘리스의 목에 걸린 가방이 무거운 책으로 그의 갈비뼈를 때렸다.

지미는 제자리에 얼어붙은 일꾼들의 벽을 뚫고 돌아다니는 아이들의 행렬에 합류했다. 일꾼들은 수염을 잡아당기고 머리를 긁으면서, 마치 이야기 속의 나라에서 온 사람이라도 보았다는 듯이 지미를 보았다. 그리고 지미는 속으로 이것이 지독한 실수였음을 느꼈다. 두 세계가 통합되었으나, 그들은 서로 완전히 달랐다.

여기엔 전력이 넘쳤다. 전등은 꾸준히 탔고, 어른 남자와 여자들이 북적였다. 냄새도 달랐다. 기계들이 가만히 있지 않고 우르릉댔다. 그리고 갑자기 찾아온 공황 속에서 서둘러 다른 아이들을 따라잡으려다 보니 수십 년의 나이가 떨어져 나가고, 지미는 그저 어둠과 침묵 속에서 살다가 빛과 혼잡과 소음의 세계로 나온 겁먹은 아이들 중 하나가 되어버렸다.

22

18번 사일로

작은 합숙소 하나가 아이들용으로 준비되었고, 지미는 같은 복도의 개인실을 배정받았다. 엘리스는 이 배치에 불만스러워하며 두 손으로 지미의 손에 매달렸다. 코트니는 그들에게 음식을 보내도록 해놓았고, 샤워도 할 수 있다고 말했다. 2층 침대 하나에 깨끗한 작업복이 쌓여 있었고, 비누 하나와 낡은 어린이책 몇 권도 있었다. 하지만 우선 그녀는 지미가 이제까지 본 기억도 없을 정도로 깨끗한 연한 빨간색 작업복을 입은 키 큰 남자부터 소개했다.

"난 니컬스 박사라고 해요." 그 남자는 지미와 악수하며 말했다. "내 딸을 알 텐데요."

지미는 무슨 말인가 했다가, 줄리엣의 성이 니컬스였음을 기억해냈다. 지미는 이 말끔하게 면도한 키 큰 남자가 눈과 입을 들여다보는 동안 용감한 척했다. 다음으로는 차가운 금속 조각이 지미의 가슴팍을 누르고, 니컬스라는 남자가 튜브를 통해 열심히 귀를 기울였다. 다 익숙한 느낌이기는 했다. 지미의 먼 과거에 있었던 일 같았다.

지미는 시키는 대로 심호흡을 했다. 아이들이 경계하며 지켜보고 있으니 그가 아이들을 위한 본보기가 되어야 했다. 평범함을 보여주고, 용기를 보여줘야 했다. 그 생각에 웃음을 터뜨릴 뻔했지만, 그는 의사를 위해 숨을 쉬어야 했다.

엘리스가 다음으로 하겠다고 자원했다. 니컬스 박사는 무릎을 꿇고 아이의 빠진 이 틈을 확인했다. 박사는 요정에 관해 물어봤고, 엘리스가 고개를 저으며 처음 들어봤다고 하자 동전 하나를 줬다. 쌍둥이가 달려들어서 다음으로 하겠다고 졸랐다.

"요정이 진짜야?" 마일스가 물었다. "우리가 자란 농장에서 이상한 소리 들은 적 있어."

마커스가 꼼지락꼼지락 자신의 형제 앞으로 나섰다. "난 어느 날 진짜 요정도 봤어. 그리고 어렸을 때 이빨을 스무 개나 잃어버렸어."

"그랬니?" 니컬스 박사가 물었다. "한번 웃어볼래? 아주 잘했다. 이제 입을 벌려보렴. 치아 스무 개라고 했지."

"으응." 마커스는 입을 닦았다. "그리고 다 다시 자랐는데, 마일스가 때려서 빠진 것만 안 났어."

"그건 사고였어." 마일스가 투덜거리고는, 셔츠를 올려서 숨소리를 들어보라고 했다. 지미는 릭슨과 해나가 아기를 같이 안고서 이 과정을 자세히 관찰하는 모습을 지켜보았다. 또 니컬스 박사가 쌍둥이 남자애들을 살펴보면서도 계속 해나의 품에 안긴 아기를 흘긋거린다는 사실도 알아차렸다.

쌍둥이도 검진을 끝낸 후에 동전을 하나씩 받았다. "이 동전은 쌍둥이라는 행운의 상징이야." 니컬스 박사가 말했다. "부모들은 너희처럼 건강한 남자애를 낳고 싶어서 베개 밑에 이런 동전을 두 개씩 넣는단다."

쌍둥이는 활짝 웃고는 혹시 박사의 말이 진짜라는 사실을 알려주는 흐릿한 얼굴이나 단어 일부분이 있는지 동전을 열심히 살폈다. "릭슨도 예전엔 쌍둥이였어." 마일스가 말했다.

"오?" 니컬스 박사는 1층 침대에 나란히 앉은 손위의 두 아이에게 관심을 돌렸다.

"난 임플란트 넣고 싶지 않아." 해나가 쌀쌀맞게 말했다. "어머니에겐 임플란트가 있었는데, 다른 사람이 도려냈어. 난 칼질당하기 싫어."

릭슨은 해나에게 한쪽 팔을 두르고 가까이 끌어당겨 안았다. 릭슨이 키 큰 의사를 보고 눈을 가늘게 뜨자, 지미는 불안해졌다.

"임플란트는 넣지 않아도 된다." 니컬스 박사가 속삭였지만, 지미는 그가 코트니를 슬쩍 보는 모습을 보았다. "혹시 내가 아이의 심장박동을 들어도 괜찮을까? 그냥 튼튼하고 멀쩡한지만 확인하고 싶어서……."

"왜 안 멀쩡하겠어?" 릭슨이 가슴팍을 내밀면서 물었다.

니컬스 박사는 소년을 잠시 살펴보았다. "내 딸을 만나봤지, 안 그러니? 줄리엣 말이다."

릭슨은 고개를 끄덕였다. "잠깐. 줄리엣은 금방 떠났어."

"흠, 줄리엣이 날 여기로 내려보낸 건 너희의 건강을 걱정해서야. 난 의사야. 특히 아이들, 제일 어린 아이들을 전문으로 보는 의사. 나도 너희 아이가 아주 튼튼하고 건강해 보인다고 생각한다. 그저 확인하고 싶을 뿐이야." 니컬스 박사는 귀에 꽂은 튜브 끝에 달린 금속 원반을 들어 올려서 손바닥에 댔다. "자. 이렇게 하면 따뜻해지지. 너희 아들은 내가 듣는 줄도 모를 거야."

지미는 그의 숨소리를 확인할 때 금속을 댔던 가슴을 문지르면서 왜 의사가 그를 위해서는 기구를 미리 데우지 않았을까 생각했다.

"우리도 동전 줘?" 릭슨이 물었다.

니컬스 박사는 미소 지었다. "대신 치트는 어떨까?"

"치트가 뭔데?" 릭슨이 물었지만, 해나는 이미 의사가 볼 수 있게 침대 위에서 자세를 바로 하고 있었다.

검진이 이어지는 사이에 코트니가 지미의 어깨에 한 손을 얹었다. 지미는 무엇이 필요한가 싶어 돌아보았다.

"줄리엣이 여러분 모두가 넘어오면 바로 연락해달라고 했어요. 금방 다시 올게요⋯⋯."

"잠깐만요." 지미는 말했다. "저도 가고 싶어요. 줄리엣과 이야기하고 싶어요."

"나도." 엘리스가 지미의 다리에 달라붙으며 말했다.

코트니는 얼굴을 찌푸렸다. "좋아요. 하지만 잠깐만이에요. 다들 먹고 몸단장을 해야 하니까요."

"몸단장?" 엘리스가 물었다.

"올라가서 너희들의 새로운 집을 보려면 말이야."

"새로운 집?" 지미가 물었다.

그러나 코트니는 이미 몸을 돌린 후였다.

서둘러 문을 나선 지미는 코트니를 따라 복도를 걸었다. 엘리스는 무거운 책이 담긴 어깨 가방을 잡고 깡충깡충 따라왔다.

"새로운 집이라는 게 무슨 뜻이야?" 엘리스가 물었다. "우리 진짜 집에는 언제 돌아가?"

지미는 턱수염을 긁으면서 진실과 거짓말을 두고 고심했다. '우린 영영 집에 못 갈지도 몰라.' 그렇게 말하고 싶었다. '어디에 가게 되더라도 다시는 집처럼 느껴지지 않을지도 몰라.'

"아무래도 여기가 우리의 새로운 집이 될 것 같아." 지미는 목소리가 갈라지지 않게 조심하며 말했다. 그는 손을 아래로 뻗어 아이의 가냘픈 어깨에 주름진 손을 올리고, 아이가 얼마나 연약한지 절감했다. 어떤 말을 하느냐만으로도 깨뜨릴 수 있는 이 몸뚱이라니. "적어도 한동안은 여기가 우리 집이 되는 거야. 사람들이 우리 예전 집을 더 좋게 만들 때까지는." 그는 코트니 쪽을 보았고, 그녀는 뒤돌아보지 않았다.

엘리스가 복도 한가운데에 멈춰 서더니 뒤를 돌아보았다. 엘리스가 고개를 돌릴 때, 기계부의 어둑한 불빛이 아이의 눈에 고인 눈물을 비췄다. 지미가 울지 말라고 말하려는 순간, 코트니가 무릎을 꿇더니 엘리스에게 이리 오라고 불렀다. 엘리스는 꿈쩍도 하지 않았다.

"우리와 같이 가서 무전기로 줄리엣과 이야기하고 싶니?" 코트니가 물었다.

엘리스는 손가락을 깨물고는 고개를 끄덕였다. 눈물 한 방울이 뺨으로 흘러내렸다. 아이는 책이 든 가방을 꽉 움켜쥐었고, 지미는 아주 오래전에 똑같이 인형에 매달리는 아이들을 보았던 기억을 떠올렸다.

"줄리엣과 통화하고, 네가 몸단장을 하고 나면 식량 창고에서 사탕옥수수를 좀 가져다줄게. 그러면 좋겠어?"

엘리스는 어깨를 으쓱였다. 지미는 이 아이들 중 누구도 사탕옥수수를 먹어본 적이 없다고 말하고 싶었다. 지미도 처음 듣는 이름이었다. 하지만 듣고 나니 먹어보고 싶었다.

"같이 줄리엣에게 연락하자." 코트니가 말했다.

엘리스는 코를 훌쩍이고 고개를 끄덕였다. 아이는 지미의 손을 잡고 올려다보며 물었다. "사탕옥수수가 뭐야?"

"깜짝 선물이 될 거야." 지미는 대답했고, 그건 있는 그대로의 진실이었다.

코트니는 앞장서서 복도를 걷다가 굽잇길을 돌았다. 잠시 구불구불 걷다 보니 지미가 뒤에 남겨두고 온 어둡고 축축한 공간이 생각났다. 새로 칠한 페인트와 웅웅거리는 조명을 빼면, 깔끔한 전선과 새로 칠한 윤활유 냄새를 빼면, 지미가 지난 2주 동안 탐험하고 다닌 녹슨 공간과 똑같은 미궁이었다. 발아래 철벅이는 물웅덩이 소리, 빈 수반을 빨면서 비명을 지르던 펌프 소리가 들리는 것만 같았다. 아니, 발 앞에서는 정말로 소리가 났다. 커다란 깽 소리였다.

엘리스가 비명을 질렀고, 처음에 지미는 아이를 밟은 줄 알았다. 그러나 그의 발 앞에는 무서운 꼬리를 세우고 울어대면서 맴을 도는 커다란 갈색 쥐가 있었다.

지미의 심장이 잠시 멈췄다. 엘리스가 계속 비명을 지른다고 생각했다가, 지미는 곧 그 비명이 자신의 목소리임을 깨달았다. 엘리스가 두 팔로 그의 다리를 꽉 붙잡고 있어서 몸을 돌려 달아나기는 힘들었다. 그사이에 코트니가 웃음을 터뜨리며 허리를 접었다. 지미가 기절하기 직전에 코트니가 땅에서 거대한 쥐를 들어올렸다. 그 동물이 코트니의 턱을 핥는 모습을 보고 나서야 지미는 그게 쥐가 아니라 개라는 사실을 알아차렸다. 어린 개였다. 지미도 어렸을 때는 중층부에서 다 자란 개들을 보았지만, 강아지는 처음 보았다. 엘리스는 그 동물에게 자신들을 해칠 마음이 없다는 것을 알고 손을 풀었다.

"고양이다!" 엘리스가 외쳤다.

"고양이가 아니야." 지미가 말했다. 그는 고양이에 대해 잘 알았다.

분명히 지미의 놀란 비명을 들었을 청년 하나가 헉헉거리면서 모퉁이를 돌아 달려왔을 때까지도 코트니는 계속 웃고 있었다.

"여기 있었구나." 청년은 코트니에게서 동물을 받아 들었다. 강아지는 그 남자의 어깨를 할퀴고 귓불을 물려 했다. "망할 녀석." 기계공은 강아지의 얼굴을 찰싹하고 가볍게 때렸다. 남자가 목덜미를 쥐자 강아지의 다리가 허공을 긁었다.

"더 있어?" 코트니가 물었다.

"한배 새끼가 더 있죠." 남자가 말했다.

"코너가 몇 주 전에 그 녀석들을 재우기로 했잖아."

남자는 어깨를 으쓱였다. "코너야 그 망할 터널을 계속 팠잖아요. 하지만 이제 하라고 할게요." 그는 코트니에게 고개를 끄덕이고는, 강아지 목덜미를 쥔 채 왔던 길로 돌아갔다.

"놀라게 했네요." 코트니가 지미를 보고 미소 지었다.

"쥐인 줄 알았어요." 지미는 하층 농장을 점령했던 쥐 떼를 떠올리며 말했다.

"공급부 사람들이 여기서 지내는 동안 개들이 우글거렸어요." 코트니는 말하면서 그들을 이끌고 남자가 사라진 방향으로 걸어갔다. 이번만은 엘리스가 앞장서서 걸었다. "그 녀석들은 그 후로 개를 더 만드느라 바빴고요. 저도 펌프실에서 한배 새끼들을 찾아냈는데, 그것도 열 교환기 밑이었지 뭐예요. 몇 주 전에는 또 한 무리가 공구 창고에서 발견됐고요. 이러다가 그 망할 녀석들을 침대에서도 찾아내게 생겼어요. 녀석들이 하는 일이라곤 먹고 사방에 똥을 싸는 것뿐이에요."

지미는 서버실에 살면서 깡통에 든 콩을 날것으로 먹고 바닥 쇠살대에 똥을 누던 어린 시절을 생각했다. 살아 있는 생명을…… 살아 있다는 이유만으로 미워할 수는 없었다. 그렇지 않은가?

앞이 가로막힌 복도 끝에 다다랐다. 엘리스는 이미 뭔가를 찾는 것처럼 왼쪽 복도를 탐험하고 있었다.

"워커의 작업실은 이쪽이야." 코트니가 말했다.

엘리스가 돌아보았다. 어디선가 캥 소리가 들리자 엘리스는 몸을 돌려 그쪽으로 향했다.

"엘리스." 지미가 외쳤다.

엘리스는 열린 문을 들여다보더니 그리로 사라졌다. 코트니와 지미는 서둘러 쫓아갔다.

모퉁이를 돌았더니, 엘리스가 부품 상자를 내려다보고 서 있었다. 복도에서 만났던 남자가 뭔가를 그 안에 다시 내려놓았다. 엘리스는 상자 가장자리를 잡고 몸을 구부렸다. 플라스틱 상자에서 낑낑거리며 긁는 소리가 새어 나왔다.

"조심하렴, 얘야." 코트니가 서둘러 걸어갔다. "그 녀석들은 깨물어."

엘리스가 지미를 돌아보았다. 꼬물거리는 짐승 하나가 그 품에 안겨서 분홍색 혓바닥을 내밀고 있었다.

"다시 넣어라." 지미가 말했다.

코트니가 손을 뻗었지만, 이미 강아지들을 모으던 남자가 이 강아지의 목덜미도 잡아 들었다. 남자는 강아지를 다시 다른 녀석들 옆에 떨구고 쾅 소리 나게 뚜껑을 걷어차서 닫았다.

"죄송합니다, 대장." 남자가 발로 상자를 미는 사이에 엘리스는 애처로운 소리를 냈다.

"저 녀석들에게 밥을 주고 있어?" 코트니는 낡은 접시에 담긴 남은 음식을 가리켰다.

"코너가요. 진짜예요. 코너가 들인 개가 낳은 녀석들이거든요.

코너가 어떤지 알죠. 대장이 뭐라고 했는지 전해줬는데, 계속 미루더라고요."

"그 문제는 나중에 의논하자." 코트니가 어린 엘리스를 보면서 말했다. 지미는 그녀가 어린아이 앞에서 안락사에 대해 말하지 않으려 한다는 걸 알 수 있었다. "갑시다." 그녀는 지미를 데리고 문을 지나 다시 복도로 나갔다. 그리고 지미는 투덜대는 아이를 잡아끌었다.

23

목적지에 도착하자 친숙하면서도 불쾌한 냄새가 났다. 진동하는 서버가 풍기던 것과 같은, 달아오른 전기 냄새와 씻지 않은 남자들의 악취였다. 지미에게는 예전의 자신이 예전의 집으로 돌아간 것 같은 냄새였다. 들리는 소리도 비슷했다. 치직거리는 잡음, 지미의 무전기가 내던 친숙하면서도 허깨비 같았던 속삭임 그대로였다. 그는 코트니를 따라 작업대가 줄줄이 놓여 있고 셀 수 없이 많은 프로젝트의 잔해가 진행 중이거나 버려진 방 안에 들어섰다. 어느 쪽이 버려진 프로젝트인지는 구별하기 힘들었다.

문가의 카운터 위에 컴퓨터 부품이 흩어져 있었는데, 지미는 부품을 그렇게 형편없이 늘어놓은 모습을 보면 아버지가 뭐라고 잔소리를 했을지 생각했다. 가죽 작업복을 걸친 남자가 안쪽 작업대에서 몸을 돌렸다. 손에는 연기가 피어오르는 금속 지팡이를 들고, 가슴팍과 수많은 주머니에는 공구들을 꽂았으며, 턱에는 까슬한 수염이 나 있고 눈은 미친 사람 같았다. 지미는 평생 그런 사람을 처음 보았다.

"코트니." 남자는 입에 물고 있던 반짝이는 은색 철사를 빼내고, 지팡이를 내려놓고, 얼굴 앞을 가린 연기를 내저었다. "저녁 식사냐?"

"아직 점심도 안 됐어요." 코트니가 말했다. "줄리엣의 친구 두 명을 소개해줄게요. 다른 사일로에서 왔어요."

"다른 사일로." 워커는 한쪽 눈에 낀 렌즈를 내리고 가늘게 뜬 눈으로 두 사람을 보았다. 그리고 천천히 걸상에서 일어섰다. "자네와 대화를 했었지." 그는 작업복 엉덩이에 손바닥을 닦고 손을 내밀었다. "솔로, 맞지?"

지미는 앞으로 나서서 워커의 손을 잡았다. 두 남자는 턱수염을 씹으면서 잠시 서로를 살폈다. "지미 쪽이 더 좋아요." 지미가 마침내 말했다.

워커는 고개를 끄덕였다. "그래, 그래. 지미였지."

"난 엘리스야." 아이가 손을 흔들었다. "해나는 날 릴리라고 부르지만, 난 릴리라는 이름 별로야. 엘리스가 좋아."

"좋은 이름이구나." 워커는 맞장구를 쳤다. 그는 수염을 잡아당기고, 발꿈치로 무게중심을 옮기면서 놀란 기색으로 아이를 관찰했다.

"둘이 줄스와 이야기하고 싶어 해요." 코트니가 말했다. "그리고 난 줄스에게 연락해서 이 사람들이 와 있다고 알려주기로 했고요. 줄스는…… 다 잘됐어요?"

워커는 무아지경에서 퍼뜩 빠져나온 것 같았다. "뭐라고? 아.
아, 그럼." 그는 손뼉을 부딪쳤다. "모든 게 다 된 것 같구나. 줄스
는 안으로 돌아왔어."

"줄리엣이 뭘 하러 나갔던 거죠?" 지미가 물었다. 줄리엣이 뭔
가를 하고 있었다는 건 알지만, 그게 뭔지는 몰라서였다. 그저 누
군가가 듣고 있을지 모르니 무전기로는 의논하고 싶지 않은 프로
젝트라는 것밖에 몰랐다.

"바깥에 무엇이 있는지 보러 나간 것 같은데." 워커는 그렇게
말하고 뭐라고 웅얼거리더니, 코를 찡긋거리면서 열린 작업실 문
을 보았다. 워커는 그게 어디로든 갈 만한 이유가 된다고 믿지 않
는 기색이었다. 그는 불편하게 침묵하다가 시선을 책상 위로 떨
궜다. 늙은 두 손이 특이하게 생긴 무전기를 잽싸게 들어 올렸다.
손잡이와 다이얼이 빽빽하게 달린 무전기였다. "우리가 줄스를
불러낼 수 있나 볼까."

워커가 줄리엣을 부르자, 다른 사람이 대답했다. 그 사람은 잠
시 기다리라고 했다. 워커는 무전기를 지미에게 내밀었고, 지미는
받아 들었다. 무전기 작동 방법은 익숙했다.

치직거리는 소리와 함께 목소리가 들려왔다. "네? 여보세요?"

줄리엣이었다. 지미는 송신 버튼을 꽉 눌렀다.

"줄스?" 그는 천장을 보면서 문득 아주 오랜만에 줄리엣이 저
위 어딘가에 있고, 두 사람이 다시 같은 사일로에 있다는 사실을
깨달았다. "거기 있어요?"

"솔로!" 그는 굳이 이름을 바로잡지 않았다. "워커와 같이 있군요. 코트니 거기 있어요?"

"네."

"좋아요. 잘됐네요. 거기 있어주지 못해서 정말 미안해요. 최대한 빨리 내려갈게요. 이쪽에서 아이들이 지낼 수 있게 농장 가까운 곳에, 좀 더 집 같은 곳을 마련하고 있어요. 난 우선 이…… 사소한 프로젝트부터 끝내야 해요. 며칠이면 될 거예요."

"괜찮아요." 지미는 코트니에게 초조한 미소를 보이며 갑자기 아주 어린 아이가 된 기분을 느꼈다. 사실은 며칠이 아주 긴 시간 같았다. 줄스를 당장 보거나 집으로 가고 싶었다. 아니면 둘 다 하거나. "얼른 보고 싶네요." 그는 마음을 바꾸어 덧붙였다. "너무 늦진 말아요."

요란한 잡음. 무전기가 생각을 흔드는 소리. "안 그럴 거예요. 약속해요. 우리 아빠 만났어요? 의사인데요. 당신과 아이들을 살펴보라고 내려보냈어요."

"만났어요. 여기 있어요." 지미는 엘리스를 내려다보았다. 아이는 사탕옥수수를 생각하는지, 지미를 문 쪽으로 잡아끌고 있었다.

"잘됐네요. 코트니가 거기 있다고 했죠. 바꿔줄래요?"

지미가 무전기를 내밀면서 보니 손이 떨리고 있었다. 코트니가 무전기를 받고 줄리엣이 중앙 계단에 대해 하는 말을 듣더니, 굴착에 대한 최신 정보를 알렸다. 줄스가 쓸 수 있게 무전기를 가지고 올라간다는 대화가 오가고, 줄스의 아버지가 꼭대기 층에 올라가서 줄스와 넬슨이라는 사람이 멀쩡한지 보는 게 어떠냐는 언쟁이 오가고, 지미가 이해할 수 없는 대화가 많이 이어졌다. 대화를 계속 들으려고 했지만 마음이 다른 곳을 헤맸다. 그러다가 지미는 엘리스가 보이지 않는다는 사실을 깨달았다.

"아이가 어딜 갔죠?" 지미가 물었다. 허리를 굽히고 작업대 아래를 보았지만, 부품과 부서진 기계 더미밖에 보이지 않았다. 그는 일어서서 높은 카운터 뒤를 확인했다. 숨바꼭질을 하기에는 좋지 않은 때였다. 안쪽 구석을 확인하는데 서늘한 공포가 목구멍까지 올라왔다. 엘리스는 그의 사일로에서도 순식간에 없어지는 아이였다. 쉽게 다른 곳에 정신이 팔렸고, 뭐든 반짝이는 게 있거나 조금이라도 과일 냄새 같은 게 나면 그리로 걸어가버렸다. 하지만 여기에는…… 지미가 모르는 곳과 낯선 사람들이 있었다. 지미는 느릿느릿 방을 가로지르며 작업대 사이를 보고 어수선한 선반 뒤를 들여다보았다. 점점 귓가에 울리는 심장박동 소리가 커졌다.

"아이는 그저……." 워커가 입을 열었다.

"나 여기 있어." 엘리스가 외쳤다. 문 바로 바깥 복도에 서서 손을 흔들고 있었다. "릭슨한테 돌아갈 수 있어? 나 배고파."

"그리고 난 사탕옥수수를 주겠다고 약속했지." 코트니가 미소지으며 말했다. 줄리엣과의 대화는 끝난 모양이었다. 그녀는 지미가 완전히 공황 상태에 빠져 있었던 1, 2분을 보지 못했다. 코트니는 문으로 향하면서 지미에게 기묘한 무전기를 건넸다. "줄스는 당신이 이걸 갖고 있길 바라네요."

지미는 조심조심 받아 들었다.

"하루나 이틀 정도 걸릴지 모르지만, 하부 농장 근처에 마련한 새로운 거처에서 보자고 하네요."

"나 진짜 배고파." 엘리스가 짜증을 내며 외쳤다. 지미는 웃음을 터뜨리고 예의를 지키라고 말했지만, 그의 배도 꼬르륵거리고 있었다. 복도에 나가보니 엘리스가 커다란 메모리 북을 가방에서 꺼내 들고 있었다. 엘리스는 책을 가슴팍에 꼭 끌어안았다. 아이가 직접 꿰매어 붙인 색색의 페이지가 이상한 각도로 삐져나왔다.

"따라와요." 코트니가 앞장서 복도를 걸었다. "마마 진의 사탕옥수수를 사랑하게 될 거예요."

지미도 이건 사실이라고 믿었다. 그는 어서 그것을 먹고 줄스를 보고 싶다고 생각하며 서둘러 코트니를 따라갔다. 그 뒤에서는 어린 엘리스가 자기 속도로 쫓아왔다. 아이는 커다란 책을 품에 안고, 휘파람을 불 줄 몰랐기에 혼자 조용히 흥얼거렸다. 그리고 아이가 어깨에 멘 가방은 혼자 발길질을 하고 꿈틀거리며 소리를 냈다.

24

줄리엣은 샘플을 회수하기 위해 에어록으로 들어갔다. 아까의 화염 소독이 남긴 열기를 느낄 수 있었다. 아니, 상상인지도 몰랐다. 보호복 안에서 체온이 올라서일 수도 있었다. 아니면 준비용 벤치에 놓인 밀봉 용기를 보아서 열이 올랐을 뿐인지도 모른다. 뚜껑은 화염이 핥고 지나간 탓에 색이 변해 있었다.

그녀는 장갑의 평평한 부분으로 상자를 확인했다. 손바닥 부분이 끈적해지면서 금속에 달라붙는 일은 없었다. 만졌을 때 서늘한 느낌이었다. 한 시간 넘게 청소를 하고, 새로운 보호복으로 갈아입고, 양쪽 에어록을 다 치운 후에 이제야 단서가 든 상자를 손에 넣었다. 바깥 공기와 흙과 다른 샘플이 든 상자. 어쩌면 세상이 잘못된 이유를 다 알아낼 수도 있을 단서들.

그녀는 상자를 회수해 두 번째 에어록 너머에서 기다리는 사람들과 합류했다. 안에 납을 두르고, 연결 부위를 다 밀봉하고 내부에 완충재까지 댄 커다란 트렁크가 기다리고 있었다. 용접한 샘플 상자가 그 안에 들어갔다. 뚜껑을 닫은 후에는 넬슨이 틈을 빙 둘러 메웠고, 루카스는 줄리엣이 헬멧을 벗게 도와줬다. 줄리엣은 헬멧을 벗고 나서야 자신이 얼마나 숨을 헉헉대고 있었는지 깨달았다. 슬슬 보호복으로 인한 피로감이 느껴졌다.

줄스가 보호복을 벗는 동안 피터 빌링스는 에어록 전체를 밀폐했다. 구내식당에 붙어 있는 보안관실은 지난 일주일 동안 건설 현장이 되어 있었고, 줄리엣은 모두가 사라지면 피터가 기뻐할 것을 알 수 있었다. 줄리엣은 지금 설치해둔 내부 에어록을 최대한 빨리 제거하겠다고 약속했지만, 그러기 전에 몇 번 더 외출하게 될 것 같았다. 우선 그녀는 사일로에 가지고 들어온 소량의 바깥 공기에 대해 알아보고 싶었다. 그리고 34층의 보호복 연구실까지는 내려갈 길이 멀었다.

넬슨과 소피아는 계단에서 사람을 다 치우기 위해 먼저 갔다. 줄리엣과 루카스는 2인조 운반인처럼 트렁크를 나눠 들고 그 뒤를 따라갔다. 줄리엣은 이것도 〈협정〉 위반이라고 생각했다. 은색 옷을 입은 사람들이 운반을 하다니. 모두가 법을 지키게 해야 하는 위치에 있으면서 법을 얼마나 많이 어기는 걸까? 얼마나 교묘하게 스스로의 행동을 정당화할 수 있을까?

그녀의 생각은 자신의 수많은 위선에서부터 저 아래의 굴착으로, 코트니가 전해준 소식으로 흘러갔다. 솔로와 아이들은 안전했다. 그녀는 그들과 같이 아래에 있지 못하는 게 싫었지만, 그나마 아버지가 거기 있어서 다행이었다. 처음에는 줄리엣의 바깥 여행에서 어떤 역할도 하지 않으려던 아버지였지만, 또 나중에는 그녀를 두고 아이들을 보러 가는 것조차 싫어했다. 줄리엣은 건강 검진을 또 할 필요가 없을 정도로 충분히 주의 사항을 지켰다고 아버지를 설득해야 했다.

트렁크가 흔들리다가 난간에 부딪히며 귀에 거슬리는 소리를 냈고, 그녀는 눈앞의 일에 집중하려고 했다.

"뒤에 괜찮아요?" 루카스가 외쳤다.

"운반인들은 이 일을 어떻게 하죠?" 그녀는 손을 바꾸면서 물었다. 납을 댄 트렁크의 무게는 엄청났고, 부피도 커서 다리에 자꾸 걸렸다. 루카스는 아래쪽에 있었는데 팔을 옆에 붙인 채 계단 중앙을 걸을 수 있었다. 훨씬 편안해 보였다. 위에서 따라가는 줄리엣은 흉내도 낼 수가 없었다. 그녀는 다음 층계참에서 루카스를 기다리게 하고, 작업복 허리에 맸던 벨트를 빼내어 트렁크 손잡이에 묶어서 어깨에 고리 모양으로 넘겼다. 어떤 운반인이 이렇게 하는 모습을 본 적이 있었다. 이렇게 하면 상자 무게를 엉덩이로 지탱하면서 옆으로 걸을 수 있었다. 묻어야 할 시체가 든 검은 가방을 지는 방식이었다. 한 층을 더 내려가자 그 자세도 편안해지기 시작했고, 줄리엣은 운반 작업의 매력을 알 수 있었다. 운반은 사람에게 생각할 시간을 줬다. 몸이 움직이는 동안 정신은 잔잔해졌다. 하지만 그러다가 검은 가방이 생각나면서 그녀와 루카스가 지금 무엇을 운반하는지가 떠올랐고, 줄리엣의 생각은 조용히 누울 어두운 그늘을 찾아냈다.

"좀 어때요?" 그녀는 아무 말 없이 두 굽이를 돌고 나서 루카스에게 물었다.

"좋아요." 루카스가 대답했다. "그냥 우리가 뭘 지고 가는 걸까 생각하고 있어요. 알죠? 이 상자 안에 말이에요."

루카스의 마음도 비슷한 그늘을 찾은 모양이었다.

"나쁜 아이디어였다고 생각해요?" 줄리엣은 물었다.

그는 대답하지 않았다. 어깨를 으쓱인 건지, 그냥 손을 고쳐 잡은 건지 구별하기 어려웠다.

그들은 층계참을 하나 더 지나쳤다. 넬슨과 소피아가 나오지 말라고 문에 테이프를 붙여놓았지만, 그래도 지저분한 유리 너머로 쳐다보는 얼굴들이 보였다. 줄리엣은 반짝이는 십자가를 유리에 대고 있는 나이 든 여자를 보았다. 줄리엣이 방향을 돌리자 그 여자는 십자가를 쓰다듬으며 거기에 입을 맞췄고, 줄리엣은 그녀가 사일로에 희망이 아니라 공포를 가져온다던 웬델 신부의 말을 생각했다. 희망을 건네는 쪽은 신부와 교회였다. 신부는 죽고 나서도 존재할 곳을 제공했다. 반면 세상을 더 좋게 바꿀 기회는, 더 나쁘게 바꿀 수도 있다는 점 때문에 공포를 불렀다.

그녀는 그 층계참을 완전히 뒤로할 때까지 기다렸다. "저기, 루크?"

"네?"

"혹시 우리가 떠난 후엔 어떻게 될까 생각하기도 해요?"

"난 우리가 어떻게 되는지 알아요. 버터를 듬뿍 바르고 옥수수를 씹겠죠."

루카스는 혼자 농담에 웃었다.

"난 진지해요. 우리의 영혼이 구름과 합쳐져서 더 나은 곳을 찾아갈까요?"

루카스의 웃음소리가 멈췄다. "아니요." 그는 한참 만에 대답했다. "난 그냥 우리가 존재하길 그만둔다고 생각해요."

그들은 한 굽이를 내려가고 또 한 번 층계참을 지나쳤다. 이번에도 예방 조치로 문에 테이프가 붙어 있었다. 줄리엣은 그들의 목소리가 조용하니 텅 빈 계단 위아래를 떠다닌다는 사실을 깨달았다.

"언젠가는 내가 여기 없을 거라는 사실이 딱히 거슬리진 않아요." 루카스는 잠시 후에 말했다. "100년 전에 내가 여기 없었다는 사실에 스트레스를 받진 않잖아요. 난 죽음도 그와 비슷하다고 생각해요. 지금으로부터 100년이 지나면 내 삶도 지금 100년 전을 생각할 때와 같겠죠."

다시 한번 루카스가 잡은 손을 고쳐 쥐었는지, 어깨를 으쓱였는지 알 수가 없었다.

"영원히 이어지는 게 뭔지 말해줄게요." 그는 줄리엣이 듣고 있는지 확인하려고 고개를 돌렸고, 줄리엣은 '사랑' 같은 진부한 소리 아니면 '당신 캐서롤' 같은 웃기지 않은 농담에 대비했다.

"뭐가 영원히 이어지는데요?" 그녀는 분명히 후회할 줄 알면서도 루카스가 이 질문을 기다리는 줄 알고 그 뜻에 따랐다.

"우리의 결정이요." 루카스가 말했다.

"잠깐 멈출 수 있을까요?" 줄리엣은 물었다. 끈에 쓸리는 목 부분이 아팠다. 그녀는 트렁크를 한 계단 아래에 내려놓았고, 루카스는 수평을 맞추려고 트렁크를 위로 올렸다. 줄리엣은 매듭을 확인해보고 어깨를 바꾸려고 몸을 돌렸다. "미안해요······. '우리의 결정'이라고 했어요?" 무슨 말인지 알 수 없었다.

루카스가 몸을 돌려 그녀를 마주했다. "그래요. 우리의 행동 말이에요. 그건 영원히 이어져요. 우리가 뭘 하든 간에, 언제나 그게 우리가 한 일일 거예요. 무를 수가 없죠."

이건 줄리엣이 예상한 대답이 아니었다. 상자를 무릎에 대고 이 말을 하는 루카스의 목소리엔 슬픔이 깃들어 있었고, 줄리엣은 그 대답의 지독한 단순함에 마음이 움직였다. 뭔가가 반향을 일으키는 느낌이었는데, 정확히 어떤 감정인지는 알 수 없었다. "더 말해봐요." 그녀는 끈을 반대쪽 어깨에 걸고 다시 들어 올릴 준비를 했다. 루카스는 한 손으로 난간을 잡은 채, 잠시 더 그곳에서 쉬고 싶은 듯했다.

"그러니까, 세상은 태양 주위를 돌죠. 맞죠?"

"당신 말에 따르면요." 그녀는 웃었다.

"음, 이건 사실이에요. 〈유산〉과 1번 사일로 사람이 확인해줬어요."

줄리엣은 둘 다 믿을 수 없다는 듯 코웃음을 쳤다. 루카스는 그 반응을 무시하고 계속해서 말했다.

"그렇다면 우린 한곳에 존재하는 게 아니에요. 그보다는 우리가 하는 모든 일이······ 저기 바깥에 발자취처럼 남는 거죠. 결정으로 이루어진 큰 고리가요. 우리가 하는 모든 행동과······."

"실수도요."

루카스는 고개를 끄덕이고 소매로 이마의 땀을 찍어냈다. "모든 실수도 남겠죠. 하지만 우리가 하는 모든 좋은 일도 남는 거예요. 우리가 뒤에 남기는 모든 흔적은 불멸해요. 아무도 보지 못해도, 아무도 기억하지 못해도 상관없어요. 무슨 일이 일어났고, 우리가 무엇을 했는지, 모든 선택이 언제나 흔적으로 남을 거예요. 과거는 영원히 존재해요. 그건 변하지 않아요."

"망치기 싫어지는군요." 줄리엣은 자신이 저지른 온갖 실수를 생각하고, 지금 둘이 들고 가는 상자가 또 한 번의 실수일까 생각하면서 말했다. 거대한 고리 속에 있는 자신의 모습이 보였다. 아버지와 싸우고, 연인을 잃고, 청소하러 나가고, 피가 흐르는 발로 계단을 내려가듯이 거대한 나선을 그리며 이어지는 상처들.

그리고 그 얼룩은 절대로 씻겨 없어지지 않는다고, 루카스는 그렇게 말하고 있었다. 그녀는 언제나 아버지에게 상처를 준 그대로일 것이다. 그렇게 말하는 게 문법에 맞나? 언제나 그대로일 것이다. 미래 시제라기보다는 영원 시제랄까. 새로운 문법이었다. 언제나 친구들이 살해당한 그대로일 것이다. 언제나 동생은 죽고 어머니는 자살한 그대로일 것이다. 언제나 보안관이라는 망할 자리를 받아들인 그대로일 것이다.

돌이킬 길은 없었다. 사과는 용접이 아니었다. 원래대로 돌아가는 게 아니라, 뭔가가 망가졌다고 인정하는 일에 불과했다. 두 사람 사이에서 자주 벌어지는 일.

"괜찮아요?" 루카스가 물었다. "계속 갈까요?"

하지만 그녀는 이것이 그냥 팔이 아프지 않냐는 질문 이상의 의미를 담고 있음을 알았다. 루카스에게는 그녀의 비밀스러운 걱정을 알아차리는 능력이 있었다. 짙은 구름을 뚫고 아주 작은 상처를 알아보는 날카로운 눈이.

"괜찮아요." 그녀는 거짓말을 했다. 그리고 그녀는 자신이 뭔가 고귀한 일을 했던가, 피를 부르지 않은 발자취가 있었나, 뭐든 세상을 더 밝은 곳으로 바꾼 순간이 있었나 과거를 뒤져보았다. 그러나 청소형을 받았을 때, 그녀는 청소를 거부했다. 언제나 거부한 그대로였다. 그녀는 센서로부터 등을 돌리고 걸어가버렸고, 그때로 돌아가서 다르게 행동할 기회는 없었다.

넬슨은 보호복 연구실에서 그들을 기다리고 있었다. 이미 준비를 다 하고 두 번째 보호복을 입었는데, 헬멧만 벗은 채였다. 줄리엣이 바깥으로 입고 나갔던 보호복 한 벌과 돌아온 그녀를 닦기 위해 쓴 두 벌은 에어록 안에 남겨두었다. 옷깃에 달았던 무전기만 확보했다. 줄리엣은 무전기가 사람만큼 귀하다고 농담하기도 했다. 넬슨과 소피아는 이미 그 무전기들을 이쪽에 준비한 보호복에 달아놓았다. 루카스가 복도에서 세 번째 무전기를 들 것이다.

트렁크는 깨끗하게 치운 작업대 옆 바닥에 놓였다. 줄리엣과 루카스 둘 다 팔을 털어 피를 순환시키고 감각을 되찾았다.

"문은 당신이 맡았죠?" 줄리엣은 루카스에게 물었다.

그는 고개를 끄덕이고 마지막으로 트렁크에 찌푸린 시선을 던졌다. 줄리엣은 루카스도 남아서 돕고 싶어 한다는 사실을 알 수 있었다. 그는 그녀의 팔을 꾹 쥐었다가 뺨에 입 맞춘 후에 나가서 문을 닫았다. 줄리엣은 간이침대에 앉아서 또 다른 보호복에 몸을 밀어 넣으며, 루카스와 소피아가 문에 밀봉 테이프를 붙이는 소리를 들을 수 있었다. 천장 환기구는 이미 이중으로 감쌌다. 줄리엣은 이 상자 안에 담긴 공기가 17번 사일로에 가지고 들어갔던 공기보다 훨씬 적다고 생각했고, 당시에 17번에서도 충분히 살아남았으니 괜찮다고 생각했지만, 그래도 가능한 예방책은 모조리 취했다. 그들은 이 용기 하나에 이 사일로의 모두를 죽일 만한 독이 있다고 가정하고 행동했다. 그게 줄리엣이 고집한 조건이었다.

넬슨이 줄리엣의 등 지퍼를 올리고 벨크로로 덮개를 여며서 단단히 봉했다. 줄리엣은 장갑을 당겨 꼈다. 둘 다 헬멧을 딸깍 소리 나게 끼웠다. 충분한 공기와 시간을 확보하기 위해 그녀는 장비 세트에서 산소통을 꺼냈다. 공기 흐름은 작은 손잡이로 조절할 수 있었고, 넘친 산소는 이중 밸브를 통해 새어 나왔다. 시험해보니 두 명이서 산소통 하나로부터 새어 나오는 공기로 며칠은 지낼 수 있었다.

"괜찮아요?" 그녀는 무전기 볼륨을 시험해보며 넬슨에게 물었다.

"네. 준비됐습니다."

줄리엣은 기계공 두 명으로서 같은 근무시간에 같은 프로젝트를 몇 날 밤이고 같이 작업하면서 쌓은 친근감과 리듬에 감사했다. 그들은 주로 프로젝트, 극복해야 할 문제점들, 서로 주고받을 공구에 관해서 대화했다. 그러나 또한 줄리엣은 넬슨의 어머니가 예전에 그녀의 아버지와 같이 일했으며, 간호사로 지내다가 심층부로 내려가서 의사가 되었다는 사실을 알게 되었다. 또 넬슨이 지난 두 번의 청소용 보호복을 만들었으며, 홀스턴이 청소하러 가기 전에도 몸길이를 쟀고, 줄리엣에게도 배정될 뻔했다는 사실을 알게 되었다. 줄리엣은 이 프로젝트는 자신만이 아니라 넬슨에게도 일종의 사죄 행위라고 생각했다. 달리 누구도 넬슨처럼 이 프로젝트에 긴 시간을 들이지 못했을 것이다. 두 사람 다 상황을 바로잡고 싶어 했다.

그녀는 공구 선반에서 일자 드라이버를 골라 들고 트렁크 뚜껑에서 밀폐제를 긁어내기 시작했다. 넬슨은 다른 드라이버를 들고 반대쪽을 맡았다. 두 사람의 작업이 한곳에서 만났고 그녀는 넬슨을 살피며 함께 뚜껑을 들어 올려 에어록 벤치에 놓여 있던 금속 상자를 드러냈다. 그들은 이 상자를 꺼내어 치워놓은 작업대에 올렸다. 줄리엣은 망설였다. 벽에서는 10여 벌의 청소용 보호복이 조용히 못마땅해하며 그들을 내려다보았다.

그러나 그들은 모든 예방책을 다 취했다. 터무니없는 조치까지도. 그들이 입고 있는 보호복은 작업하기 쉽게 모든 충전재를 벗겨낸 옷이었다. 장갑도 마찬가지였다. 그녀는 루카스가 양보하라는 것은 다 양보했다. 예비 발전기와 굴착 문제로 셜리를 대할 때, 전력 부하를 줄이기 위해 주 발전기 발전량을 줄이고, 심지어 혹시 오염이 일어날 때를 대비해서 터널에 폭발물까지 설치했던 때와 비슷했다. 프로젝트를 진행시키기 위해서는 무엇이든 해야 했다.

줄리엣은 넬슨이 기다리고 있다는 사실을 깨닫고 퍼뜩 눈앞의 프로젝트로 돌아왔다. 그녀는 뚜껑을 잡고 연 후, 샘플을 꺼냈다. 공기 샘플이 두 개, 에어록에서 아르곤을 담은 대조군 샘플 하나, 지표면 흙과 땅속에서 꺼낸 흙이 하나씩, 그리고 바싹 마른 인간 유해 샘플이 하나였다. 모든 샘플을 작업대 위에 올려놓은 후, 금속 상자는 치워두었다.

"어디에서 시작하면 좋겠어요?" 넬슨이 묻고는, 끝에 분필 조각을 끼워 넣은 작은 강철 파이프를 잡았다. 장갑을 낀 채로 쓰려고 급조해서 만든 필기구였다. 필기할 흑판은 작업대 위에 준비되어 있었다.

"공기 샘플부터 시작하죠." 줄리엣은 말했다. 이미 샘플을 연구실까지 가지고 내려오는 데 몇 시간이 걸렸다. 그녀는 내심 지금쯤이면 개스킷이 다 삭아서 관찰할 게 없을까 걱정이었다. 줄리엣은 샘플 통의 라벨을 확인하고 '2'라고 적힌 쪽을 찾았다. 언덕 근처에서 채취한 샘플이었다.

"이게 아이러니네요. 그렇죠?" 넬슨이 말했다.

줄리엣은 그에게서 샘플 통을 받아서 투명한 플라스틱 속을 들여다보았다. "무슨 소리예요?"

"그냥……." 넬슨은 몸을 돌려 벽시계를 확인하고 흑판에 시간을 적더니, 죄책감 어린 얼굴로 줄리엣을 돌아보았다. "이런 일을 허가받고, 밖에 무엇이 있는지 보고, 심지어 그 문제에 대해 이야기도 한다는 게요. 제가 보호복을 조립하잖아요. 보안관님이 입었던 보호복의 책임 기술자이기도 했어요." 그는 투명한 돔 안에서 얼굴을 찌푸렸다. 줄리엣은 넬슨의 이마가 반짝이는 것을 볼 수 있었다. "그분이 옷을 입게 도왔던 기억이 나요."

이것으로 세 번째인가, 네 번째에 해당하는 어설픈 사과였고 줄리엣은 고맙게 받아들였다. "당신은 맡은 일을 했을 뿐이에요." 그녀는 넬슨을 안심시켰다. 그러고 나서 그게 얼마나 강력한 정서인지 생각했다. 발을 끌며 그냥 맡은 일을 한다는 것이 사람을 얼마나 지저분한 길 깊숙이 끌고 갈 수 있는지.

"하지만 아이러니는 이 방이……." 넬슨은 장갑으로 벽에서 내려다보는 보호복들을 가리켰다. "심지어 제 어머니도 이 방이 사람들을 돕기 위해 있다고, 청소부들이 최대한 오래 살아남도록 도와주고 아무도 떠들 수 없는 바깥 세계 탐험을 도와준다고 생각했다는 거예요. 그런데 마침내 이런 날이 왔네요. 떠드는 정도가 아니라 실행하는 날이."

줄리엣은 아무 대꾸도 하지 않았지만, 넬슨의 말이 옳았다. 이 방은 희망과 공포가 함께하는 곳이었다. "우리가 열렬히 알고 싶어 하는 게 뭐냐와 실제로 저 바깥에 있는 게 뭐냐는 서로 달라요." 그녀는 마침내 말했다. "집중합시다."

고개를 끄덕인 넬슨은 분필을 들고 대기했다. 줄리엣은 첫 번째 샘플 통을 들고 안에 든 두 개의 개스킷이 서로 떨어질 때까지 흔들었다. 공급부에서 보낸 내구성 있는 개스킷은 온전한 모습 그대로였다. 가장자리에 노란 표식도 그대로 있었다. 다른 개스킷은 훨씬 상태가 나빴다. 빨간 표식은 이미 사라졌고, 가장자리가 통 안의 공기에 갉아 먹혔다. 바닥에 붙여놓은 열 테이프 샘플 두 개도 마찬가지였다. 공급부에서 보낸 사각 테이프 조각은 멀쩡했다. 줄리엣은 구별하기 위해 IT부의 열 테이프를 삼각형으로 잘라 넣었는데, 그쪽에는 작은 구멍이 생겨나 있었다.

"샘플 2번 개스킷은 8분의 1이 사라졌다고 해야겠군." 줄리엣은 말했다. "열 테이프에는 지름 3밀리미터의 구멍이 하나 뚫렸음. 공급부 샘플은 둘 다 멀쩡해 보임."

넬슨은 그 관찰 내용을 적었다. 이것이 줄리엣이 정한 공기 중의 독성 측정 방법이었다. 바깥에서 썩도록 설계된 밀봉과 열 테이프를 이용하여, 경험상 유지된다는 것을 알고 있는 물건과 비교하는 것이다. 그녀는 넬슨이 확인할 수 있게 샘플 통을 건네면서 이것이 그들의 첫 번째 데이터라는 사실을 깨달았다. 이것은 그녀가 바깥에서 살아남은 일만큼이나 대단한 확인 작업이었다. 청소용 보호복 보관 구역에서 꺼낸 장비는 실패하게 만들어져 있었다. 줄리엣은 이 첫 단계의 중대한 성격을 깨닫고 오한을 느꼈다. 이미 그녀의 머릿속에는 다음에 실행할 온갖 실험들이 마구 떠올랐다. 그런데 그들은 아직 통을 열어서 내부 공기가 어떤지 알아보지도 않았다.

"저도 개스킷 8분의 1이 닳았다는 말에 동의합니다." 넬슨이 통 안을 들여다보며 말했다. "테이프의 구멍 지름은 2.5밀리미터 같은데요."

"2.5밀리미터로 표시해요." 다음번에는 각자 흑판을 하나씩 써야겠다는 생각이 들었다. 줄리엣의 관찰이 넬슨의 관찰에 영향을 미칠 수도 있었고, 그 반대도 가능했다. 배울 게 너무 많았다. 그녀는 넬슨이 숫자를 적는 동안 다음 샘플을 잡았다.

"샘플 1번. 이쪽은 경사로에서 채취한 공기." 안을 들여다보니 공급부에서 보냈을 온전한 개스킷이 보였다. 다른 개스킷은 반쯤 닳아 있었다. 한 군데는 거의 다 뚫린 상태였다. 샘플 통을 뒤집어서 흔들던 그녀는 그 개스킷을 투명한 뚜껑 위에 두는 데 성공했다. "이럴 리가 없는데. 거기 작업등 좀 봐요."

넬슨이 작업등 팔을 줄리엣 쪽으로 돌렸다. 줄리엣은 작업등을 위로 겨냥하고, 작업대 위로 구부린 다음 몸과 머리를 어색하게 비틀어서 다 망가져가는 개스킷을 지나 그 너머에 있는 반짝이는 열 테이프를 보았다.

"어…… 개스킷은 반쯤 닳았다고 해야겠고. 열 테이프에 뚫린 구멍은 지름이 5…… 아니 6밀리미터. 넬슨도 좀 봐요."

넬슨은 줄리엣이 말한 숫자를 적고 나서 샘플을 받아 들었다. 그는 작업등을 자기 쪽으로 다시 가져갔다. 줄리엣은 두 개의 샘플 사이에 큰 차이가 나리라 예상하지 않았지만, 만약 한쪽이 더 상태가 나쁘다면 그건 경사로가 아니라 언덕 샘플이어야 했다. 사일로에서 멀쩡한 공기를 뿜어내는 경사로가 더 나쁠 리는 없었다.

"내가 잘못된 순서로 꺼냈을지도 몰라요." 줄리엣은 다음으로 대조용 샘플을 잡았다. 바깥에서 정말 조심하기는 했지만, 생각이 뒤죽박죽이었던 기억도 났다. 어느 시점에선가 숫자 세기를 잊어서 통 하나를 너무 오래 열어놓고 있지 않았던가. 그래서일 것이다.

"확인합니다." 넬슨이 말했다. "이쪽이 훨씬 많이 닳았네요. 이게 경사로 샘플이 확실해요?"

"내가 실험을 망쳤나 봐요. 통 하나를 너무 오래 열고 있었어요. 젠장. 비교를 위해서라도 숫자를 떼어내야 할지도요."

"그래서 샘플을 하나 이상 가져온 거죠." 넬슨이 헬멧 속에서 기침을 하자, 얼굴 앞면에 뿌옇게 김이 서렸다. 그는 목을 가다듬고 말했다. "자책하지 마세요."

넬슨은 그녀를 잘 알았다. 줄리엣은 속으로 스스로를 욕하면서 대조용 샘플을 잡았고, 바깥 복도에서 무전기 소리를 듣고 있을 루카스는 무슨 생각을 할까 궁금해했다.

"마지막 샘플." 그녀는 샘플 통을 달각거리며 말했다.

넬슨이 흑판에 분필을 댄 채 기다렸다. "말씀하세요."

"이건……." 그녀는 샘플 통 안에 불빛을 비췄다. 샘플 통을 흔들었다. 턱까지 흘러내린 땀방울이 떨어졌다.

"이게 대조용인 줄 알았는데." 그녀는 샘플을 내려놓고 다음 통을 잡았지만, 그 안에는 흙이 꽉 차 있었다. 심장이 마구 뛰고, 머리가 빙빙 돌았다. 이건 하나도 말이 되지 않았다. 줄리엣이 샘플을 역순으로 채취했다면 또 모를까. 정말 그녀가 다 망쳤을까?

"맞아요, 그게 대조용이에요." 넬슨이 파이프로 줄리엣이 방금 확인한 통을 두드렸다. "여기 이렇게 표시가 되어 있잖아요."

"잠깐만요." 줄리엣은 심호흡을 몇 번 했다. 그리고 에어록 안에서 채취한 대조용 샘플을 다시 한번 들여다보았다. 그 통에는 아르곤만 들어 있어야 했다. 그녀는 그 통을 넬슨에게 건넸다.

"그래요, 이건 말이 안 되네요." 넬슨은 샘플 통을 흔들었다.

"뭔가 잘못됐어요."

줄리엣은 그 말을 거의 듣지 못했다. 머리가 팽팽 돌아갔다. 넬슨은 대조용 샘플을 들여다보았다.

"제 생각엔……." 넬슨은 머뭇거렸다. "시장님이 뚜껑을 열었을 때 개스킷이 떨어졌을지도 몰라요. 별일 아니에요. 그런 일은 일어날 수 있죠. 아니면……."

"그럴 리가 없어요." 줄리엣은 아주 조심했다. 밀봉을 본 기억도 났다. 넬슨이 헛기침을 하더니 대조용 샘플을 작업대에 내려놓았다. 그는 작업등을 움직여 그 샘플 통에 정확히 빛을 내리쬐었다. 두 사람 다 몸을 앞으로 기울였다. 줄리엣은 아무것도 떨어뜨리지 않았다고 확신했다. 하지만, 그녀가 실수를 한 적이 없는 건 아니었다. 누구나 실수를 할 수 있었고…….

"개스킷이 하나밖에 없어요." 넬슨이 말했다. "정말로 떨어졌을지도 모른다고 생각……."

"열 테이프." 줄리엣이 작업등을 조정했다. 테이프가 붙어 있던 샘플 통 바닥이 반짝였다. 한 조각이 없었다. "붙여놓았던 테이프도 떨어졌다는 거예요?"

"그렇다면 통이 잘못된 거군요. 역순으로 넣었나 봐요. 전부 순서를 거꾸로 넣었다면 완벽하게 말이 돼요. 언덕 샘플은 경사로 샘플만큼 닳지 않았잖아요. 그래서 그런 거예요."

줄리엣도 생각해봤지만, 그건 안다고 생각한 내용과 눈에 보이는 내용을 일치시키려는 설명이었다. 밖으로 나간 목적이 의심을 확인하기 위해서가 아니었던가. 그런데 완전히 다른 결과를 보고 있다는 게 무슨 의미일까?

그러다가 렌치로 머리를 얻어맞는 것처럼 답이 찾아왔다. 엄청난 배신과도 같았다. 믿음직한 펌프가 이렇다 할 이유도 없이 갑자기 거꾸로 도는 것처럼, 언제나 믿을 수 있던 기계의 배신이었다. 그녀가 추락하는데 사랑하는 사람이 등을 돌리는 것과도 같은 배신. 굉장한 유대감을 그냥 빼앗기는 게 아니라, 그런 유대감이 애초에 존재하지 않은 상황이었다.

"루크." 그녀는 루카스가 듣고 있기를, 무전기를 켜고 있기를 빌며 말했다. 그녀는 기다렸다. 넬슨이 기침을 했다.

"여기 있어요." 루카스가 멀고 가느다란 목소리로 대답했다. "쭉 듣고 있었어요."

"아르곤이요." 줄리엣은 두 개의 돔 너머로 넬슨의 얼굴을 보면서 말했다. "우리가 아르곤에 대해 뭘 알죠?"

넬슨이 흘러 들어간 땀 때문에 눈을 깜박였다.

"뭘 알다뇨?" 루카스가 말했다. "거기 어딘가에 주기율표가 있어요. 찬장 한 군데에 들어 있을걸요."

"아니." 줄리엣은 루카스가 확실히 듣도록 목소리를 키웠다. "그 아르곤이 어디에서 오냐고요. 그게 뭔지 확실하긴 한 거예요?"

25

1번 사일로

도널드의 가슴 속이 덜컹거렸다. 연결이 느슨해진 기계가 퍼덕이는 느낌, 그의 상태가 악화되고 있다는 내부의 경고였다. 몸이 나빠지고 있다는 뜻이었다. 그는 억지로 기침을 내뱉었다. 기침도 싫었고, 기침을 하느라 횡격막이 아픈 데다 목구멍이 쓰라리고 근육이 쑤셨지만 그래도 했다. 의자에서 몸을 앞으로 수그리고서 몸속 깊은 곳의 무엇인가가 풀려나서 혀를 타고 빠져나와, 지저분해진 네모난 천 위에 뱉어질 때까지 기침을 했다.

그는 보지도 않고 손수건을 접은 후, 땀에 젖어 기진맥진한 몸을 다시 의자에 기댔다. 깊이, 아까보다는 덜 덜컹거리는 숨을 들이마셨다. 또 한 번 심호흡을 했다. 고문 같지 않은 서늘한 숨을 몇 번이고 들이마셨다. 고통 없는 호흡만큼 굉장하다 느꼈던 일이 달리 또 있었던가?

멍하니 방 안을 둘러보며, 그는 예전에는 당연하게 여겼던 모든 것을 찬찬히 받아들였다. 남은 음식, 카드 한 벌, 종이는 갈색이 되고 책등에는 줄이 쩍쩍 간 채 낱장이 뜯어진 페이퍼백. 고통스럽지 않게 견뎌낸 교대근무의 흔적들. 반면 그는 고통받고 있었다. 18번 사일로가 대답할 때까지 기다리느라 고통스러웠다. 그는 고민거리인 다른 모든 사일로의 도면을 골똘히 보았다. 그가 바라보는 것은 죽은 세계들이었다. 단 하나를 빼고는 모두 죽을 것이다. 그것이 그의 목구멍에 박힌 가시였고, 그는 자신이 어떤 결정을 내리기 전에 죽을 것을 확실히 알았다. 그들을 돕거나 골라내거나 이 프로젝트가 자살에서 벗어나도록 할 어떤 방법을 찾아내기 전에 죽을 것이다. 이 상황을 아는 사람도, 신경 쓰는 사람도 혼자뿐이건만 그 지식과 연민은 그와 함께 죽을 것이다.

게다가 그가 무슨 생각을 하고 있었던가? 고칠 수 있다고? 세상의 파괴를 도와놓고서, 그 세상을 바로잡을 수 있다고? 세상을 고칠 시기는 오래전에 지나갔다. 세상을 바로잡을 시기도 오래전에 지나갔다. 드론을 통해서 초록색 들판과 파란 하늘을 흘긋 보았을 뿐인데 그의 정신은 엉망이 되어버렸다. 이제는 그 장면을 본 지도 너무 오래되어 스스로가 의심스러워졌다. 그는 청소가 어떻게 이루어지는지 알았다. 기계의 시야를 믿지 않을 정도로는 알았다.

하지만 통신실에서 한 번 더 손을 뻗는 그에게는 어리석은 희망이 자리해 있었다. 어리석은 희망 때문에 그는 모든 것을 멈추고, 모든 간섭을 그만두고, 사람으로 가득한 이 모든 사일로가 알아서 살게 할 방법을 찾을 수 있다는 꿈을 꾸었다. 호기심 때문이기도 했다. 저 서버들이 무슨 일을 하는지 알고 싶었다. 도널드가 직접 임명한 IT 책임자 한 명의 도움밖에 받을 수 없다 해도 이 탐색으로 마지막 남은 거대한 수수께끼를 풀고 싶었다. 도널드는 그저 답을 찾고 싶었다. 진실을 찾고, 샬럿과 함께 고통 없이 죽고 싶었다. 교대근무도 꿈도 끝내고 싶었다. 어쩌면 저 언덕 위에서 헬렌의 무덤을 보며 마지막으로 쉬고 싶었다. 그것이 지나친 희망은 아니리라 생각했다.

그는 벽시계를 확인했다. 호출에 응답이 늦었다. 벌써 15분이 지났다. 뭔가 일이 생긴 것이다. 그는 초침이 돌아가는 모습을 바라보며 문득 이 작전 전체가, 모든 사일로 전체가 거대한 시계 같다는 사실을 깨달았다. 모든 것이 자동으로 돌아갔다. 서서히 멈춰갔다.

보이지 않는 기계들이 바람을 타고 행성을 돌면서 인간이 만든 모든 것을 파괴하고, 세상을 야생으로 돌려놓았다. 땅속에 묻힌 사람들은 다시 200년은 기다려야 싹을 틔울 잠자는 씨앗들이었다. 200년. 도널드는 다시 목구멍이 간질거리는 느낌을 받으며 나에게 이틀은 남았을까 생각했다.

지금 그에게는 15분밖에 없었다. 통신실 직원들이 근무하러 돌아오기까지 15분. 도널드 혼자만의 통신실 이용은 규칙적인 일이 되었다. 기밀 논의를 위해 모두를 내보내는 일 자체는 이상하지 않았지만, 매일 똑같은 시간에 그러다 보니 의심이 생겨나기 시작했다. 머그잔을 들고 줄지어 나가면서 서로를 쳐다보는 직원들의 모습에서 알 수 있었다. 아마 로맨스를 의심하겠지. 도널드 스스로도 일종의 로맨스처럼 느껴질 때가 자주 있었다. 옛 시절과 진실이 담긴 로맨스.

이제 그는 일어섰다. 주어진 시간 중 절반을 대답 없는 잡음을 듣는 데 허비했다. 18번에 뭔가 사건이 일어난 게 분명했다. 나쁜 사건이. 아니면 도널드가 이 사일로에서 발견된 시체에 대한 보고서 때문에 날이 서 있는지도 몰랐다. 보안팀에서 살인 사건을 수사하고 있었다. 이 사건이 도널드에게 거의 충격을 주지 않는 것도 이상했다. 그는 1번 사일로에 대한 공감을 모두 잃고, 다른 사일로들 걱정만 했다.

호출음이 울리던 헤드셋에서 딸깍 소리가 났다. "여보세요?" 그는 지치고 힘없는 목소리로 물었다. 어차피 기계가 더 힘 있는 목소리로 바꿔줄 것이다.

대답은 없었고, 숨소리만 들렸다. 그러나 숨소리만으로도 누구인지 알기에는 충분했다. 루카스는 인사를 빠뜨리는 법이 없었다.

"시장." 그는 말했다.

"내가 그렇게 불리는 거 싫어하는 줄 알 텐데." 그녀는 뛰어온 것처럼 숨 가쁘게 대답했다.

"줄리엣이라고 부르는 편이 좋은가?"

침묵. 도널드는 왜 줄리엣의 목소리를 들으면 더 좋을까 생각했다. 그는 루카스를 좋아했다. 그 청년이 의식을 치를 때 그 자리에 있기도 했고, 루카스의 호기심이며 〈유산〉에 대한 연구도 감탄스러웠다. 루카스와 옛 세상에 대해 이야기하면 노스탤지어가 느껴졌다. 일종의 심리 치료처럼 작동했다. 그리고 도널드가 서버들의 뚜껑을 뜯고 내용을 조사하도록 도와주는 사람도 루카스였다.

줄리엣의 매력은 달랐다. 대화는 주로 비난과 욕설로 이루어졌고, 그건 도널드가 받아 마땅한 대접이기도 했다. 거슬리는 침묵과 위협도 가득했다. 도널드는 마음 한구석에서, 기침으로 죽기 전에 그녀가 찾아와서 죽여주기를 바랐다. 굴욕과 처형. 그것은 그에게 면죄부 같았다.

"너희가 어떻게 하는 건지 알아." 줄리엣이 마침내 입을 열었을 때, 그 목소리에서 불길이 느껴졌다. 불길과 독기가 담긴 목소리였다. "겨우 이해했어. 알아냈다고."

도널드는 한쪽 귀에서 헤드셋을 떼어내고 흘러내린 땀을 닦았다. "뭘 이해했다고?" 그는 루카스가 서버에서 뭔가를 찾아냈고, 그것 때문에 줄리엣이 폭발한 걸까 생각했다.

"청소 말이야." 줄리엣이 내뱉듯 말했다.

도널드는 시계를 확인했다. 15분이 바쁘게 지나가고 있었다. 소설을 읽던 사람도, 카드놀이를 하던 기술자들도 곧 돌아올 것이다. "청소에 대해서라면 기꺼이 대화를……."

"방금 바깥에 있다 왔어." 줄리엣이 말했다.

도널드는 마이크를 덮고 기침을 했다. "바깥 어디?" 그는 물었다. 그는 그녀가 파고 있던 터널을, 그쪽에서 계속 울리다가 최근에 조용해진 소음을 생각했다. 그래서 그녀가 사일로 경계선 너머로 갔다 왔다는 말인 줄 알았다.

"바깥, 바깥. 언덕들. 옛날 사람들이 남겨두고 간 세상 말이야.

샘플을 가져왔어."

도널드는 앉은 자리에서 몸을 앞으로 기울였다. 줄리엣은 위협하려고 했겠지만, 그의 귀에는 가능성이 들렸다. 그녀는 그를 괴롭히려고 했겠지만, 그는 신이 나기만 했다. '바깥'이라니. 그리고 샘플을 가져왔다니. 도널드도 그런 모험을 꿈꾸었다. 바깥에서 그가 마신 공기가 무엇인지 알아내고, 그들이 세상에 무슨 짓을 했는지, 세상이 나아지고 있는지 나빠지고 있는지 알아내는 꿈을 꾸었다. 줄리엣은 분명 도널드 쪽이 답을 갖고 있다고 생각할 테지만, 그에게도 의문밖에 없었다.

"뭘 찾아냈지?" 그는 속삭였다. 그러면서 그의 목소리가 무심한 것처럼 들리게 만들고, 마치 답을 아는 것처럼 들리게 만들 기계를 저주했다. 어째서 그는 그냥 나도 세상이 어떻게 잘못됐는지, 내가 어떻게 잘못된 건지 모르겠다고 말해버리고 제발 도와달라고 할 수 없는 걸까? 서로를 돕자고 말이다.

"너희는 청소를 하라고 우릴 내보내는 게 아니었어. 다른 걸 내보내고 있었지. 내가 뭘 찾아냈는지 말해주지……."

도널드에게는 그 목소리가 우주 전체였다. 머리 위에 쌓인 흙의 무게가 사라지고, 발아래의 견고한 바닥도 사라졌다. 그저 거품에 싸인 그와 그 목소리만 남았다.

"……우린 샘플 두 개와 함께 불활성 기체가 담겼어야 하는 에어록 샘플을 채취했어. 경사로에서 하나, 언덕에서 하나씩 샘플을 담았지."

갑자기 말이 없는 사람은 도널드가 되었다. 작업복이 몸에 달라붙었다. 그는 기다리고 또 기다렸지만, 줄리엣이 더 오래 버텼다. 그녀는 그가 애걸하기를 원했다. 어쩌면 그녀도 도널드가 얼마나 갈피를 잃었는지 아는지도 몰랐다.

"뭘 찾아냈지?" 그는 다시 물었다.

"네놈이 거짓말만 일삼는 쥐 똥자루라는 걸 알았지. 우리가 들은 모든 게 거짓이었어. 너희를 잠시라도 믿었다니 우리가 바보였어. 너희가 우리에게 보여주고 우리가 당연하게 여긴 모든 것, 너희가 우리에게 말한 모든 것이 가짜였어. 옛날 사람 같은 건 없을지도 몰라. 여기 있는 그 저주받을 책들 알지? 다 태워버릴 거야. 넌 루카스가 이 쓰레기를 믿게 했고……."

"그 책들은 진짜야." 도널드가 말했다.

"쥐똥 같은 소리. 아르곤처럼 진짜일까? 그 아르곤이 진짜야? 우리가 청소하러 나갈 때 에어록에 대체 뭘 집어넣는 건데?"

도널드는 머릿속으로 그 질문을 되풀이하다가 물었다. "무슨 뜻이지?"

"게임은 그만둬. 난 이제 무슨 일이 벌어지는지 알아. 우릴 바깥으로 내보낼 때 너희는 우리를 먹어치우는 뭔가를 에어록에 가득 채우지. 그게 밀봉제와 개스킷을 먹어치운 다음, 우리 몸도 먹어치우는 거야. 아주 과학적으로 해놨지, 안 그래? 난 너희가 숨겨둔 카메라 피드를 발견했어. 몇 주 전에 끊었지. 그래, 냈어. 그리고 여기로 들어오는 전력선도 봤어. 파이프도 봤고. 그 가스는 파이프 안에 있는 거잖아, 안 그래?"

"줄리엣, 내 말을 들……."

"내 이름 부르지 마. 날 아는 것처럼 굴지 마. 넌 날 몰라. 이따위 대화를 하면서 나한테 내 사일로를 직접 지은 것처럼 말하고, 루카스에게 사라진 세상에 대해서 직접 본 것처럼 말하다니. 우리가 널 좋아하게 만들려던 건가? 우리의 친구라고 생각하게 만들려고? 우리를 돕고 싶다는 말을 해서?"

도널드는 시계가 가는 모습을 보았다. 통신 기술자들이 곧 돌아올 터였다. 그러면 다시 나가라고 소리쳐야 할 것이다. 대화를 이렇게 끝낼 순 없었다.

"이젠 우리에게 연락하지 마." 줄리엣이 말했다. "윙윙대는 진동과 깜박이는 불빛 때문에 두통만 생겨. 이렇게 매일 호출을 계속하면 내가 다 해체해버릴 거야. 안 그래도 걱정거리는 충분히 많아."

"들어봐……. 제발……."

"아니, 너나 들어. 넌 우리와 끝이야. 우린 너희 카메라, 너희 전력, 너희 가스 다 원치 않아. 내가 다 끊어버릴 거야. 그리고 여기에서는 그 누구도 다시는 청소를 하러 나가지 않을 거야. 이 아르곤 개소리도 끝이야. 다음에 내가 나갈 때는 깨끗한 공기와 같이 나갈 거야. 이제 우릴 내버려두고 꺼져."

"줄리엣……."

그러나 연결은 끊어진 후였다.

도널드는 헤드셋을 벗어서 책상 위에 집어 던졌다. 펼쳐져 있던 카드가 흩어지고, 누군가가 읽다 만 책이 떨어졌다.

아르곤이라니? 줄리엣에게 대체 무슨 일이 벌어진 걸까? 마지막으로 그녀가 그렇게 화를 낸 것은 무슨 기계를 찾아냈다고 했을 때였는데, 그를 잡으러 온다고 위협했었다. 하지만 이번에는 좀 달랐다. 아르곤. 청소할 때 집어넣는다니. 무슨 말을 하는 건지 전혀 알 수가 없었다. 청소할 때 주입하는 가스…….

한바탕 현기증이 그를 엄습했고, 도널드는 의자 위에 무너져 내렸다. 작업복이 땀에 젖어 축축했다. 그는 피 묻은 손수건을 움켜쥐고 안개가 가득했던 에어록을 떠올렸다. 헬렌의 이름을 외치며, 폭탄이 터지는 모습이 망막을 태우는 가운데, 그를 잡아끄는 애나와 샬럿과 함께, 서로 밀쳐대는 군중과 함께 경사로를 굴러 내려왔을 때 주변에 하얀 안개가 너울거렸다.

그 가스. 그는 청소가 어떻게 이루어지는지 알았다. 에어록을 여압 상태로 만들기 위한 가스가 있었다. 바깥 공기를 밀어내기 위한 가스. '밖으로 밀어내기 위한' 가스.

"공기 속에 그 먼지가 있는 거야." 도널드는 후들거리는 무릎으로 카운터에 몸을 기댔다. 인류를 먹어치우는 나노 기기, 그것들은 청소 때마다 세상에 풀려나고 있었다. 시계처럼, 추방형이 집행될 때마다 째깍째깍 조금씩 나가고 있었다.

헤드폰은 조용히 놓여 있었다. "내가 그 옛날 사람이야." 도널드는 줄리엣이 쓴 표현을 빌려 말했다. 그는 책상에 놓인 헤드폰을 집어 들고 마이크에 대고 큰 소리로 다시 말했다. "내가 그 옛날 사람이야! 내가 한 짓이라고!"

그는 쓰러지기 전에 몸을 가누고, 다시 한번 책상에 주저앉았다. "미안해." 그는 중얼거렸다. "미안해. 미안하다고."

더 크게 소리쳤다. "미안해!"

그러나 듣는 사람은 없었다.

26

샬럿은 드론의 왼쪽 날개에 달린 방향판을 위아래로 움직였다. 보조날개의 케이블에는 아직 유격이 약간 있었다. 그녀는 드론의 꼬리에 걸어둔 작업용 천을 잡고 목덜미를 닦았다. 그리고 공구 상자에 손을 넣어 중간 드라이버를 골랐다. 드론 밑에는 부품이 마구 흩어져 있었는데, 그 드론 내부에서 필수 부품을 뺀 나머지 부품을 다 뽑아낸 결과였다. 폭탄용 컴퓨터, 날개에 끼워져 있던 탄약, 자동 방출 제어장치. 카메라도 하나 빼고는 다 떼어냈고, 드론을 12G까지 가속하도록 도와주는 버팀대마저 몇 개 떼어냈다. 이번 비행은 직선형으로, 날개에 부담을 주지 않을 것이다. 이번에는 드론이 눈에 띌까 신경 쓰지 않고 낮고 빠르게 날 것이다. 더 멀리 날아가서 확인하는 게 중요했다. 샬럿은 그 망할 드론에 일주일을 썼고, 지난번 두 대가 얼마나 빨리 망가졌는지, 지금 와 생각해보니 맨 처음 드론의 비행이 얼마나 행운이었는지만 계속 생각했다.

샬럿은 드러누워서 어깨와 엉덩이로 꿈틀꿈틀 움직여 드론 꼬리 밑으로 들어갔다. 접속 패널은 이미 열렸고, 케이블이 드러나 있었다. 모든 패널은 빈틈없이 방수 칠을 한 후에 다시 조립해서, 기계에 먼지가 들어가지 않게 봉했다. '이건 성공할 거야.' 샬럿은 케이블을 지탱한 자동 제어 팔을 조정하면서 스스로에게 말했다. 성공해야 했다. 오빠의 상태를 보면 한 번 더 드론을 날릴 기회가 없어 보였다. 모 아니면 도였다. 기침만 문제가 아니라, 오빠는 이제 제정신을 잃어가는 것 같았다.

지난번 연락을 마치고 돌아왔을 때 도널드는 그녀의 저녁 식사를 잊었다. 약속했던 마지막 라디오 부품도 잊었다. 이제 그는 샬럿이 작업하는 동안 드론 주위를 서성이면서 혼자 중얼거렸다. 복도 저편의 회의실까지 걸어가서 서류를 파고들고, 드론이 있는 곳으로 쿵쾅거리며 돌아와서 기침을 하며 샬럿과 상관없는 대화를 이었다.

"……그 사람들의 공포 말이야, 모르겠어? 우린 그 사람들의 공포로 그 일을 하는 거야."

드론 밑에 있던 샬럿은 허공에 두 손을 휘젓는 도널드를 올려다보았다. 그의 안색은 잿빛이었고, 작업복에 피가 얼룩져 있었다. 이제 포기하고 승강기에 올라서 둘 다 자수해야 할 때가 다 됐다. 도널드는 의사를 만나야 했다.

그는 샬럿의 시선을 알아차렸다.

"두려움은 그 사람들이 보는 세상을 색칠할 뿐만 아니라……." 그는 미친 사람 같은 눈으로 말했다. "세상에 독을 주입해. 이 두려움, 이 공포는 독이야. 그 사람들은 청소를 하라고 자기네 사람을 내보내는데, 그러면서 세상에 독을 푸는 거야!"

샬럿은 어떻게 반응해야 할지 몰랐다. 그녀는 다시 방향판을 만지려고 꿈틀꿈틀 몸을 빼면서, 두 사람이 같이 하면 이 작업이 얼마나 빨라질까 생각했다. 도와달라고 할까 생각도 했지만, 오빠는 렌치를 쥐기는커녕 똑바로 서 있기도 힘들어 보였다.

"그래서 그 가스에 대해 생각하게 됐어. 세상에, 진작 알았어야 했는데, 그렇지? 우린 끝이다 싶을 때 그 사람들 집에다 그 가스를 주입하잖아. 그렇게 해서 끝을 낸단 말이야. 다 똑같은 가스야. 내가 그렇게 했어." 도널드는 손가락으로 제 가슴팍을 찌르면서 뱅뱅 돌았다. 그러다가 팔을 구부려서 입을 가리고 기침했다. "내가 한 짓이야. 그런데 그게 다가 아니야!"

샬럿은 한숨을 내쉬고 드라이버를 다시 빼냈다. 아직 너무 느슨했다.

"어쩌면 그 사람들이 비틀 수 있을지도 몰라, 그렇지?" 그는 다시 회의실 쪽으로 걷기 시작했다. "카메라는 껐잖아. 그리고 폭파장치를 다 끈 사이로도 있었어. 그러니 어쩌면 가스를 끌 수 있을지도……."

도널드가 멀어지면서 목소리도 같이 멀어졌다. 샬럿은 창고 안쪽 복도를 살폈다. 회의실에서 새어 나오는 불빛이 도면과 서류 사이를 빙글빙글 도는 도널드의 그림자와 함께 춤을 췄다. 둘

다 쳇바퀴 안에 갇혀 있었다. 샬럿은 도널드가 욕하는 소리를 들을 수 있었다. 그의 괴상한 행동을 보니 품위 없게 돌아가신 할머니가 생각났다. 도널드가 죽고 나면 이런 모습으로 기억하게 되리라. 피 섞인 기침을 내뱉으면서 헛소리를 하던 모습으로. 그는 잘 다린 정장 차림의 킨 하원의원으로 기억되지 않을 것이다. 다시는 그녀의 자신감 넘치던 오빠로 돌아오지 않을 것이다.

도널드가 어떻게 할지를 두고 고뇌하는 동안, 샬럿에게는 나름의 생각이 따로 있었다. 도널드가 그녀를 깨웠던 것처럼 다른 모두를 깨우면 어떨까? 근무 중인 남자들은 언제나 100명 정도밖에 되지 않았고, 잠들어 있는 여자들은 수천 명이었다. 수천 명. 샬럿은 군대를 일으킬 수도 있다고 생각했다. 그러나 도널드 생각이 옳아서, 그 여자들이 아버지와 남편과 형제들과 싸우기를 거부하지 않을까 하는 생각도 들었다. 그런 일을 하려면 기묘한 종류의 용기가 필요했다.

복도 저편의 불빛이 다시 한번 그림자와 함께 흔들렸다. 서성이고, 또 서성였다. 샬럿은 숨을 깊이 들이마시고 날개 방향판을 조정했다. 그녀는 세상을 바로잡고, 공기를 맑게 만들고, 갇힌 사람들을 풀어주겠다는 도널드의 다른 아이디어를 생각했다. 아니면 적어도 모두에게 기회를 주자는, 동등한 기회를 주자는 아이디어. 그는 그 아이디어를 구세계의 경계선 무너뜨리기에 비유했다. 유리한 위치를 선점하고서 그 위치를 유지하려던 사람들, 먼저 올라간 후에 사다리를 치워버린 사람들에 대한 이야기도 되풀이했다. "그 사다리를 내리자." 그는 한 번 이상 그 말을 했다. 컴퓨터가 결정하게 두지 말자, 사람들이 결정하게 하자.

샬럿은 여전히 그렇게 했을 경우 세상이 어떻게 돌아갈지 알 수 없었다. 그리고 분명 오빠도 그랬다. 그녀는 다시 드론 아래로 기어 들어가면서 사람들이 태어날 때 할 일이 정해지고, 선택권은 없던 시절을 상상해보려 했다. 첫째 아들들은 무조건 아버지가 하던 일을 이어받았다. 둘째 아들들은 전쟁에 나가거나, 바다로 가거나, 교회에 들어갔다. 그 뒤에 태어난 아들은 알아서 해야 했다. 딸들은 다른 집 아들들에게 갔다.

렌치가 케이블 지주에서 미끄러지며 손가락 마디가 동체를 때렸다. 샬럿이 욕을 하면서 손을 살펴보니 피가 솟아오르고 있었다. 그녀는 손가락을 빨면서 예전에 그녀를 머뭇거리게 했던 또 다른 불공평을 기억했다. 자대 배치를 받으면서 자신이 이라크가 아니라 미국에서 태어났음에 감사했던 기억이 났다. 그건 주사위 굴리기였다. 과거에도 보이지는 않지만 사일로 벽처럼 실재하는 경계선이 지도에 그려져 있었다. 그때 사람들도 상황에 갇혀 살았다. 컴퓨터가 운명을 정하듯, 그때도 국민들과 지도자들의 복잡한 계산이 사람의 삶을 결정했다.

그녀는 다시 기어 나와서 날개를 흔들어보았다. 케이블은 이제 움직이지 않았다. 드론은 샬럿이 보기에 최고의 상태였다. 샬럿이 더 필요하지 않은 렌치들을 모아서 공구 가방에 꽂고 있는데 선반들 끝, 승강기 쪽에서 떵 소리가 울렸다. 샬럿은 얼어붙었다. 처음에는 음식이 아닐까 생각했다. 이제까지 그 떵 소리는 도니가 식사를 가져왔다는 의미였으니까. 하지만 지금도 복도 저편에서 오빠의 그림자를 볼 수 있었다.

승강기 문이 열리는 소리가 들렸다. 누군가가 뛰고 있었다. 그 것도 몇 사람이었다. 부츠 소리가 천둥처럼 울리고, 샬럿은 위험 을 무릅쓰고 도널드를 외쳐 불렀다. 복도 저편에 대고 외친 후에 드론을 돌아 달리면서 방수포를 움켜잡았다. 그녀는 빙 돌면서 그 물을 치듯 넓은 드론 날개와 흩어진 부품과 공구 위에 방수포를 덮었다. 숨어야 했다. 하던 작업을 숨기고 그녀도 숨어야 했다. 도 니도 그녀의 목소리를 들었다면 숨을 것이다. 방수포가 안에 갇힌 공기 때문에 천천히 내려앉더니, 펄럭이며 자리를 잡았다. 샬럿이 도니에게 뛰어가려고 복도 쪽으로 몸을 돌린 순간, 키 높은 선반 들 사이로 남자들이 쏟아져 나왔다.

그녀는 분명히 발각됐다고 생각하고 바로 바닥에 엎드렸다. 부 츠 소리가 옆으로 지나갔다. 그녀는 방수포 가장자리를 잡고 천천 히 들어 올린 후, 무릎을 몸 가까이 구부렸다. 그리고 어깨와 엉덩 이를 써서 꿈틀꿈틀 방수포 아래 드론 가까이로 몸을 붙였다. 도 니는 그녀의 외침을 들었다. 부츠 소리도 듣고, 회의실에 붙어 있 는 욕실에 숨었을 것이다. 샤워실이든, 어디든 숨었을 것이다. 이 사람들은 그들이 여기 있다는 사실을 알 수가 없었다. 애초에 이 들이 어떻게 여기 들어온 걸까? 도니에게 최우선 접근권이 있다 고 했는데.

달리는 소리가 멀어졌다. 그들은 마치 알고 있다는 듯이 곧장 창고 안쪽으로 향했다. 근처에서 목소리들이 들렸다. 남자들이 말 하는 소리. 아까보다 느린 발소리가 드론 옆을 지나쳤다. 샬럿은 발각당한 도니가 절규하는 소리를 들었다고 생각했다. 그녀는 엎드린 채로 드론 밑을 지나서 방수포 반대편으로 움직였다. 목소리들이 희미해지고, 느린 발소리가 지나갔다. 그녀의 오빠는 곤란에 처했다. 그녀는 며칠 전에 나눈 대화를 떠올리고 혹시 승강기에서 발각된 걸까 생각했다. 잡역부 하나가 도니를 보았다고 하지 않던가. 오빠가 잡혀가고 혼자 남았다고 생각하자 방수포 아래의 어둠이 조여드는 느낌이었다. 그녀는 그에게 의지하고 있었다. 도니가 함께여도 창고 안에 갇혀서 미쳐버릴 지경이었는데, 도니마저 없다면…… . 상상하고 싶지 않았다.

샬럿은 서늘한 강철판에 뺨을 대고 두 팔을 앞으로 뻗어서 손등으로 방수포를 들어 올렸다. 세상 아래쪽이 살짝 보였다. 위험할 정도로 가까운 곳에 선 부츠를 볼 수 있었다. 기름 냄새를 맡을 수 있었다. 앞쪽에서 한 남자가 힘겹게 걷고, 은색 작업복 차림의 또 한 명이 그 남자를 부축하면서 둘이 한 사람처럼 발을 끌고 있었다.

그 너머 복도는 눈부시게 밝았다. 도니가 꺼두기를 좋아했던 머리 위 불빛이 모조리 켜져 있었다. 샬럿은 오빠가 회의실에서 끌려 나오자 숨을 들이켰다. 반짝이는 은색 작업복을 입은 남자 하나가 도니의 옆구리를 때렸다. 오빠가 신음하자 샬럿은 자신이 얻어맞은 듯한 고통을 느꼈다. 그녀는 공포에 질려서 방수포를 잡은 손을 내려 입을 틀어막았다. 남은 한 손은 덜덜 떨면서 방수포를 더 들어 올렸다. 보고 싶지는 않지만 보아야 했다. 오빠가 또 얻어맞았지만, 발을 끌던 남자가 한쪽 팔을 휘저었다. 힘없는 목소리가 그만하라고 명령하는 소리를 들을 수 있었다. 은색 옷을 입은 두 남자가 도니를 바닥에 쓰러뜨리고 명령대로 폭행을 멈췄다. 샬럿은 숨 쉬기도 잊은 채, 힘이 없는 듯 발을 끄는 남자를 지켜보았다. 그 남자가 불 켜진 복도로 걸어 나가는 모습을 지켜보았다. 그 남자는 머리 위 전구처럼 빛나는 하얀 머리였다. 그는 옆에 선 젊은 남자에게 기대어 팔을 걸치고 힘겹게 걸어가더니 도니 옆에 멈춰 섰다.

샬럿은 도니의 눈을 볼 수 있었다. 50미터는 떨어져 있었지만, 도니가 얼마나 눈을 크게 뜨고 있는지 볼 수 있었다. 오빠는 늙고 힘없는 남자를 올려다보았다. 옆구리를 얻어맞은 덕분에 일어난 지독한 발작으로 기침을 하면서도 그 남자에게서 눈을 떼지 못했고, 제대로 서 있지도 못하는 상대가 하는 말에 잠겨들었다.

오빠가 말을 하려고 했다. 무슨 말인가를 하고 또 했는데, 샬럿은 들을 수가 없었다. 그리고 하얀 머리의 마른 남자는 제대로 서 있지도 못했지만 발은 움직일 수 있었다. 옆에 선 젊은 남자가 노인을 부축했고, 샬럿은 겁에 질려 벌벌 떨면서 그 남자가 다리를 뒤로 뺐다가 앞으로 차면서 무거운 부츠가 엄청난 힘으로 도니를 때리는 모습을 보았다. 몸을 보호하려고 도니의 두 다리가 바르작거리며 정강이를 붙였지만, 두 남자에게 붙들려 바닥에 눌린 상태로는 잔인하게 짓밟는 성난 발길질로부터 숨을 곳이 없었다.

27

18번 사일로

"정말 그 안을 더 살펴봐야겠어요?" 루카스가 물었다.

"불 좀 가만히 들고 있어요." 줄리엣이 말했다. "하나 더 남았어요."

"하지만 우리 이 문제에 관해 의논해야 하지 않아요?"

"그냥 보는 거예요, 루크. 당장은 아무것도 보이지 않지만요."

루카스가 불빛을 조절하고, 줄리엣은 앞으로 기어갔다. 줄리엣이 서버실 사다리 밑, 바닥 쇠살대 아래를 탐험하는 것은 이번이 두 번째였다. 한 달도 더 전에, 루카스가 그녀를 시장으로 만든 직후에 카메라 피드를 추적했을 때도 여기로 왔었다. 루카스가 사일로 안 어디든 볼 수 있는 방법을 알려주자, 줄리엣은 또 누가 그걸 볼 수 있는지 물었다. 루카스는 아무도 없다고 주장했지만 그녀는 카메라 피드가 밀폐된 포트를 통해서 사일로 외벽이 있어야 할 곳으로 사라진다는 사실을 알아냈다. 그녀는 그 피드 묶음에서 다른 선들도 보았던 것을 기억했고, 이제는 확인하고 싶었다.

그녀는 덮개 패널에 달린 마지막 나사를 풀었다. 덮개가 떨어지면서 그녀가 잘라낸 수십 개의 전선이 드러났다. 각각에 가느다란 은색 털 같은 필라멘트 수백 개가 붙어 있었다. 기계부에 있는 발전기 두 대에서 빠져나가는 주력 선을 연상시키는 굵은 케이블도 그 전선 묶음과 나란히 달렸다. 그리고 두 개의 구리 파이프도 같이 묻혀 있었다.

"충분히 봤어요?" 루카스가 묻더니, 줄리엣 뒤에서 바닥 쇠살대를 떼어낸 공간에 몸을 굽히고 그녀의 어깨 너머로 불빛을 비췄다.

"다른 사일로에 갔을 때, 이 층에는 여전히 전력이 들어왔어요. 발전기가 돌지 않는데도 34층은 전력이 완벽하게 들어왔죠." 줄리엣은 드라이버로 굵은 케이블을 두드렸다. "저 위의 서버들도 여전히 돌고 있었어요. 그리고 생존자들은 여기 전력을 끌어다가 펌프도 돌리고, 사일로 위아래의 다른 물건들을 썼어요. 난 그 전력이 다 여기에서 나왔다고 생각해요."

"왜요?" 루카스가 물었다. 전선 묶음에 이리저리 빛을 비추는 모습이, 이제는 좀 더 관심을 기울이는 것 같았다.

"그야 펌프를 돌리고 재배등을 켤 전력이 필요했으니까요." 줄리엣은 이 말을 굳이 해야 한다는 사실에 놀랐다.

"아니, 애초에 그 사람들이 왜 이 전력을 공급하냐는 뜻이에요."

"우리끼리 알아서 할 수 있다고 믿지 않아서일지도 모르죠. 아니면 서버들에 우리가 내는 발전량보다 더 많은 전기가 필요할지도요. 나도 모르겠네요." 그녀는 몸을 옆으로 기울이고 루카스를 돌아보았다. "내가 알고 싶은 건, 왜 모두를 죽이려고 해놓고 전기는 내버려뒀냐는 거예요. 왜 다른 모든 것과 같이 끊지 않았을까요?"

"끊었을지도 몰라요. 당신 친구가 여길 해킹해서 다시 켰을 수도 있어요."

줄리엣은 소리 내어 웃었다. "아니에요. 솔로는……."

복도 저편에서 목소리가 들렸다. 루카스가 손전등을 반대쪽으로 돌리자 바닥 밑이 어두워졌다. 여기 아래에 다른 사람이 또 있을 리는 없었다.

"무전기예요. 내가 확인할게요." 루카스가 말했다.

"손전등요." 줄리엣이 외쳤지만, 루카스는 이미 가고 없었다. 부츠 소리가 복도 저편으로 멀어졌다.

줄리엣은 손을 앞으로 뻗어서 구리 파이프를 만져보았다. 딱 맞는 크기였다. 넬슨이 아르곤 탱크를 보관하는 장소를 보여줬었다. 펌프와 필터가 있어서, 땅속 깊은 곳에서 새로운 아르곤을 끌어올린다고 했다. 공기 순환기와 비슷한 원리라고. 그러나 이제 줄리엣은 아무것도 믿지 않게 되었다. 바닥 패널을 열고 탱크 뒤에 있는 벽 패널을 열어보니 공급 시스템과는 별개로 두 개의 선이 가스탱크에 들어가고 있었다. 이제는 그 공급 시스템이 아무 일도 하지 않을 거란 의심이 들었다. 보호복의 개스킷과 열 테이프처럼, 두 번째 전력 피드처럼, 거짓말을 비추던 바이저처럼, 겉으로 보이는 것은 모두 가짜였고 진실은 그 아래에 묻혀 있었다.

루카스가 요란한 소리를 내며 돌아왔다. 그는 무릎을 꿇고 불빛을 다시 비췄다.

"줄스, 나와봐야겠어요."

"손전등 좀 줘요. 하나도 안 보여요." 이번에도 카메라 피드를 끊었을 때처럼 언쟁을 벌이게 될 터였다. 줄리엣이 이 안에 무엇이 있는지도 모르면서 파이프를 끊으려 한다는 듯이……

"이리 좀 나와봐요. 내가…… 제발요."

그제야 그녀는 그의 목소리를 들었다. 뭔가가 잘못됐다. 줄리엣이 뒤를 돌아보자 손전등 불빛만 눈에 가득했다.

"잠깐만요." 그녀는 손바닥과 부츠 끝으로 꿈틀꿈틀 움직여서 열려 있는 패널까지 돌아갔다. 다용도 공구는 남겨둔 채였다.

"뭔데요?" 그녀는 일어나 앉아서 등을 펴고, 머리를 풀어서 흐트러진 부분을 모아 다시 묶으려 했다. "누구였어요?"

"당신 아버지가……" 루카스가 입을 열었다.

"아버지에게 무슨 일 있어요?"

그는 고개를 저었다. "아니, 호출한 사람이 당신 아버지였어요. 그게…… 아이 하나를 잃었어요."

"실종됐다고요?" 말하면서도 그런 뜻이 아닌 줄은 알았다. "루카스, 어떻게 된 거예요?" 그녀는 일어나서 가슴과 무릎을 털며 무전기 쪽으로 향했다.

"아이들이 농장으로 올라가고 있었는데, 내려가던 군중과 마주

쳤대요. 아이 하나가 난간을 넘어서…….”

“떨어졌다고요?”

“20층을요.” 루카스가 말했다.

줄리엣은 믿을 수가 없었다. 그녀는 무전기를 쥐었다가 갑자기 현기증이 나서 벽에 손바닥을 댔다. “누구예요?”

“그 말은 안 했어요.”

그녀는 마이크를 누르기 전에 무전기가 지난번에 지미를 호출했을 때 그대로 17번에 맞춰져 있음을 알았다. 아버지는 분명 워커의 새로운 휴대용 무전기를 쓰고 있을 것이다. “아빠? 들려요?”

줄리엣은 기다렸다. 루카스가 물통을 내밀었지만, 손을 저어 거절했다.

“줄스? 내가 다시 호출해도 되겠니? 방금 또 다른 일이 생겼어.”

아버지는 동요한 목소리였다. 잡음이 심했다. “무슨 일인지 알아야겠어요.” 줄리엣은 말했다.

“잠깐만. 엘리스를…….”

줄리엣은 입을 틀어막았다.

“……엘리스를 잃어버렸다. 지미가 찾고 있어. 애야, 문제가 생겼어. 군중들이 아래로 내려오고 있었다. 화가 난 사람들이야. 내가 누구와 같이 있는지 알고 있었어. 그리고 마커스가 난간 너머로 떨어졌다. 미안하구나…….”

줄리엣은 어깨를 짚는 루카스의 손을 느끼고, 눈을 문질렀다. “혹시……?”

"아직 내려가서 확인하지도 못했어. 릭슨이 난투 중에 다쳐서 치료하는 중이야. 해나와 마일스와 아기는 괜찮아. 우린 지금 공급부에 있다. 저기, 난 정말로 가봐야 해. 엘리스를 찾을 수가 없는데, 지미도 그 아이를 찾으러 가버렸어. 누군가가 엘리스가 위로 올라가는 모습을 봤다고 했거든. 네가 해줄 일은 아무것도 없지만, 그래도 그 아이에 대해 알고 싶어 할 것 같았어."

마이크를 누르는 줄리엣의 손이 떨렸다. "제가 내려갈게요. 110층 공급부예요?"

긴 침묵이 돌아왔다. 아버지는 그쪽으로 오지 말라고 그녀를 말릴지 말지 고민하고 있는 게 분명했다. 결국 그는 싸움을 포기하고 무전기를 켰다.

"그래, 110층이다. 난 떨어진 아이를 살펴보러 내려가는 중이야. 릭슨과 다른 아이들은 여기 두고 가마. 지미에게는 엘리스를 찾으면 여기로 데리고 돌아오라고 해놨다."

"거기 두고 가지 마세요." 줄리엣은 누구를 믿을 수 있을지, 어디라면 그들이 안전할지 몰랐다. "데리고 가세요. 아빠, 모두 데리고 기계부로 돌아가요. 집으로 데려가요." 줄리엣은 이마를 닦았다. 전부 실수였다. 그들을 여기로 데려온 건 실수였다.

"정말로?" 아버지가 물었다. "우리와 마주쳤던 군중. 그 사람들도 그쪽으로 가는 것 같던데."

28

엘리스는 이상한 곳에서 길을 잃었다. 누군가가 바자르bazaar*인지 비자르bizarre**인지 그렇게 부르는 걸 들었는데, 아마 비자르겠지. 딱 어울리는 이름이었다. 상상도 하지 못할 만큼 많은 사람이 있었는데, 정말 정신없고 괴상했다.

어쩌다가 엘리스가 그곳에 가게 되었는지는 조금 아리송했다. 낯선 사람들을 어마어마하게 많이, 세상에 그렇게 많은 수가 한 번에 존재하리라고 생각지도 못할 만큼 많이 마주쳤을 때 그녀의 강아지가 사라져버렸고, 엘리스는 강아지를 따라 계단을 올라갔다. 한 명, 또 한 명이 강아지가 위쪽으로 갔다고 알려줬다. 노란 옷을 입은 어떤 여자는 개를 데리고 있는 남자가 비자르 쪽으

---

* 시장.
** '괴상한' 혹은 '특이한'이라는 뜻.

로 가더라고 했다. 엘리스는 열 층을 올라가서 100층 층계참에 도착했다.

층계참에서는 남자 두 명이 코에서 연기를 내뿜고 있었다. 그들은 방금 누군가가 개를 데리고 지나갔다고 하며 손을 저어 엘리스를 안으로 들였다.

엘리스가 살던 곳에서 100층은 좁은 통로와 텅 빈 방들과 쓰레기와 잔해와 쥐 떼만 흩어져 있는 무서운 황무지였다. 여기도 비슷하기는 했지만 사람과 짐승들이 가득했고 모두가 소리를 지르고 노래를 부르고 있었다. 선명한 색깔과 이상한 냄새, 연기를 들이마시고 내뱉는 사람들, 연기를 손가락에 쥐고 작은 불꽃을 피우는 사람들이 있는 곳이었다. 얼굴에 그림을 그린 남자들이 있었다. 새빨간 옷을 입고 꼬리와 뿔이 달린 여자가 엘리스에게 천막 안으로 들어오라고 손짓했지만, 엘리스는 몸을 돌려 달아났다.

무서운 것들로부터 연이어 달아나다 보니 완전히 길을 잃었다. 사방에서 사람들의 무릎에 부딪혔다. 이제 엘리스는 강아지를 찾는 게 아니라, 그저 이곳에서 나가고만 싶었다. 어느 바쁜 카운터 밑으로 기어 들어가서 울었지만, 아무 데로도 갈 수 없었다. 릭슨이 코를 골 때와 비슷한 소리를 내는 뚱뚱하고 털이 없는 짐승을 가까이에서 보게 될 뿐이었다. 이 짐승은 목에 밧줄이 걸린 채 누군가에게 이끌려서 엘리스 바로 옆을 지나갔다. 엘리스는 눈물을 멈추고 책을 꺼내어 사진을 뒤적이다가 그 짐승이 돼지라는 사실을 알아냈다. 이름을 알면 언제나 도움이 됐다. 이름을 알고 나면 전처럼 무섭지 않았다.

엘리스가 다시 움직일 수 있었던 것도 릭슨 덕분이었다. 릭슨은 그 자리에 없었지만, 엘리스는 야생지에서 무서워할 게 없다고 말하던 릭슨의 찌렁찌렁한 목소리를 들을 수 있었다. 릭슨과 쌍둥이는 엘리스가 겨우 걸을 수 있게 되자 깜깜한 야생지를 오가는 심부름을 보내곤 했다. 아직 무서운 사람들이 있었을 때는 엘리스를 계단 근처로 보내어 블랙베리와 자두와 다른 맛있는 것들을 따 오게 했었다. "제일 작은 애들이 제일 안전하거든." 릭슨은 그렇게 말했다. 벌써 몇 년은 지난 일이었다. 이제 엘리스는 그렇게 작지 않았다.

엘리스는 책을 치우고, 잎사귀 손가락이 목을 쓸고 딸각이는 펌프 소리가 들리고 이가 딱딱 마주칠 정도로 춥던 야생지의 어둠이 얼굴에 그림을 그리고 코에서 연기를 뿜는 사람들보다 더 나빴다는 결론을 내렸다. 그런 다음 울어서 통통 부은 얼굴로 카운터 밑에서 기어 나와서 사람들 무릎 사이를 움직였다. 언제나 오른쪽으로 돌기, 그것이 어두운 야생지를 빠져나가는 방법이었다. 그러다 보니 어느새 커다란 쉭쉭 소리가 나고 끓는 쥐 같은 냄새가 나는 연기 가득한 복도였다.

"어이, 꼬마. 길 잃었어?"

머리를 짧게 자른 밝은 초록색 눈동자의 소년이 어느 부스 가장자리에서 엘리스를 살폈다. 엘리스보다 나이가 많기는 했지만, 크게 차이가 나지는 않았다. 쌍둥이와 비슷한 정도였다. 엘리스는 고개를 저었다가, 다시 생각해보고 고개를 끄덕였다.

소년은 웃음을 터뜨렸다. "이름이 뭐야?"

"엘리스."

"이름이 특이하네."

엘리스는 뭐라고 말해야 할지 몰라서 어깨를 으쓱였다. 소년은 그 뒤에 있는 남자를 쳐다보는 엘리스의 시선을 알아차렸다. 그 남자는 커다란 포크로 지글거리는 고기 조각을 들어 올리고 있었다.

"배고파?" 소년이 물었다.

엘리스는 고개를 끄덕였다. 배는 언제나 고팠다. 특히 겁을 먹으면 더 그랬다. 하지만 그건 어쩌면 먹을 것을 찾아 나섰다가 겁을 먹어서였을지도 모른다. 그리고 엘리스는 배가 고플 때만 먹을 것을 찾아 나섰다. 그러니 무엇이 먼저인지 기억하기는 힘들었다. 소년은 카운터 뒤로 사라졌다가 두꺼운 고기 조각을 가지고 돌아왔다.

"쥐 고기야?" 엘리스가 물었다.

소년은 소리 내어 웃었다. "돼지야."

엘리스는 아까 꿀꿀대던 짐승을 떠올리고 얼굴을 구겼다. "쥐 고기 같은 맛이야?" 이번에는 희망이 담긴 질문이었다.

"그 말을 조금만 더 크게 하면 우리 아빠가 네 가죽을 벗길걸. 먹어볼 거야, 말 거야?" 소년은 고기 조각을 건넸다. "2치트를 갖고 있진 않겠지."

엘리스는 고기를 받아 들고 말없이 조금 베어 물었다. 그러자 작은 행복이 입안에서 터졌다. 쥐 고기보다 맛있었다. 소년은 그 모습을 찬찬히 보았다.

"너 중층부에서 왔구나. 그렇지?"

엘리스는 고개를 젓고 또 고기를 한 입 먹었다. "난 17번 사일로에서 왔어." 씹으면서 말했다. 입안에 침이 가득했다. 엘리스는 고기 조각을 굽는 남자를 쳐다보았다. 마커스와 마일스도 여기에서 고기를 먹어봐야 하는 건데.

"17층 말이야?" 소년은 얼굴을 찌푸렸다. "상층부 사람같이 보이진 않는데. 아니, 넌 상층에 살기엔 너무 더러워."

"난 다른 사일로에서 왔어. 서쪽에 있는 거." 엘리스가 말했다.

"서쪽에 있는 거가 뭐야?" 소년이 물었다.

"서쪽. 태양이 지는 쪽."

소년은 이상한 얼굴로 엘리스를 보았다.

"태양 말이야. 동쪽에서 떴다가 서쪽으로 지잖아. 그래서 지도는 다 위를 가리키는 거야. 거기가 북쪽이니까." 엘리스는 책을 꺼내어 세상의 지도를 보여주고, 태양이 어떻게 세상 주위를 도는지 설명할까 생각했다. 하지만 손에 기름이 묻은 데다가, 어차피 소년은 관심이 없어 보였다.

"사람들이 땅을 파서 우리를 구했어." 엘리스는 설명했다.

이 말에는 소년의 눈이 커졌다. "굴착 말이구나. 다른 사일로에서 왔다고? 진짜야?"

엘리스는 돼지고기를 다 먹고 손가락을 빨며 고개를 끄덕였다. 소년이 손을 내밀었다. 엘리스는 엉덩이에 손바닥을 닦고 나서 그 손을 잡았다.

"내 이름은 쇼야. 돼지고기 더 먹을래? 카운터 아래로 들어와.

우리 아빠한테 소개해줄게. 아빠, 누굴 좀 만나게 해줄게."

"못 들어가. 난 '강아지'를 찾고 있어."

쇼는 얼굴을 구겼다. "강아지? 그거라면 다음 복도로 가야 해." 소년은 고갯짓으로 방향을 가리켰다. "그렇지만 돼지가 훨씬 나아. 개는 쥐처럼 질긴 데다가, 강아지는 개보다 비싸기만 하지 맛은 똑같아."

엘리스는 얼어붙었다. 아까 목에 밧줄이 걸려서 지나갔던 돼지, 어쩌면 그 돼지는 반려동물인지도 몰랐다. 어쩌면 이 사람들은 반려동물을 먹을지도 몰랐다. 다들 배가 고픈데도 재미로 쥐를 키우고 싶어 했던 마커스와 마일스처럼. "강아지를 먹어?" 엘리스는 소년에게 물었다.

"돈이 있으면 먹지." 쇼가 엘리스의 손을 잡았다. "나랑 같이 그릴 쪽으로 들어가자. 우리 아빠를 만나게 해줄게. 아빠는 너희가 다 진짜가 아니래."

엘리스는 물러섰다. "난 내 '강아지'를 찾아야 해." 그리고 몸을 돌려서 소년이 고갯짓으로 가리켰던 방향으로 서둘러 걸어갔다.

"뭔 소리야, 네 강아지라니……?" 소년이 뒤에서 외쳤다.

줄줄이 늘어선 칸막이들을 돌았더니 또 연기 가득한 복도가 나왔다. 꼬챙이에 꿴 쥐를 화톳불에 굽는 것 같은 냄새가 더 났다. 늙은 여자 하나가 새를 잡고 애를 쓰고 있었는데, 성난 날개가 주먹에 잡힌 채 퍼덕거렸다. 엘리스는 똥을 밟고 미끄러질 뻔했다. 강아지가 사라졌다는 생각 때문에 사방이 낯설다는 생각도 없어졌다. 엘리스는 누군가가 개라고 외치는 소리를 듣고 그 목소리를 찾아 나섰다. 나이가 많은, 아마도 릭슨 나이쯤 되었을 소년이 빨간 고기 조각을 들고 있었다. 뼈처럼 보이는 하얀 부분이 있는 커다란 고기였다. 그곳에는 우리가 하나 있었고, 숫자가 적힌 표지판들도 있었다. 몰려다니던 사람들이 멈춰 서서 우리 안을 들여다보았다. 몇 사람은 우리 안을 가리키면서 질문을 던졌다.

엘리스는 사람들 사이를 애써 뚫고 낑낑거리는 소리가 들리는 곳으로 향했다. 우리 안에 살아 있는 개들이 있었다. 널빤지 사이로도 볼 수 있었고, 까치발로 서면 우리 위에서도 볼 수 있었다. 돼지만 한 큰 동물이 울타리로 달려와서 으르렁거렸고, 울타리가 흔들렸다. 개였는데, 입을 벌리지 못하게 주둥이에 밧줄이 묶여 있었다. 엘리스는 개가 코로 뿜어내는 뜨거운 숨을 느낄 수 있었다. 엘리스는 그곳을 빠져나와서 옆으로 돌았다.

뒤쪽에 더 작은 우리가 하나 있었다. 옆으로 지나친 카운터에서는 젊은 남자 둘이서 연기가 올라오는 그릴을 보고 있었다. 둘 다 등을 돌린 채였고, 어떤 여자에게 뭔가를 받더니 꾸러미를 하나 건넸다. 엘리스는 작은 우리 위를 잡고 안을 들여다보았다. 개 한 마리가 옆으로 누워 있었고 다섯, 아니 여섯 마리의 작은 동물이 그 배를 먹고 있었다. 처음에는 쥐인가 싶었는데, 다시 보니 아주 작은 강아지였다. 이 녀석들에 비하면 엘리스의 '강아지'는 다 큰 개 같았다. 그리고 이 강아지들은 개를 먹고 있는 게 아니라, 해나의 아기가 젖을 먹을 때처럼 배를 빨고 있었다.

엘리스는 그 작은 생물들에게 정신이 팔린 나머지 울타리 아래쪽에서 덤벼드는 짐승을 미처 보지 못했다. 까만 코와 분홍색 혓바닥이 뛰어올라 엘리스의 턱을 들이받았다. 울타리 반대편을 똑바로 내려다보니 '강아지'가 보였다. 강아지가 다시 엘리스에게 뛰어올랐다.

엘리스는 소리를 질렀다. 울타리 위로 두 손을 뻗어 그 녀석을 잡았는데, 등 뒤에서 누군가가 엘리스를 잡았다.

"네가 그 녀석을 살 형편은 안 되지 싶다만." 카운터 뒤에 있던 남자 하나가 말했다.

엘리스는 그 남자에게 잡힌 채로 몸부림을 치며 '강아지'를 계속 잡으려 했다.

"진정해." 남자가 말했다. "그 녀석 놔줘라."

"날 놔줘!" 엘리스가 외쳤다.

'강아지'가 엘리스의 손에서 빠져나갔다. 엘리스는 꿈틀거리다가 가방의 어깨끈을 머리 위로 벗으면서 풀려났다. 그대로 남자의 발치에 쓰러졌다가 다시 일어나서 '강아지'에게 손을 뻗었다.

"이런, 이것 봐라." 남자 목소리가 들렸다.

엘리스는 울타리 너머로 손을 뻗어서 동물을 다시 붙잡았다. '강아지'의 발이 도와달라고 울타리를 긁었다. 강아지의 앞발이 엘리스의 어깨를 붙잡고, 촉촉한 혀가 엘리스의 귀에 닿았다. 엘리스가 몸을 돌려보니 우뚝 선 남자가 눈부시게 하얀 천 조각을 가슴에 맨 채, 엘리스의 메모리 북을 손에 들고 있었다.

"이게 뭐지?" 남자는 엄지손가락으로 페이지를 넘기며 물었다. 느슨해진 페이지 몇 장이 떨어지자 남자는 정신없이 그 종이를 붙잡았다.

"내 책이야." 엘리스가 말했다. "돌려줘."

남자는 엘리스를 내려다보았다. '강아지'가 엘리스의 얼굴을 핥았다.

"그거랑 바꾸자." 남자는 '강아지'를 가리키며 말했다.

"둘 다 내 거야." 엘리스는 고집을 꺾지 않았다.

"아니, 그 녀석은 내가 값을 치르고 샀거든. 하지만 이거면 되겠네." 남자는 두 손으로 책 무게를 가늠해보더니, 손을 내려서 엘리스를 부스 밖으로 내몰아 다시 북적이는 복도로 내보냈다.

엘리스는 책에 손을 뻗었다. 가방은 뒤에 남겨져 있었다. '강아지'가 엘리스의 손을 물고는 거의 손에서 빠져나갈 뻔했다. 엘리스는 이제 그 남자에게 내 물건을 돌려달라고 빽빽거리면서 울고 있었다. 남자는 이를 드러내더니 화가 나서 엘리스의 머리채를 잡았다. "로이! 와서 이 개 새끼 잡아라."

엘리스는 빽 소리를 질렀다. 바깥에서 지나가는 사람 모두에게 "개 팝니다"라고 소리 지르던 소년이 엘리스 쪽으로 다가왔다. '강아지'는 거의 빠져나가려고 했다. 엘리스는 다시 손에 힘이 풀렸고, 남자는 엘리스의 머리채를 잡아 뜯으려 했다.

엘리스는 '강아지'를 놓쳤고, 남자가 자신을 땅 위로 들어 올리자 새된 소리를 질렀다. 다음 순간 뭔가가 번득였다. 개가 덮칠 때와 비슷한데, 갈색 털가죽이 아니라 갈색 작업복이 날 듯이 옆으로 지나가더니 덩치 큰 남자가 컥 소리를 내면서 땅에 나뒹굴었다. 엘리스도 바닥에 쓰러졌다. 남자는 이제 엘리스의 머리채를 잡고 있지 않았다. 가방이 보였다. 책도 보였다. 엘리스는 그것들을 잡고, 떨어진 페이지들도 붙잡았다. 쇼가 그 자리에 있었다. 엘리스에게 돼지고기를 먹여준 소년. 쇼가 '강아지'를 안아 들더니 엘리스를 보고 씩 웃었다.

"뛰어." 쇼는 이를 드러내고 웃으며 말했다.

엘리스는 뛰었다. 복도에서 다가오던 소년을 피해서 군중 속으로 이리저리 달아났다. 뒤를 돌아보자 쇼가 뒤따라 달려오는 모습이 보였고, '강아지'는 쇼의 가슴팍에 거꾸로 붙어서 발로 허공을 휘젓고 있었다. 가판대에 있던 남자들이 그들을 쫓아오자 사람들이 짜증 내며 길을 비켰다.

"이쪽이야!" 쇼가 깔깔대면서 소리치더니 엘리스를 앞질러서 모퉁이를 돌았다. 엘리스는 눈물을 흘리면서도 같이 웃었다. 웃으면서도 겁이 났지만, 동시에 책과 반려동물이 있다는 것, 달아나고 있다는 것, 쌍둥이보다도 잘해주는 남자아이를 만난 것이 기뻤다. 그들은 신선한 과일 냄새가 나는 또 다른 부스 아래를 달렸고 누군가가 그들에게 고함을 질렀다. 쇼는 달려서 흐트러진 침대가 놓인 어두운 방을 통과하고, 어떤 여자가 요리를 하고 있는 주방을 통과한 후에 또 다른 가판대 뒤쪽으로 들어갔다. 피부색이 어둡고 키가 큰 남자가 두 아이에게 주걱을 흔들었지만, 그들은 이미 다시 군중 사이로 나간 후였고, 달리고 웃으면서 춤을 추는 것 같았고…….

다음 순간 군중 속의 누군가가 쇼를 낚아챘다. 크고 힘센 두 손이 소년을 허공에 들어 올렸다. 엘리스는 비틀거렸다. 쇼는 그 남자에게 발길질을 하며 소리를 질렀고, 엘리스가 올려다보니 쇼를 들고 있는 남자는 솔로였다. 솔로가 무성한 수염 사이로 엘리스를 내려다보며 미소 지었다.

"솔로!" 엘리스는 빽 소리를 지르고 솔로의 다리를 꼭 안았다.

"이 녀석이 네 물건을 가져갔어?" 솔로가 물었다.

"아니야, 친구야. 내려줘." 엘리스는 혹시 쫓아오던 남자들이 있나 군중 사이를 훑어보았다. 그리고 솔로의 다리를 다시 한번 꽉 끌어안았다. "나 집에 가고 싶어."

솔로가 머리를 긁었다. "마침 우리가 가려던 방향이네."

29

엘리스는 솔로에게 가방과 책을 맡기고 '강아지'를 꼭 붙잡았다. 그들은 군중 사이를 누비며 비자르라는 곳을 빠져나가서 계단으로 돌아갔다. 쇼는 그들을 따라왔다. 솔로가 너희 가족에게 돌아가라고 한 후에도 따라왔다. 그리고 엘리스와 솔로가 다른 사람들을 찾으려 계단을 내려가는 내내, 엘리스가 뒤를 돌아보면 계속 갈색 작업복 차림의 쇼가 보였다. 중앙 기둥 너머에서 보고 있거나, 아니면 한 층 위 난간 사이로 엘리스를 보고 있었다. 엘리스는 솔로에게 쇼가 아직 저기 있다고 말할까 하다가 말았다.

몇 층을 내려갔을 때, 운반인 한 명이 그들을 따라잡아 메시지를 전달했다. 줄스가 내려오고 있고, 그들을 찾고 있다는 소식이었다. 줄스는 운반인 절반에게 엘리스를 찾게 했다. 정작 엘리스는 자기가 실종된 줄도 몰랐는데.

솔로는 다음 층계참에서 줄스를 기다리면서 자기 물통으로 엘리스에게 물을 먹였다. 그다음에 엘리스가 솔로의 늙고 주름진 두 손에 물을 조금 따르자, '강아지'가 기쁘게 물을 마셨다. 줄스가 도착하기까지 엄청나게 오랜 시간이 걸린 기분이었지만, 겨우 나타난 줄스는 천둥처럼 서두르는 부츠 소리들과 함께 도착했다. 층계참이 흔들릴 정도였다. 줄스는 땀투성이로 숨을 몰아쉬고 있었지만, 솔로는 신경 쓰지 않았다. 두 사람은 꽉 끌어안았고, 엘리스는 둘이 서로를 놓아주긴 할까 생각했다. 층계참에서 오가던 사람들이 이상한 눈으로 쳐다보고 지나갔다. 겨우 두 사람이 포옹을 풀었을 때, 줄스는 웃으면서 동시에 울고 있었다. 줄스가 솔로에게 무슨 말인가를 했고, 이번에는 솔로가 울 차례였다. 둘 다 엘리스를 쳐다보았고, 엘리스는 뭔지는 몰라도 비밀이거나 나쁜 이야기라는 사실을 그 표정으로 알았다. 줄스가 엘리스를 안아 들더니 뺨에 입을 맞추고는, 숨 쉬기가 힘들 정도로 꽉 끌어안았다.

"괜찮을 거야." 줄스는 그렇게 말했지만, 정작 엘리스는 무엇이 문제인지 몰랐다.

"나 '강아지'를 되찾았어." 엘리스는 말하고 나서야 줄스가 이 새로운 동물에 대해 모른다는 사실을 기억했다. 시선을 내려보니 '강아지'가 줄스의 부츠에 오줌을 싸고 있었다. 분명히 인사 같은 것이리라.

"개라니." 줄스는 엘리스의 어깨를 꾹 쥐었다. "이 녀석을 키울 순 없어. 개들은 위험해."

"얘는 안 위험해!"

'강아지'는 엘리스의 손을 씹었다. 엘리스는 손을 빼내어 '강아지'의 머리를 쓰다듬었다.

"시장에서 가져왔어? 바자르에서? 거기 갔던 거야?"

줄스가 솔로를 쳐다보자, 솔로는 고개를 끄덕였다. 줄스는 숨을 깊이 들이마셨다. "네 것이 아니면 가져가면 안 돼. 판매인에게서 가져온 거라면, 그 사람에게 돌아가야 해."

"'강아지'는 심층에서 왔는데." 엘리스는 몸을 굽혀 강아지를 끌어안았다. "기계부에서 왔어. 그리로 다시 데려갈 수 있어. 하지만 비자르엔 안 돼. 데려와서 미안해." 엘리스는 '강아지'를 꼭 끌어안고서, 하얀 갈비뼈가 붙은 빨간 고기를 들고 있던 남자를 생각했다. 줄스가 다시 솔로를 돌아보았다.

"시장에서 팔던 강아지가 아니에요." 솔로가 확인해줬다. "기계부에서 어떤 상자에 담겨 있던 걸 엘리스가 집어 들었어요."

"좋아요. 그 문제는 나중에 바로잡죠. 일단 다른 사람들을 따라잡아야 해요."

엘리스는 스스로와 '강아지'까지 포함해서 모두가 지쳤음을 알아보았지만, 그래도 그들은 다시 출발했다. 어른들은 어서 아래로 내려가고 싶어 하는 것 같았고, 비자르를 보고 나니 엘리스도 그랬다. 엘리스는 줄스에게 집에 가고 싶다고 했고, 줄스는 지금 집으로 가고 있다고 했다. "모든 걸 예전처럼 돌려놔야 해." 엘리스가 둘 모두에게 말했다.

무슨 이유에선지 줄스는 그 말에 웃음을 터뜨렸다. "넌 향수를 느끼기엔 너무 어린데."

엘리스가 향수가 무슨 뜻인지 묻자, 줄스는 대답했다. "현재가 너무 나쁘다 보니 과거를 실제보다 더 좋게 생각하는 걸 말해."

"그럼 난 향수를 많이 느끼네." 엘리스가 선언했다.

그 말에는 줄스와 솔로 둘 다 웃었다. 하지만 그 후에는 둘 다 슬픈 얼굴을 했다. 엘리스는 두 사람이 이런 식으로 서로를 자꾸 쳐다보는 모습, 그리고 줄스가 자꾸 눈가를 문지르는 모습을 보았다. 결국 엘리스는 무슨 일이 생긴 거냐고 물었다.

그들은 계단 한중간에 멈춰 서서 엘리스에게 말해줬다. 마커스 이야기였다. 미쳐 날뛰던 군중이 엘리스를 넘어뜨리고 '강아지'가 달아났을 때, 마커스가 미끄러져서 난간 너머로 떨어졌다고 했다. 떨어져서 죽었다고 했다. 엘리스는 옆에 있는 난간을 쳐다보았고, 마커스가 대체 어떻게 미끄러지면 그렇게 높은 난간을 넘어갈 수 있는지 알 수가 없었다. 어떻게 일어난 일인지는 이해가 가지 않았지만, 부모님이 나갔다가 다시는 돌아오지 않았을 때와 비슷하다는 것은 알았다. 그때와 비슷했다. 마커스는 두 번 다시 낄낄거리며 야생지를 달리지 않을 것이다. 엘리스는 얼굴을 닦고는, 이제 쌍둥이가 아니게 된 마일스 생각에 기분이 끔찍해졌다.

"그래서 우리가 집에 가는 거야?" 엘리스가 물었다.

"그것도 이유 중 하나지." 줄스가 말했다. "애초에 너희를 여기 데려오는 게 아니었어."

엘리스는 고개를 끄덕였다. 그 말에는 반박할 마음이 없었다. 이제 '강아지'가 생겼고, '강아지'가 여기 출신이라는 것만 빼면. 그리고 줄스에게는 돌려줘도 좋다고 말했지만 엘리스에게는 '강아지'를 돌려줄 마음이 없었다.

줄리엣은 엘리스가 앞장서게 내버려두었다. 뛰어 내려오느라 다리가 아팠다. 오다가 디딤판을 헛디딜 뻔하기도 여러 번이었다. 이제는 아이들이 한데 모여 집에 있는 모습을 보고 싶었다. 그녀는 마커스에게 일어난 일을 두고 스스로를 탓할 수밖에 없었다. 몇 층이 후회 속에 지나가고, 문득 무전기에서 호출이 들렸다.

"줄스, 거기 있어?"

셜리의 당황한 목소리였다. 줄리엣은 허리에 차고 있던 무전기를 당겼다. 셜리는 분명 워커와 함께 그곳 무전기를 쓰고 있을 터였다. "말해." 줄리엣은 난간에 한 손을 댄 채로 엘리스와 솔로를 따라갔다. 운반인 한 명, 그리고 젊은 커플 한 쌍이 반대 방향으로 비집고 지나갔다.

"뭐가 어떻게 돌아가는 거야?" 셜리가 물었다. "방금 여길 폭도가 뚫고 지나갔어. 프랭키는 문에서 공격당해서 병동에 있어. 그리고 또 30명 남짓한 사람들이 네 망할 놈의 터널에 들어갔어. 이런 얘긴 없었잖아."

줄리엣은 그들이 마커스를 죽음으로 몰고 간 이들이라고 생각했다. 지미가 몸을 돌리더니 무전기와 무전기에서 들리는 소식에 주목했다. 줄리엣은 엘리스가 듣지 못하게 볼륨을 낮췄다.

"'또' 30명 남짓이라는 건 무슨 소리야? 그 전에는 누가 넘어갔는데?" 줄리엣이 물었다.

"우선 네 굴착팀이 있지. 3교대조인데 잠은 안 자고 저쪽에 뭐가 있는지 보고 싶어 한 기계공도 몇 명 갔고. 네가 보낸 계획 위원회도 갔어."

"계획 위원회?" 줄리엣은 걸음을 늦췄다.

"그래. 네가 보냈다고 하던데. 그 사람들이 굴착을 검사해본다고 했어. 네 사무실에서 공지를 받았다고."

줄리엣은 시청에서 마샤가 그런 소리를 했던 것을 기억했다. 하지만 당시에는 보호복 때문에 바빴다.

"네가 보낸 게 아니야?" 셜리가 물었다.

"내가 보냈을지도 모르겠네." 줄리엣은 인정했다. "하지만 그 다른 그룹, 그 폭도 말이야. 그 사람들이 내려가는 길에 우리 아빠와 마주쳤는데, 떨어져 죽은 사람이 있어."

상대방은 잠시 침묵했다. "추락이 있었다는 말은 들었는데, 두 가지가 관련된 건 몰랐어. 솔직히 난 모두를 다시 데려오고 터널을 닫아버리기 직전이야. 사태가 통제를 벗어났어, 줄스."

'나도 알아.' 줄리엣은 생각했지만, 그 생각을 알리지는 않았다. 큰 소리로 말하지도 않았다. "나 곧 도착할 거야. 지금 가는 길이야."

셜리는 대답하지 않았다. 줄리엣은 무전기를 벨트에 끼우고 스스로를 저주했다. 지미는 줄리엣과 대화하려고 엘리스가 한참 앞서가게 놓아두고 뒤로 처졌다.

"전부 다 미안해요." 줄리엣이 말했다.

두 사람은 계단을 한 굽이 돌도록 말없이 걸었다.

"터널에 들어온 사람들요. 몇 사람이 자기들 게 아닌 물건을 가져가는 거 봤어요." 지미는 말했다. "우리를 이쪽으로 데려왔을 때 어두웠지만, 우리 사일로에서 이 사일로로 파이프와 장비들을 들고 오는 사람들을 봤어요. 내내 그럴 계획이었던 것처럼요. 그런데 당신은 우리가 우리 집을 재건할 거라고 했죠. 예비용으로 쓰려는 게 아니라고."

"그랬죠. 지금 생각도 그래요. 난 그곳을 재건할 생각이에요. 그쪽으로 가자마자 그 사람들한테 말할게요. 그 사람들은 예비용 부품을 챙기는 게 아니에요."

"그러면 당신이 그래도 괜찮다고 한 게 아니에요?"

"안 그랬어요. 내가…… 어쩌면 내가 당신과 아이들을 이리로 데려오는 게 좋겠다고 하거나, 사일로가 하나 더 있으면…… 여유가 생길 거라고 말했을지도 모르지만……."

"그게 예비용이잖아요."

"내가 사람들한테 말할게요. 약속해요. 결국엔 모든 게 괜찮아질 거예요."

그들은 한동안 말없이 걸었다.

"그래요." 솔로가 마침내 말했다. "당신은 계속 그 말만 하네요."

30

1번 사일로

샬럿은 땀에 젖은 채 어둠 속에서 깨어났다. 추웠다. 금속 바닥이 차가웠다. 강철판에 너무 오래 대고 있었더니 얼굴이 아팠다. 몸에 깔려서 반쯤 마비되어 있던 팔을 움직여 얼굴을 문지르니, 바닥의 다이아몬드 문양이 남긴 자국이 만져졌다.

도니가 공격받았던 일이 희미하게 기억나는 꿈처럼 되살아났다. 그때 샬럿은 몸을 말고 기다렸다. 어찌어찌 눈물은 참아냈다. 그러느라 지쳐서였는지, 아니면 움직이기가 무서워서였는지 결국에는 잠들어버렸다.

잠에서 깬 그녀는 혹시 발소리나 목소리가 들리는지 귀를 기울여본 후 방수포를 살짝 열었다. 밖은 깜깜했다. 드론 밑이라 더 어두웠다. 샬럿은 둥지에서 나온 새끼처럼 금속 새 아래에서 기어나왔다. 모든 관절이 뻣뻣했고, 마음은 무거웠고, 무섭도록 고독

했다.

작업용 손전등이 방수포 아래 어딘가에 있었다. 샬럿은 드론에서 방수포를 벗겨내고 주위를 더듬으며 공구를 찾다가, 래칫 세트를 건드려 요란하게 흐트러뜨렸다. 드론의 전방조명이 기억난 그녀는 열어놓은 접속 패널 안에 손을 넣어 테스트 스위치를 찾고, 그대로 눌렀다. 금속 새의 부리 앞에 금빛 카펫이 깔렸다. 손전등을 찾기엔 충분한 빛이었다.

샬럿은 손전등과 함께 커다란 렌치도 손에 쥐었다. 이제 그녀는 안전하지 않았다. 진지 안에 모르타르가 흘러 들어와서 텐트를 부수고, 내무반 전우를 앗아 간 셈이었다. 언제든 다시 공격이 쏟아질 수 있었다.

혹시 그들이 경고 없이 튀어나올 수도 있다는 두려움에 손전등으로 엘리베이터 쪽을 비춰보았다. 정적 속에서 스스로의 심장 소리를 들을 수 있었다. 샬럿은 몸을 돌리고 회의실로 향했다. 마지막으로 도널드를 봤던 곳이었다.

바닥에는 싸움의 흔적이라곤 없었다. 회의실 안의 테이블에는 여전히 종이가 널려 있었다. 전처럼 많은 수는 아닐지도 모르겠다. 그리고 의자 여기저기에 흩어져 있던 통 몇 개도 사라졌다. 대충 치워둔 느낌이었다. 다시 누군가가 돌아올 터였다.

샬럿은 손전등을 내리고 몸을 돌렸다. 도니가 공격당한 위치를 밟고 지나가려니 이번에는 벽에 튄 피가 보였다. 잠들기 전에 꾹꾹 눌렀던 울음이 솟아올라 목구멍을 죄는 것을 느끼며, 오빠가 아직 살아 있긴 할까 생각했다. 백발의 남자가 그 자리에 서서, 무시무시한 분노에 사로잡혀 발길질을 하고 또 하던 모습이 눈에 선했다. 그리고 이제 그녀에겐 아무도 없었다. 그녀는 서둘러 어두운 창고를 가로질러 빛이 들어와 있는 드론으로 향했다. 잠에서 끌려 나와 무서운 세상을 보고, 이제는 그녀 혼자 남겨졌다.

드론 앞부분에서 흘러나온 빛이 바닥을 가로질러 문을 비췄다.

완전히 혼자는 아니었다.

샬럿은 마음을 가다듬었다. 접속 패널 안에 손을 넣어 드론의 전조등을 껐다. 방수포도 조심스럽게 다시 덮었다. 이젠 아무것도 대충 내버려둘 수 없었다. 언제나 찾아오는 사람이 있을 수 있다고 생각하고 행동해야 했다. 샬럿은 손전등을 까닥거리면서 문으로 향했다가, 걸음을 멈추고 공구 가방을 가지러 돌아갔다. 드론은 이제 우선순위에서 멀어졌다. 그녀는 공구와 손전등을 챙겨 들고 서둘러 막사들을 지나쳐서 복도 끝, 비행 조종실로 들어갔다. 안쪽 벽에 붙은 작업대에는 몇 주 동안 조립하던 무전기가 있었다. 작동했다. 그녀는 오빠와 함께 먼 세상들에서 오가는 잡담에 귀를 기울이곤 했었다.

그 기계로 송신할 방법이 있을지도 모른다. 그녀는 도니가 남겨둔 여벌 부품들을 헤집으며 찾아보았다. 송신이 안 되더라도 들을 수는 있었다. 그자들이 오빠에게 무슨 짓을 했는지 알아낼 수 있을지도 몰랐다. 오빠 소식을 듣거나……, 아니면 다른 사람에게 닿을 수 있을지도.

31

기침을 할 때마다 도널드는 갈비뼈가 산산조각으로 부서지는 느낌이었다. 그리고 이 파편들이 그의 폐와 심장을 꿰뚫고, 척추를 타고 고통의 파도를 올려 보냈다. 그는 몸속에서 이런 일이 일어난다고, 뼈와 신경으로 이루어진 폭탄들이 터지고 있다고 믿었다. 폐를 지지는 것 같고 목구멍이 타는 것 같았던 단순한 고통이 그리웠다. 지금 멍이 들고 금이 간 갈비뼈에 비하면 예전의 고통은 웃음거리였다. 어제의 비참함이 그리울 지경이었다.

그는 탈출을 포기하고, 멍들고 피 흘리는 몸으로 간이침대에 누워 있었다. 문은 튼튼했고, 천장 패널 위 공간은 어디로도 이어지지 않았다. 행정관리동 같지는 않았다. 아마 보안 부서겠지. 어쩌면 주거지역일지도 몰랐다. 아니면 그에게 익숙하지 않은 어딘가였다. 바깥 복도는 으스스할 정도로 조용했다. 한밤중일 수도 있었다. 문에 몸을 부딪치는 것은 안 그래도 아픈 갈비뼈에 잔혹한 일이었고, 소리를 치면 목이 아팠다. 하지만 동생을 어떤 상황에 끌어들였는지, 동생은 어떻게 됐을지 생각하는 시간이 제일 고통 스러웠다. 경비원들이나 서먼이 돌아오면 그들에게 샬럿이 아래 에 있다고 말하고 자비를 구해야 했다. 샬럿은 서먼에게 딸과도 같았고, 도널드가 깨웠을 뿐이지 아무 잘못도 없었다. 서먼도 그 정도는 이해할 것이다. 샬럿을 다시 수면 장치에 넣어, 모두에게 끝이 찾아올 때까지 자게 해줄 것이다. 그게 최선이리라.

몇 시간이 지나갔다. 멍이 부풀고 온몸 여기저기에서 경련이 일어나는 몇 시간이었다. 도널드는 계속 뒤척였고, 이 파묻힌 지 하 묘지에서는 전보다도 더 낮과 밤을 구별할 수 없었다. 열병으 로 진땀이 났는데, 감염보다는 후회와 두려움에서 태어난 열병이 었다. 그는 얼어붙은 수면 장치들이 불타는 꿈, 불과 얼음과 먼지 로 이루어진 꿈, 살이 녹고 뼈가 가루가 되는 악몽을 계속 꿨다.

잠이 들었다 깼다 하면서 다른 꿈도 꾸었다. 드넓은 바다 위의 차가운 밤인데, 발밑에서는 배가 가라앉아가고 잔인한 바다가 갑 판을 뒤흔들었다. 도널드의 두 손은 배의 방향타를 꽉 붙잡고 정 지해 있었고, 입김은 거짓의 안개였다. 그의 지시 때문에 배가 점 점 더 깊이 가라앉자 난간을 넘어 파도가 쳤다. 그리고 사방의 물 위에 뜬 구명정들은 불타고 있었다. 여자와 아이들 모두가 수면 장치처럼 생긴 구명정에 갇힌 채로 비명을 지르며 불탔다. 애초에 해안에 이르게 만들지도 않은 구명정.

도널드는 이제 그것을 이해했다. 꿈에서만이 아니라, 헉헉거리며 깨어나서 땀 흘리고 기침을 하면서도 분명하게 볼 수 있었다. 예전에는 여자들을 따로 재워놓는 것이 남자들이 싸우지 않도록 하기 위해서라고 생각했던 기억이 났다. 그러나 사실은 정반대 였다. 여자들은 나머지에게 싸울 이유가 되어주기 위해 그곳에 있 었다. 구해야 할 존재로서. 남자들이 이 암울한 교대근무를 계속 하고, 이 암울한 밤들을 버텨내며 절대로 이루어지지 않을 꿈을 꾸게 하려고 그곳에 있었다.

그는 입을 막고 침대 위를 뒹굴다가 피가 섞인 기침을 토했다. 구해야 할 존재라니. 뭔가를 구해야만 한다는 남자의 어리석음이 라니, 그가 도와서 만들어낸 이 망할 사일로들의 어리석음이라니. 알아서 하게 내버려두어야 했다. 사람들이든, 행성이든. 인류에겐 절멸할 권리가 있었다. 그게 생명의 일이었다. 멸종하고, 다음에 올 이들에게 자리를 만들어주었다. 하지만 개별 인간은 자연 질서 를 거스를 때가 많았다. 불법으로 아이들을 복제하고, 나노 치료 를 받고, 예비용 장기를 이식하고, 냉동 수면 장치를 만들었다. 지 금 이런 짓을 한 사람들과 비슷한 이들이.

다가오는 부츠 소리가 식사 시간을 알렸다. 마구 날뛰는 생각 속에 잠들어 끝없는 악몽을 꾸거나, 깨어난 후에 온몸의 고통을 느끼는 시간을 끝냈다. 배가 고픈 것을 보니 아침 식사일 것이다. 그렇다면 거의 밤새 깨어 있었다는 뜻이었다. 지난번과 같은 경비 원이 식사를 가져왔을 줄 알았는데, 문이 열리고 나타난 사람은 서먼이었다. 보안팀의 은색 작업복을 입은 남자 하나가 웃음기 없 는 얼굴로 뒤에 서 있었다. 서먼은 도널드가 자신에게 아무 위협이 되지 않을 거라 자신하는 듯, 혼자 들어와서 문을 닫았다. 전날보다 상태가 좋아 보였다. 깨어난 후 시간이 더 흘러서겠지. 아니면 혈류에 새로운 의사들을 잔뜩 풀어 넣었을지도.

"날 얼마나 오래 여기 가둬둘 겁니까?" 도널드는 일어나 앉아서 물었다. 목소리가 갈라진 데다, 가을 낙엽 소리처럼 바스락거렸다.

"오래는 아니야." 서먼은 침대 발치에 있던 트렁크를 끌어다가 그 위에 앉았다. 그는 도널드를 자세히 들여다보았다. "자네에겐 살날이 며칠 안 남았어."

"그건 의학적인 진단입니까? 선고입니까?"

서먼은 한쪽 눈썹을 올렸다. "둘 다야. 우리가 자넬 치료 없이 여기 계속 가둬둔다면 자넨 들이마셨던 공기 때문에 죽겠지. 우린 그러지 않고 자넬 잠재울 거야."

"저를 편하게 만들어주신다니 놀랍기만 하군요."

서먼은 생각해보더니 말했다. "자넬 여기에서 죽게 할까 생각도 해봤어. 어떤 고통을 겪고 있는지 알아. 자네를 고치거나 아니면 끝까지 망가지게 둘 수도 있겠지만, 그럴 마음은 들지 않는군."

도널드는 웃으려고 했지만, 그러기엔 너무 아팠다. 그는 쟁반에 놓인 물잔에 손을 뻗어 한 모금을 마셨다. 잔을 내려놓자 수면 위에 분홍빛 핏자국이 흔들거렸다.

"이번 근무 동안 바빴더군." 서먼이 말했다. "없어진 드론과 폭탄들이 있어. 자네가 뭘 했는지 짜 맞추기 위해 최근 냉동에 들어갔던 사람을 몇 명 깨웠네. 자네가 뭘 위태롭게 한 건지 알고나 있나?"

서면의 목소리엔 분노보다 더 나쁜 감정이 담겨 있었다. 도널드도 처음에는 뭔지 알지 못했다. 실망은 아니었다. 어떤 종류의 분노도 아니었다. 서면의 발길질에 어려 있던 격노는 빠져나갔다. 이건 억눌려 있던 무언가였다. 두려움과 비슷한 무언가.

"뭘 위태롭게 했냐고요?" 도널드는 물었다. "당신이 남긴 난장판을 치우고 있었는데요." 그는 잔에 담긴 물을 찰랑대며 옛 멘토에게 인사했다. "당신이 망가뜨린 사일로들요. 오래전에 연락이 끊겼던 그 사일로. 그게 아직 있었고……."

"40번 사일로 말이지. 알아."

"17번도요." 도널드는 헛기침을 했다. 쟁반에 놓인 빵 덩이를 집어 들고 한 입 뜯어서 턱이 아플 때까지 씹은 후, 피로 얼룩진 물을 마셨다. 그는 서면이 모르는 것을 정말 많이 알고 있었다. 그 순간 그 생각이 떠올랐다. 18번 사람들과 나눈 모든 대화, 도면과 서류들을 골똘히 들여다보며 보낸 시간, 모든 것을 짜 맞추고 책임을 맡으면서 보낸 몇 주. 그는 현재 상태로 서면과 싸운다면 상대가 안 된다는 사실을 알면서도, 여전히 둘 중에 자신이 더 강한 쪽이라고 느꼈다. 알고 있는 지식 때문이었다. "17번은 죽지 않았어요." 그는 빵을 한 입 더 먹기 전에 말했다.

"그렇더군."

도널드는 빵을 씹었다.

"난 오늘 18번을 폐쇄하네." 서면이 조용히 말했다. "그 시설이 우리에게 물린 비용은……." 서면은 고개를 저었고, 도널드는 혹

264

시 빅터를 생각하는 걸까 궁금했다. 책임자들의 책임자, 18번에서 일어났던 폭동 때문에 자기 머리를 날려버렸던 빅터. 다음 순간, 그가 너무나 많은 희망을 의탁했던 사람들도 이제는 사라졌다는 사실이 떠올랐다. 사일로들을 끝내고 파란 하늘 아래 미래를 꿈꾸면서 샬럿에게 몰래 부품을 가져다주느라 보냈던 모든 시간도 헛되었다. 목구멍으로 넘어가는 빵이 퀴퀴하게 느껴졌다.

"왜죠?" 그는 물었다.

"왜인지 알 텐데. 자네가 그동안 그쪽과 대화를 했지. 그렇지 않나? 대체 거기가 어떻게 될 거라고 생각한 건가? 무슨 생각을 한 거야?" 서먼의 목소리에 처음으로 분노가 깃들었다. "그 사람들이 자네를 구해줄 거라고 생각했나? 우리 중 누구든 구원받을 수 있다고? 도대체 무슨 생각을 한 거야?"

도널드는 대답할 생각이 없었지만, 기침을 하듯 반사적으로 대답이 튀어나왔다. "그 사람들에게 이보다는 나은 삶을 누릴 자격이 있다고 생각했죠. 기회를 누릴 자격이 있다고……."

"어떤 기회?" 서먼은 고개를 저었다. "상관없네. 상관없어. 우린 충분히 계획했어." 마지막 중얼거림은 혼잣말이었다. "내가 잠을 자긴 해야 한다는 게 안타깝군. 내가 여기에서 모든 것을 관리할 수 없어서 안타까워. 직접 고삐를 잡아야 하는데 드론을 보내는 꼴이야." 서먼은 허공에 주먹을 쥐더니, 도널드를 한동안 바라보았다. "자넨 아침 일찍 잠들 거야. 분에 넘치는 대접이지. 하지만 자넬 없애기 전에, 무슨 수를 썼는지 말해줘야겠네. 어떻게 내 이름으로 활동한 건지 말해. 또 그런 일이 생기게 둘 순 없어."

"그래서 이젠 제가 위협이군요." 도널드는 물을 한 모금 더 마셔서 목구멍의 간지러움을 가라앉혔다. 심호흡을 하려고 했지만, 가슴의 통증 때문에 허리가 굽었다.

"자네는 이제 위협적인 존재가 아니지만, 다음에 이런 짓을 하는 사람은 위협이 될 수도 있겠지. 우린 모든 것을 미리 생각해두려 했지만 언제나 가장 큰 약점은, 어떤 시스템이든 가장 큰 약점은 위에서 일어나는 반란이라는 걸 알고 있었어."

"12번 사일로처럼요." 도널드는 그 사일로가 서버실에 어두운 그림자가 나타나면서 무너졌던 것을 기억했다. 직접 목격했고, 그 사일로를 종료시킨 후에 보고서도 썼다. "어쩌다가 12번에서 일어난 일은 예상하지 못했습니까?" 그는 물었다.

"예상했어. 우린 모든 것을 계획했어. 그래서 예비용이 있는 거야. 그래서 '취임식'이 있는 거지. 한 사람의 영혼을 시험해볼 기회, 우리의 시한폭탄을 넣어둘 상자를 시험할 기회로. 자넨 너무 젊어서 이해하지 못하겠지만, 인류가 지금까지 완성하려고 했으나 결코 해내지 못한 가장 어려운 과업은 절대 권력을 다른 사람에게 어떻게 넘기느냐라네." 서먼은 두 팔을 펼쳤다. 늙은 두 눈에 광채가 돌고, 내면의 정치가가 다시 깨어났다. "지금까지는 그랬지. 우린 냉동 수면 장치와 교대근무로 그 문제를 해결했어. 권력은 일시적이고, 결코 똑같은 몇 사람의 손을 떠나지 않아. 권력 이동은 없어."

"축하합니다." 도널드는 말했다. 그리고 과거의 언젠가 서먼에게 대통령이 되실 수도 있다고 했더니 서먼이 그건 오히려 강등이라고 했던 일을 떠올렸다. 이제는 도널드도 이해했다.

"그래. 훌륭한 시스템이었지. 자네가 뒤엎기 전까지는."

"제 질문에 대답해주시면 저도 말해드리죠." 도널드는 입을 막고 기침을 했다.

서먼은 얼굴을 찌푸린 채 기침이 멎기를 기다렸다. "자넨 죽어가고 있어. 우린 자네가 끝까지 꿈이나 꿀 수 있게 상자 안에 넣을 거야. 그런데 대체 뭘 알고 싶단 말인가?"

"진실이요. 거의 다 알아냈지만 아직 구멍이 몇 개 있어요. 그 구멍이 제 폐에 난 구멍보다 더 아프군요."

"설마." 서먼은 그러면서도 제안을 고려해보는 것 같았다. "뭘 알고 싶은데 그러나?"

"서버들이요. 그 안에 뭐가 들었는지는 압니다. 해당 사일로에 살았던 모든 사람의 삶이 자세히 기록되어 있죠. 어디에서 일하는지, 무슨 일을 하는지, 얼마나 오래 사는지, 아이는 얼마나 두는지, 뭘 먹는지, 어딜 가는지, 전부 다요. 그게 무엇을 위한 건지 알고 싶습니다."

서먼은 그를 관찰할 뿐, 아무 말도 하지 않았다.

"퍼센트도 찾아냈습니다. 계속 바뀌는 목록도요. 그게 이 사람들이 풀려났을 때 살아남을 확률이죠, 아닙니까? 하지만 컴퓨터가 그걸 어떻게 아는 거죠?"

"컴퓨터는 알아." 서먼이 말했다. "그래서 그게 사일로들이 하는 일이라고 생각하나?"

"네, 일종의 전쟁이라고 생각합니다. 이 모든 사일로 간의 전쟁에서, 단 하나만 이기겠죠."

"그런데 나에게 들어야 할 게 있나?"

"이것 말고도 뭔가 다른 게 있다고 생각해요. 그걸 말해주면, 제가 어떻게 서면 행세를 했는지 말해드리죠." 도널드는 기침 발작이 목과 갈비뼈를 뒤흔들자 일어나 앉아서 다리를 끌어안았다. 서면은 기침이 끝날 때까지 기다렸다.

"서버들은 자네가 말한 대로의 일을 하지. 계속 모든 사람의 삶을 추적하고, 가늠하지. 게다가 그 서버들이 티켓 추첨도 결정하는데, 그건 우리가 말 그대로 이 사람들을 빚어낸다는 뜻이야. 우린 가능성을 높이고, 가장 뛰어난 이들이 번성하도록 하네. 그래서 이 일을 오래 할수록 승률이 점점 높아지는 거야."

"물론 그렇겠죠." 도널드는 바보가 된 기분이었다. 진작 알았어야 했다. 아무것도 우연에 맡기지 않는다고 하는 서면의 말을 몇 번이나 들었던가. 그런데 티켓을 무작위로 추첨할 리가?

그는 서면의 눈빛을 알아차렸다. "자네 차례야. 어떻게 한 건가?"

도널드는 벽에 등을 기댔다. 그가 주먹에 대고 기침을 하는 동안 서면은 계속 눈을 크게 뜨고 말없이 쳐다보고 있었다. "애나였어요." 도널드는 말했다. "애나가 당신 계획을 알아냈어요. 당신은 일을 다 돕고 나자 애나를 재우려고 했고, 애나는 두 번 다시 깨어나지 못할까 두려워했죠. 당신은 40번 사일로 문제를 해결하라고 애나에게 시스템 접근권을 줬어요. 애나가 그걸 이용해서 나를 당신 자리에 넣었죠. 그리고 내 도움을 구하는 쪽지를 당신 메일함에 남겨놨어요. 난 애나가 당신을 망치고 싶어 했다고 생각합니다. 이걸 끝내고 싶어 했다고."

"아니야."

"아니, 맞아요. 그리고 깨어난 저는 애나가 저에게 뭘 요청했는지를 이해하지 못했죠. 너무 늦게 알아냈어요. 그사이에 40번 사일로와는 여전히 문제가 있었죠. 제가 깨어나서 근무를 시작했을 때, 40번이⋯⋯."

"40번은 이미 처리했어." 서먼이 말했다.

도널드는 고개를 젖히고 천장을 응시했다. "그렇게 생각하도록 만든 거예요. 제 생각은 이렇습니다. 40번 사일로는 시스템을 해킹했어요. 애나가 알아낸 사실이죠. 40번은 우리가 무슨 일이 벌어지는지 알 수 없도록 카메라 피드를 해킹했어요. IT부의 책임자가 어긋난 거죠. 당신 말마따나 위에서 벌어진 반란이랄까. 카메라 피드를 끊으면서 화면은 다 먹통이 됐는데, 그 전에 이미 우리가 죽일 수 없게 가스 공급선도 해킹했을 거예요. 그보다 더 전에는 혹시 이런 일이 벌어질까 봐 자기네 사일로를 무너뜨리기 위해 설치된 폭탄들도 해킹했겠죠. 역순으로 준비한 거예요. 연락이 끊겼을 때는 자기들이 통제하고 있었죠. 저처럼. 애나가 저에게 해 준 일처럼."

"그들이 어떻게⋯⋯?"

"애나가 돕고 있었을지도 몰라요. 애나는 절 도와줬죠. 그리고 방법은 모르겠지만 소식이 다른 곳으로 퍼진 겁니다. 아니면 애나가 당신을 곤경에서 구한 후에 그 사람들이 옳고 우리가 틀렸다는 걸 깨달았을 수도 있고요. 어쩌면 애나가 결국 40번 사일로를 좋을 대로 하게 내버려둔 건지도 몰라요. 전 애나가 40번이 우리 모두를 구할 수도 있다고 생각한 것 같아요."

도널드는 기침을 하고, 오래된 온갖 영웅담들을 생각했다. 남자와 여자들이 올바른 일을 하기 위해 싸우고, 언제나 행복한 결말을 맞고, 언제나 불가능한 확률에 맞서고, 언제나 말도 안 되는 짓을 하는 이야기들. 영웅들이 이긴 게 아니었다. 어쩌다가 이긴 사람이 영웅이 되는 거였다. 역사가 그들의 이야기를 전했고, 죽은 이들은 아무 말도 하지 않았다. 다 헛소리였다.

"전 무슨 일이 벌어지는지 이해하기 전에 40번 사일로를 폭격했습니다." 도널드는 그 모든 시일로 층늘과 흙과 무거운 하늘의 무게를 느끼면서 천장을 노려보았다. "정신을 다른 데 쏟아야 해서, 신경을 쓰지 않아서 폭격해버렸죠. 애나도 나를 여기 데려다 놓았기 때문에, 내 목숨을 구했기 때문에 죽여버렸어요. 두 번 다내가 당신 일을 대신 한 셈이죠. 안 그런가요? 당신은 일어난 줄도 몰랐던 두 번의 반란을 내가 진압했고……."

"아니야." 서먼이 일어서서 도널드를 내려다보았다.

"맞습니다." 도널드는 솟아오르는 눈물을 밀어 넣으면서, 한때 애나를 향한 분노가 자리했던 심장에 뚫린 구멍을 느낄 수 있었다. 이제 그 자리에는 죄책감과 후회만 남았다. 그를 가장 사랑한 사람을, 옳은 일을 위해 싸운 사람을 죽여버렸다. 잠시 멈춰서 묻지도, 생각하지도, 대화하지도 않았다.

"당신이 스스로의 규칙을 깼을 때 이 반란은 시작된 셈입니다." 그는 서먼에게 말했다. "당신이 애나를 깨우면서 이 사태를 일으킨 거예요. 당신은 약했어요. 당신이 모든 것을 위험에 빠뜨렸고, 내가 그걸 해결했습니다. 그리고 애초에 당신이 애나 말에 귀를 기울인 것부터 잘못이었어요. 날 여기 데려오다니. 날 이런 괴물로 바꿔놓다니!"

도널드는 눈을 감았다. 결국 터져 나온 눈물이 관자놀이로 흘러내리는 것을 느꼈고, 서먼의 그림자가 드리우면서 눈꺼풀로 들어오던 빛이 흔들리는 것도 느꼈다. 그는 한 대 맞을 각오를 했다. 고개를 뒤로 젖히고, 턱을 들어 올리고 기다렸다. 그는 헬렌을 생각했다. 애나를 생각했다. 샬럿을 생각했다. 그리고 내친김에 그는 서먼에게 샬럿에 대해 말하려고 했다. 이 괴물들을 돕고 모든 단계에서 저도 모르게 그들의 도구로 일했으니 받아 마땅한 주먹질을 받기 전에, 샬럿이 어디에 숨었는지 말하려고 했다. 도널드가 서먼에게 샬럿에 대해 말하려는데 눈앞이 다시 밝아졌고, 그림자가 물러나더니 문이 쾅 닫히는 소리가 들렸다.

32

18번 사일로

루카스는 헤드폰을 잭에 꽂기 전에 뭔가가 잘못됐음을 감지했다. 서버들 위 빨간 불빛들이 깜박이고 있었는데, 시간대가 엉뚱했다. 1번 사일로에서 걸려 오는 호출은 시계처럼 정확했는데, 지금 이 호출은 저녁 식사 도중에 걸려 왔다. 웅웅대며 깜박이는 불빛이 루카스의 사무실까지, 그다음에는 복도까지 퍼졌다. 늙은 보안 책임자 심스가 휴게실에 있던 루카스를 찾아내어 누군가가 연락을 취하고 있음을 알렸고, 루카스가 제일 먼저 한 생각은 그들의 신비로운 후원자가 경고를 하려 한다는 것이었다. 그게 아니라면 마침내 굴착을 멈춰줘서 고맙다고 말하려고 걸었거나.

연결이 이루어지자 헤드셋에 찰칵 소리가 났다. 머리 위 불빛이 지긋지긋한 깜박임을 멈췄다. "여보세요?" 그는 숨을 고르며 말했다.

"누구지?"

누군가 다른 사람이었다. 기계가 바꾼 탓에 목소리는 동일했지만, 말투가 달랐다. 이 사람은 왜 그가 누구인지 모를까?

"루카스입니다. 루카스 카일이요. 누구십니까?"

"자네 사일로 책임자와 대화하게 해줘."

루카스는 벌떡 일어섰다. "제가 이 사일로 책임자입니다. 작전명 '50개의 세계 질서' 중에서 18번 사일로 책임자요. 그쪽은 누구십니까?"

"바로 그 세계 질서를 생각해낸 사람이다. 이제 책임자 바꿔. 여기에는…… 버나드 홀랜드라고 되어 있는데."

루카스는 버나드가 죽었다고 말해버릴 뻔했다. 버나드가 이미 죽었다는 사실은 모두가 알고 있었다. 어쩔 수 없는 현실이었다. 그는 버나드가 청소하러 나가는 대신 불타서 죽는 모습을, 심지어 다른 사람에게 구조받으려 하지도 않고 타버리는 것을 지켜보았다. 그런데 이 남자는 그걸 몰랐다. 그리고 이 연결선, 결코 틀리지 않는 이 연결선 저편에도 복잡한 삶이 있다는 증거를 접하니 방 안이 흔들리는 느낌이었다. 신들은 전능하지 않았다. 아니면 신들이 같은 테이블에서 밥을 먹지 않는 모양이었다. 그것도 아니면, 도널드라고 자칭했던 사람이 루카스의 생각 이상으로 따로 놀았던 모양이다. 그리고 그조차도 아니라면…… 줄리엣이 여기 있었다면 이렇게 주장했겠지만, 이자들이 루카스를 가지고 놀고 있는지도 몰랐다.

"버나드는…… 어, 그분은 지금 무전을 받으실 수 없습니다."

잠시 침묵. 루카스는 이마와 목에 맺히는 땀방울을 느낄 수 있었다. 서버의 열기와 이 대화의 열기가 동시에 영향을 미쳤다.

"돌아오려면 얼마나 걸리지?"

"잘 모르겠습니다. 제가, 어, 찾아보지요?" 질문하려던 게 아니었는데 목소리 끝이 올라가고 말았다.

"15분 주지." 상대가 말했다. "그 후에는 자네나 거기 있는 모두에게 사태가 아주 나쁘게 돌아갈 거야. 아주 나쁘게. 15분이다."

루카스가 항의하거나 시간을 더 달라고 하기도 전에 연결이 뚝 끊겼다. 15분. 방이 계속 흔들리는 느낌이었다. 줄스가 필요했다. 누군가 버나드인 척할 사람이 필요했다. 넬슨은 어떨까. 그런데 본인이 세계 질서를 생각해낸 사람이라는 건 무슨 소리지? 그건 불가능한 소리였다.

루카스는 서둘러 사다리를 내려간 후 충전기에 걸린 휴대용 무전기를 붙잡고 허둥지둥 사다리로 돌아갔다. 넬슨을 찾으러 가면서 줄리엣에게 연락하려 했다. 다른 목소리가 있으면 이 사태를 해결할 때까지 시간을 벌 수 있을 것이다. 한편으로는 이것이 루카스가 언제나 기대했으나 도무지 오지 않던 호출이기도 했다. 그들의 사일로에서 대체 무슨 일이 벌어지는지 알고 싶어 하는 사람이 드디어 나타난 것이다. 계속 그런 연락을 기대했건만, 이제는 기습적으로 찾아왔다.

"줄스?" 그는 사다리 꼭대기에 이르러서 무전을 시도해보았다. 줄리엣이 받지 않으면 어쩐다? 15분이라니. 그다음엔 뭘

까? 사일로 안을 정말로 얼마나 나쁘게 만들 수 있는 걸까? 이전에 대화했던 다른 사람, 도널드도 한 번씩 심각하면서도 공허한 경고를 던지긴 했었다. 그러나 이번엔 뭔가 달랐다. 그는 다시 줄리엣에게 무전을 시도했다. 심장이 이렇게 쿵쾅거리면 안 되는데. 그는 서버실 문을 열고 복도를 달렸다.

"다시 걸어도 될까요?" 손에 잡힌 무전기가 치직거리며 살아나더니, 줄스가 물었다. "여기 아래는 악몽이에요. 5분만?"

루카스는 숨을 헉헉대고 있었다. 그는 복도에서 심스와 부딪칠 뻔했고, 심스는 몸을 빙글 돌려서 그를 쳐다보았다. 넬슨은 보호복 연구실에 있을 것이다. 루카스는 송신 버튼을 눌렀다. "지금 도움이 좀 필요한데요. 아직 내려가는 길이에요?"

"아뇨, 내려왔어요. 아이들은 방금 아버지와 같이 됐고요. 배터리를 가지러 워커에게 가는 길이에요. 뛰고 있어요? 이리로 내려오는 건 아니죠?"

심호흡. "아뇨, 넬슨을 찾고 있어요. 누군가가 호출했는데, 버나드와 이야기해야겠다고 하면서, 안 되면 우리가 곤란해질 거래요. 줄스...... 이거 느낌이 안 좋아요."

모퉁이를 돌았더니 보호복 연구실 문이 열려 있었다. 문설주에 밀봉 테이프 여러 줄이 펄럭거렸다.

"진정해요." 줄리엣이 말했다. "침착해요. 누가 호출했다고요? 그런데 넬슨은 왜 찾고 있어요?"

"넬슨이 버나드인 척 대화하게 하려고요. 최소한 시간은 좀 벌겠죠. 호출한 사람이 누군지는 모르겠어요. 목소리는 똑같이 들리는데, 같은 사람이 아니에요."

"그 사람이 뭐랬는데요?"

"버나드 바구라고, 자기가 작전명 50을 생각해낸 사람이래요. 젠장, 넬슨이 여기 없어요." 루카스는 작업대와 공구 캐비닛들을 둘러보았다. 오는 길에 심스를 지나친 기억이 났다. 늙은 보안 책임자에게는 서버실 출입 권한이 있었다. 루카스는 보호복 연구실을 떠나서 다시 복도를 내달렸다.

"루카스, 지금 하는 말이 뒤죽박죽이에요."

"알아요, 나도 알아요. 저기, 내가 다시 걸게요. 지금은 심스를 따라잡아야…… ."

그는 복도를 달렸다. 사무실을 몇 개나 지나쳤는데, 대부분이 비어 있었다. 그곳에서 일하던 사람들은 IT부 밖으로 전근 갔거나, 지금 저녁 식사 중이었다. 그는 모퉁이를 돌아서 보안대로 가던 심스를 발견했다. "심스!"

모퉁이를 돌아 다른 복도에 들어서던 보안 책임자는 뒤를 슬쩍 돌아보고, 달려가는 루카스를 보았다. 루카스는 몇 분이 지났을까, 그 남자는 얼마나 시간에 엄격할까 생각했다.

"좀 도와줘야겠어요." 그는 두 개의 복도가 교차하는 자리에 있는 서버실 문을 가리켰다. 심스는 몸을 돌려 그 문을 보았다.

"응?"

루카스는 암호를 입력하고 문을 밀어 열었다. 들어갔더니 불빛이 다시 빨갛게 깜박이고 있었다. 벌써 15분이 지났을 리가 없었다. "큰 부탁이 하나 있어요." 그는 심스에게 말했다. "저기, 그게……. 설명하긴 복잡한데, 다른 사람인 척해줘야겠어요. 버나드인 척해줘요. 버나드라면 잘 아시죠?"

심스는 멈춰 섰다. "누구 행세를 하라고?"

루카스는 돌아서서 덩치 큰 남자의 팔을 잡고 끌어당겼다. "설명할 시간이 없어요. 그냥 이 사람 질문에 대답해줘요. 훈련 같은 거예요. 그냥 버나드처럼 말해요. 그 사람에게 당신이 버나드라고 해줘요. 화가 난 척하거나, 뭐 그렇게 해요. 그리고 최대한 빨리 연락을 끝내요. 사실 말은 적게 할수록 좋아요."

"누구에게 말하는 건데?"

"나중에 설명할게요. 그냥 이 일을 해줘야 해요. 저쪽을 속여요." 그는 심스를 데리고 뒷면이 열린 서버로 가서 헤드폰을 건넸다. 심스는 헤드폰을 처음 보는 듯한 눈으로 찬찬히 보았다. "그냥 귀에 대요." 루카스는 말했다. "내가 연결 잭을 꽂을 거예요. 무전기 같은 거예요. 기억해요, 당신은 버나드예요. 버나드처럼 말하려고 해봐요, 알았죠? 버나드처럼."

심스는 고개를 끄덕였다. 그의 두 뺨은 벌겠고, 이마에서 땀방울이 흘러내렸다. 갑자기 열 살은 어려 보였고 엄청나게 긴장한 얼굴이었다.

"갑니다." 루카스는 어쩌면 심스가 넬슨보다 더 나을 수도 있다고 생각하면서 코드를 잭에 꽂았다. 심스라면 일이 어떻게 돌아가는지 알아낼 때까지 시간을 벌어줄 것이다. 그는 헤드폰으로 인사말을 들었는지 움찔하는 심스의 모습을 보았다.

"여보세요?" 심스가 말했다.

"자신 있게." 루카스가 잇새로 말했다. 그의 손에 든 무전기가 치직거리며 줄리엣의 목소리가 들렸고, 그는 소리가 저쪽에 들릴까 싶어 볼륨을 줄였다. 줄리엣에겐 나중에 걸어야 했다.

"네, 버나드입니다." 심스가 높고 딱딱하게, 콧소리로 말했다. 예전 사일로 책임자와 비슷하다기보다는 남자가 여자 목소리를 내는 것처럼 들렸다. "제가 버나드입니다." 심스가 다시 한번, 좀 더 고집스럽게 말했다. 그는 루카스를 돌아보고 눈으로 호소했다. 전혀 감당하지 못하겠다는 얼굴이었다. 루카스는 손으로 조그맣게 원을 그렸다. 심스는 고개를 끄덕이면서 무슨 소리를 듣더니, 헤드셋을 벗었다.

"됐어요?" 루카스가 잇새로 물었다.

심스는 헤드셋을 루카스에게 내밀었다. "너와 이야기하고 싶다는데. 미안해. 버나드가 아닌 줄 알더라고."

루카스는 신음했다. 그는 줄리엣의 목소리가 멀고 작게 들려오는 무전기를 옆구리에 끼고, 땀에 젖어 미끄러운 헤드셋을 꼈다.

"여보세요?"

"그러지 말았어야 해."

"버나드는…… 버나드는 찾을 수가 없었어요."

"죽었군. 사고였나, 살해당한 건가? 거기는 대체 어떻게 돌아가는 거지? 누가 책임자야? 이쪽에는 피드가 들어오질 않았네."

"제가 책임자입니다." 루카스는 말하면서 그를 살피는 심스의 눈빛을 고통스럽게 의식했다. "여긴 모든 게 잘 돌아갑니다. 나중에 버나드가 걸도록 하겠……."

"자넨 그동안 이곳의 누군가와 대화를 했지."

루카스는 반응하지 않았다.

"그자가 뭐라고 하던가?"

루카스는 나무 의자와 책 더미를 흘긋 보았다. 심스가 그 시선을 따라가더니, 엄청나게 많은 종이를 보고 눈을 크게 떴다.

"인구 보고서에 관해 이야기했습니다." 루카스는 말했다. "저희는 반란을 진압했습니다. 네, 버나드가 그 싸움 중에 다치기는 했는데……."

"여기엔 자네가 거짓말할 때 그걸 알려주는 기계가 있어."

루카스는 기절할 것 같았다. 터무니없는 소리 같지만, 그는 그 남자의 말을 믿었다. 그는 돌아서서 의자에 털썩 주저앉았다. 심스가 조심스럽게 그를 살폈다. 보안 책임자도 일이 잘못됐다는 것을 알아보았다.

"저희는 최선을 다하고 있습니다." 루카스가 말했다. "이쪽은 모든 게 정리됐어요. 전 버나드의 그림자입니다. 취임식에도 통과했고……."

"알아. 하지만 자네는 오염된 것 같군. 정말 유감이네만, 이건 내가 벌써 오래전에 해야 했을 일이야. 모두를 위해서지. 정말 유감이네." 그러더니 그 목소리는 누군가 다른 사람에게 말하는 것처럼, 수수께끼 같으면서도 부드럽게 말했다. "폐쇄해."

"잠깐만요……." 루카스는 심스를 돌아보았고, 이제는 두 사람다 어쩔 줄 모르고 서로를 쳐다보았다. "제가 설명을……."

말을 끝맺기도 전에 머리 위에서 쉭 소리가 났다. 루카스가 시선을 올려보니 환기구에서 하얀 연기가 자욱하게 내려오고 있었다. 연기가 퍼져나갔다. 오래전, 서버실 안에 갇혀 있을 때, 기계부 사람들이 IT부 사람들을 질식시키려고 가스를 살포했을 때 딱 이런 배기가스를 본 기억이 났다. 서버실 안에서 숨 막혀 죽어가던 느낌도 기억이 났다. 하지만 이 안개는 달랐다. 좀 더 짙고 불길했다.

루카스는 속셔츠를 끌어 올려 입에 대고 심스에게 나가자고 외쳤다. 둘 다 최대한 자욱한 연기를 피해가면서, 키 큰 검은색 기계들 사이를 이리저리 피해 서버실 안을 달렸다. 그들은 IT부로 나가는 문에 도착했고, 루카스는 그 문이 밀폐형이라고 생각했다. 패널에서 붉은빛이 기쁘다는 듯이 깜박였다. 루카스는 그 문을 잠근 기억이 없었다. 그는 숨을 참고, 암호를 입력한 후 불빛이 녹색으로 변하기를 기다렸다. 그러나 변하지 않았다. 다시, 집중해서 암호를 입력했다. 공기가 부족해서 머리가 띵했다. 그리고 키패드는 하나뿐인 빨간 눈을 그에게 깜박거렸다.

루카스가 불평하려고 심스를 돌아보았더니, 덩치 큰 남자는 자기 손바닥을 내려다보고 있었다. 두 손은 피투성이였다. 심스의 코에서 피가 쏟아지고 있었다.

33

줄리엣은 무전기를 욕하다가 마지못해 워커에게 시도해보라고 넘겼다. 코트니는 걱정스러운 얼굴로 두 사람 모두를 지켜보았다. 루카스가 몇 번 연결이 되기는 되었는데, 들리는 소리라고는 달리는 발소리와 식식대는 숨소리, 아니면 잡음뿐이었다.

워커가 휴대용 무전기를 조사했다. 무전기는 워커가 덧붙인 손잡이와 다이얼들 때문에 불필요하게 복잡해져 있었다. 그는 뭔가를 만지작거리더니 어깨를 으쓱였다. "멀쩡한 것 같은데." 그는 턱수염을 잡아당겼다. "반대쪽이 문젠가 보다."

벤치에 놓인 다른 무전기 하나가 큰 소리를 냈다. 워커가 처음에 만든 큰 무전기, 천장에서부터 전선에 매달려 있는 기계였다. 폭발하는 듯한 잡음에 이어 익숙한 목소리가 들렸다. "여보세요? 누구 있어요? 여기 아래에 문제가 생겼는데."

워커나 코트니가 움직이기 전에 줄리엣이 재빨리 작업대 주위를 돌아서 마이크를 잡았다. 누구 목소리인지 알고 있었다.

"행크, 줄리엣이에요. 무슨 일이에요?"

"우리에게…… 아, 중층부에서 무슨 수증기가 샌다는 보고가 들어왔어. 아직 그 지역에 있나?"

"아니요. 기계부에 내려와 있어요. 무슨 수증기가 새요? 어디서요?"

"계단에서 같은데. 지금 내가 층계참에 나와 있는데 아무것도 안 보여. 하지만 저 위에서 소란이 들리긴 해. 사람들이 엄청나게 움직이는 것 같은데. 올라가는지 내려오는지는 모르겠어. 하지만 화재 경보는 울리지 않아."

"브레이크. 브레이크."

또 다른 목소리가 끼어들었다. 줄리엣은 피터의 목소리를 알아들었다. 지금 피터는 뭔가를 말하려고 다른 대화를 다 멈추라고 하고 있었다.

"말해요, 피터."

"줄스, 여기에도 누출 같은 게 일어났어요. 에어록 안이에요."

줄리엣은 코트니를 쳐다보았고, 코트니는 어깨를 으쓱였다. 줄리엣은 말했다. "에어록 안에 연기가 있다는 거죠."

"연기 같지 않아요. 그리고 당신이 덧붙인 에어록 안이에요. 새 에어록이요. 잠깐. 아니…… 이거 이상한데."

줄리엣은 저도 모르게 워커의 작업대들 사이를 서성이고 있었다. "뭐가 이상해요? 뭐가 보이는지 말해봐요." 그녀는 주 발전기에서 나오는 배기가스 누출을 떠올렸다. 그렇다면 발전기를 멈춰야 할 텐데, 예비 발전기는 지금 없었다. 망할. 최악의 악몽이었다. 코트니도 같은 생각을 하는지 찌푸린 얼굴로 그녀를 보고 있었다. 제길, 제기랄.

"줄스, 노란 문이 열렸어요. 반복합니다, 내부 에어록 문이 활짝 열렸어요. 내가 한 게 아니에요. 조금 전까지만 해도 잠겨 있었어요."

"연기는 어때요?" 줄리엣이 물었다. "심해지나요? 자세를 낮추고 얼굴을 가려요. 젖은 천이나 뭔가⋯⋯."

"연기가 아니에요. 그리고 그건 당신이 용접해놓은 새 문 안에만 퍼져 있고, 그 문은 아직 꽉 닫혀 있어요. 지금 유리를 통해서 보고 있는데요. 연기는 전부 저 안에만 있어요. 그리고 난⋯⋯ 난 노란 문 밖을 볼 수 있어요. 활짝 열렸어요. 이건⋯⋯ 세상에⋯⋯."

줄리엣의 심장이 미친 듯이 뛰었다. 피터의 저 말투. 피터를 알고 지내는 동안 한 번이라도 욕 비슷한 것을 내뱉는 걸 들은 기억이 없었다. 최악의 시간을 함께했는데도 말이다.

"피터?"

"줄스, 바깥문이 열렸어요. 다시 말할게요. 바깥 에어록 문이 활짝 열렸어요. 에어록을 통해서 곧바로⋯⋯ 경사로 같은 걸 볼 수 있어요. 바깥을 보고 있는 것 같아요. 맙소사, 줄리엣, 내가 바깥을 보고 있어요⋯⋯."

"거기에서 빠져나와야겠어요." 줄리엣은 말했다. "전부 그대로 두고 빠져나와요. 구내식당 문도 닫아요. 뭔가로 봉해요. 테이프를 붙이거나, 아니면 뭐라도 좀 붙이고 주방에 있는 걸 바르도록 해요. 알아들었어요?"

"그래요, 그래요." 힘들어하는 목소리였다. 줄리엣은 루카스가 뭔가 나쁜 일이 일어날 거라고 말했던 것을 떠올렸다. 워커를 쳐다보니, 그는 아직 새 휴대용 무전기를 손에 쥐고 있었다. 그녀에겐 옛 무전기가 필요했다. 워커가 그 물건을 개조하게 두지 말았어야 했다. "루크를 불러내주세요." 줄리엣은 말했다.

워커는 어쩔 수 없다는 듯 어깨를 으쓱였다. "시도는 하고 있어."

"줄스, 다시 피터예요. 계단을 올라서 내 쪽으로 향하는 사람들이 있어요. 소리가 들려요. 사일로의 절반은 이리로 오는 것 같아요. 왜 이쪽으로 오는지 모르겠어요."

줄리엣은 계단을 움직이는 인파 소리가 들린다고 했던 행크의 말을 생각했다. 화재가 일어난다면 모두가 소방 호스를 맡거나 안전한 층으로 가서 도움을 기다리도록 되어 있었다. 그런데 왜 사람들이 위로 뛰어 올라갈까?

"피터, 그 사람들이 보안관실 가까이 가게 하지 말아요. 에어록에 다가가게 두지 말아요. 통과시키면 안 돼요."

머릿속이 빙빙 돌았다. 줄리엣이 그 위에 있다면 어떻게 할까? 보호복을 입고 들어가서 그 문을 닫아야 한다. 하지만 그러려면 새로 단 에어록 문을 열어야 할 것이다. 새로운 에어록 문! 그건 원래 거기 있으면 안 되는 물건이었다. 연기에 대해서는 잊자, 바깥 공기는 이제 사일로에 붙어 있다. 바깥 공기는······.

"피터?"

"줄스, 나…… 난 여기 못 있어요. 모두가 미친 사람처럼 굴고 있어요. 이미 보안관실에 들어왔어요, 줄스. 나…… 난 아무도 쏘고 싶지 않아요. 난 못 해요."

"내 말 잘 들어요. 그 수증기요. 그거 아르곤이죠, 맞죠?"

"그게…… 아마도요. 그래요. 그래 보이네요. 당신이 나갔을 때 에어록에 아르곤이 차는 모습을 한 번밖에 못 보긴 했지만요. 맞는 것……."

줄리엣은 심장이 내려앉고, 머리가 빙빙 돌았다. 이젠 서성이면서도 부츠가 바닥을 디디는 느낌이 나지 않았다. 마음속이 텅 비고, 무감각하니 반쯤 귀가 먹었다. 그 가스. 독. 샘플 통에서 사라졌던 밀봉. 1번 사일로의 그 개새끼와 그놈이 하던 위협. 그놈이 해버린 거다. 그놈이 모두를 죽이고 있었다. 천 가지 쓸모없는 계획과 계략이 줄리엣의 머릿속을 스치고 지나갔다. 하나같이 가망 없고 너무 늦은 계획뿐이었다. 늦어도 너무 늦었다.

"줄스?"

그녀는 피터에게 대답하려고 마이크를 눌렀다가, 그 목소리는 워커의 손에서 들렸다는 사실을 깨달았다. 휴대용 무전기 쪽이었다.

"루카스." 그녀는 숨을 헐떡였다. 다른 무전기 쪽으로 손을 뻗는데 시야가 흐렸다.

34

"줄스? 망할. 볼륨이 줄어 있었어요. 내 목소리 들려요?"

"들려요, 루카스. 대체 무슨 일이에요?"

"젠장. 젠장."

줄리엣은 쩽그랑 소리와 텅 소리를 들었다.

"난 괜찮아요. 난 괜찮아. 젠장. 저거 피인가? 좋아, 식품 저장실로 가야 해. 아직 듣고 있어요?"

줄리엣은 숨을 멈추고 있었음을 깨달았다. "나한테 말하는 거예요? 무슨 피요?"

"맞아요, 당신에게 말하고 있어요. 사다리에서 떨어졌어요. 심스가 죽었어요. 놈들이 저질렀어요. 여길 폐쇄하고 있어요. 내 멍청한 코가…… 난 저장실로 가는 중……." 무전이 잡음으로 변했다.

"루카스? 루카스!" 그녀는 워커와 코트니를 돌아보았고, 둘 다 젖은 눈을 크게 뜨고 그녀를 바라보고 있었다.

"……소용이 없. 수시날, 수신, 쉬날 수가……." 코를 쥐고 있는 건지, 재채기를 참는 건지 루카스의 목소리를 알아듣기가 힘들었다. "자기는 밀폐된 곳에 들어가야 해요. 코피를 멈출 수가 없……."

줄리엣에게는 공황이 밀려왔다. 이곳을 폐쇄한다고. 버튼 하나 눌러서 그들을 끝내겠다고 위협하더니. 정말 끝낸다고. 솔로의 사일로처럼. 1초, 어쩌면 2초가 지났을 테지만 그 순간에 그녀는 솔로가 해주던 이야기를 떠올렸다. 그의 사일로가 어떻게 무너졌는지, 사람들이 마구 위로 올라가서 바깥으로 쏟아져 나갔던 이야기. 몇 년이 흐른 후에 줄리엣이 헤치고 지나갔던 그 쌓인 시체들. 순식간에 그녀는 시간 속을 오갔다. 이것이 17번 사일로의 과거였다. 같은 일이 그녀의 집에 벌어지는 동안 그녀는 17번 사일로의 몰락을 목격하고 있었다. 그리고 그녀는 그들의 암울한 미래를 보았기에, 그녀의 집에 닥칠 미래도 보았다. 그녀는 이 일이 어떻게 끝날지 알았다. 루카스가 이미 죽은 목숨이라는 사실을 알았다.

"무전기는 잊어버려요." 그녀는 말했다. "루카스, 무전기는 잊어버리고 저장실을 봉쇄하고 들어가 있어요. 난 최대한 많은 사람을 구할게요."

그녀는 18번 사일로에 맞춰져 있는 다른 무전기를 잡았다. "행크, 들려요?"

"응⋯⋯?" 행크가 헉헉거리는 소리를 들을 수 있었다. "여보세요?"

"모두를 기계부로 데리고 내려와요. 최대한 모두를, 최대한 빨리요. 당장."

"난 올라가봐야 할 것 같은데." 행크가 말했다. "다들 미친 듯이 올라가고 있어."

"안 돼요!" 줄리엣은 무전기에 대고 빽 소리를 질렀다. 워커가 화들짝 놀라서 다른 무전기의 마이크를 떨어뜨릴 정도였다. "내 말 잘 들어요, 행크. 최대한 모두예요. 이리로 내려와요. 당장!"

그녀는 두 손에 무전기를 든 채, 또 뭘 챙겨야 하나 방 안을 둘러보았다.

"기계부를 봉쇄하는 거야? 예전처럼?" 코트니가 물었다. 코트니는 저항하는 동안 보안문에 철판을 용접했던 일을 생각하는 게 틀림없었다. 철판은 뜯어낸 지 오래여도 당시의 흉터는 여전히 눈에 보였다.

"그럴 시간 없어." 줄리엣은 말했다. 뭘 하든 무의미할 수도 있다는 말은 덧붙이지 않았다. 공기는 이미 오염되었을 수도 있었다. 얼마나 오래갈지 알 수도 없었다. 마음 한구석은 저 위에 있는 모든 것, 그녀가 구할 수 없는 모든 사람과 모든 물건을 생각하고 싶어 했다. 이제는 손 닿지 않을 세상에 있는 모든 좋은 것들과 필요한 것들.

"중요한 건 뭐든 챙겨서 가자." 줄리엣은 두 사람을 보았다. "지금 당장 가야 해. 코트니, 아이들한테 가서, 그쪽 사일로로 돌려보내."

"하지만 네가 했던 말은…… 그 폭도는……."

"그쪽은 신경 안 써. 가. 워커도 데려가. 워커를 굴착 터널까지 데려가. 거기서 만나자."

"넌 어딜 가는데?" 코트니가 물었다.

"다른 사람을 최대한 많이 데리러."

기계부 복도는 이상하리만큼 잠잠했다. 줄리엣은 평소와 같은 장면들을 헤치고 달렸다. 교대근무를 하러 가는 사람들, 근무를 마치고 걸어 나오는 사람들, 예비용 부품과 무거운 펌프를 실은 손수레들, 누군가 용접을 하느라 떨어지는 불똥, 깜박이는 손전등 불빛과 지나가면서 주먹으로 전등을 치는 사람. 무전기 덕분에 줄리엣은 일찍 소식을 알았다. 다른 사람은 아무도 몰랐다.

"굴착 터널로 가요." 그녀는 지나치는 모든 사람에게 외쳤다. "명령이야. 당장. 당장 가요."

반응은 조금 느렸다. 질문들. 변명들. 사람들은 어디로 가고 있었는지 설명하고, 바쁘다고 말하고, 지금 당장은 시간이 없다고 말했다.

줄리엣은 막 근무를 끝내고 나오는 도슨의 아내 레이나를 보았다. 그녀는 레이나의 어깨를 두 손으로 잡았다. 그러자 레이나가 놀라서 눈을 크게 뜨고 몸을 굳혔다.

"교실로 가." 줄리엣은 말했다. "네 아이들 챙겨. 아이들 전부를 데리고 터널을 통과해. 당장."

"대체 무슨 일이야?" 누군가가 물었다. 좁은 통로 안에서 몇 사람이 옥신각신했다. 1교대조 시절 줄리엣의 예전 부하들이 있었다. 사람들이 모여들었다.

"망할 굴착 터널로 가." 줄리엣은 소리쳤다. "떠나야 해. 챙길 수 있는 사람은 다 챙겨. 아이들도 챙기고, 필요할 것 같은 물건도. 이건 훈련이 아니야. 가, 가라고!"

줄리엣은 손뼉을 쳤다. 레이나가 제일 먼저 몸을 돌리고, 뛰어서 사람이 꽉 찬 복도를 밀고 지나갔다. 줄리엣을 제일 잘 아는 사람들이 바로 뒤이어 행동에 돌입, 다른 사람들을 모아들였다. 줄리엣은 계단으로 질주하면서 모두에게 다른 사일로로 가라고 외쳤다. 그녀가 보안문을 훌쩍 뛰어넘자 당직 경비원이 놀라서 쳐다보았다. "이봐요!" 뒤에서 다른 누군가가 모두에게 따라오라고 외치는 소리를 들을 수 있었다. 앞에서는 계단이 흔들거렸다. 용접한 곳이 징징 울리고 느슨한 버팀대가 덜컹거리는 소리를 들을 수 있었다. 그 너머로 폭풍처럼 달려 내려오는 부츠 소리도 들을 수 있었다.

줄리엣은 계단 바닥에 서서, 계단과 콘크리트 벽 사이의 넓은 틈을 통해 위를 올려다보았다. 머리 위로 여러 층계참이 튀어나와 있었고, 넓은 강철 띠가 위로 올라갈수록 좁다란 리본처럼 보였다. 수직으로 올라가는 계단통은 점점 어두워졌다. 그러다가 더 위에 연기 같은 하얀 구름이 보였다. 아마도 중층부일 것이다.

그녀는 무전기를 눌렀다.

"행크?"

답이 없었다.

"행크, 대답해요."

먼 곳에서 많은 사람이 움직이는 통에 계단에 진동음이 울렸다. 줄리엣은 더 가까이 가서 난간에 한 손을 올렸다. 난간의 진동에 손이 마비될 지경이었다. 부츠 소리가 점점 커졌다. 위를 올려다보니 머리 위 난간을 미끄러져 내려오는 손들을 보고, 격려하는 목소리들과 혼란스러운 외침들을 들을 수 있었다.

130층대 사람들 한 줌이 마지막 굽이를 돌아 쏟아지더니, 다음엔 어디로 가야 할지 몰라 혼란스러워하는 것 같았다. 이 계단에 끝이 있을 줄은 몰랐고, 그들의 집 아래에 이런 콘크리트 바닥이 있는 줄 몰랐던 사람들 특유의 당황한 표정이었다. 줄리엣은 그들에게 안으로 들어가라고 외쳤다. 그리고 몸을 돌려 기계부 안에 대고 누가 이 사람들에게 길을 안내해주고, 보안문을 통과시키라고 외쳤다. 그들은 비틀비틀 지나갔다. 대부분 빈손이었고, 한두 명은 아이들을 안고 있거나, 뒤에 끌고 오거나, 품에 아기를 안고 있었다. 그들은 불과 연기에 대해 말했다. 한 남자가 피 묻은 코를 쥐고 발을 끌며 내려왔다. 그는 위로 올라가야 한다고, 모두가 위로 올라가야 한다고 주장했다.

"당신." 줄리엣은 그 남자의 팔을 거머쥐었다. 그리고 그 남자의 얼굴을, 손가락 사이로 뚝뚝 떨어지는 피를 살폈다. "어디에서 온 거야? 무슨 일이 있었고?" 그녀는 그의 코를 가리켰다.

"넘어졌어요." 남자는 말하기 위해 손을 치웠다. "일하고 있었는데……."

"좋아. 그럼 괜찮아. 다른 사람들을 따라가." 줄리엣은 방향을 가리켰다. 무전기에서 실체 없는 목소리들이 터져 나왔다. 고함. 끔찍한 소음. 줄리엣은 계단 근처에서 멀어지며 한쪽 귀를 가리고, 무전기를 반대쪽 귀에 댔다. 희미하게 피터 같기도 했다. 그녀는 말소리가 끝나기를 기다렸다.

"거의 못 알아듣겠어요!" 줄리엣은 외쳤다. "무슨 일이에요?"

그녀는 다시 귀를 가리고 잘 들어보려고 했다. "……뚫었어요. 바깥으로요. 사람들이 나가고 있고……."

줄리엣은 계단통의 콘크리트 벽에 등을 기댔다. 스르르 미끄러져서 몸을 웅크렸다. 수십 명이 빠르게 계단을 내려왔다. 노란 옷의 공급부 낙오자 몇 명이 물건을 몇 개 움켜쥐고 내려왔다. 행크가 마침내 도착해서 사람들에게 지시를 내리고, 반대 방향으로 돌아가고 싶어 하는 듯한 사람들에게 소리를 질렀다. 기계부 사람 몇 명이 도우러 나왔다. 줄리엣은 피터의 목소리에 집중했다.

"……숨을 못 쉬겠어요. 연기가 들어와요. 난 조리실에 있어요. 사람들이 밀고 올라와요. 모두가요. 미친 것 같아요. 쓰러지고 있어요. 모두 죽었어요. 바깥은……."

피터는 한 마디 할 때마다 숨을 몰아쉬며 씨근거렸다. 무전기가 찰칵하고 끊겼다. 줄리엣은 무전기에 대고 몇 번인가 비명을 질렀지만, 피터를 다시 불러낼 수는 없었다. 계단을 올려다보자 저위에 안개가 보였다. 계단으로 쏟아지는 연기가 짙어지는 것 같았다. 줄리엣이 공포에 질려서 바라보는 사이에도 점점 짙어졌다.

그러다가 뭔가 어두운 것이 그 안개를 뚫었다. 하얀 연기 사이에 그림자가 졌다. 그리고 점점 커졌다. 비명이, 무시무시한 소리가 울려 퍼지면서 계단 반대편에서 층계참을 몇 개나 지나 날아 내려오더니, 쿵 소리를 내면서 사람 하나가 바닥에 부딪혔다. 충격이 줄리엣의 부츠에 전해질 정도였다. 비명이 더 들렸다. 이번에는 근처에 있는 사람들, 계단으로 쏟아져 내려오는 수십 명이 낸 비명이었다. 겨우 여기까지 온 사람들이었다. 그들은 서로를 타 넘으면서 허겁지겁 기계부로 향했다. 그리고 하얀 연기는 망치처럼 계단에 떨어져 내렸다.

35

줄리엣은 다른 이들을 따라 기계부로 들어갔다. 마지막으로 통과한 사람이 그녀였다. 보안문의 회전 가로대는 부서져 있었다. 군중들이 보안문을 타 넘어 밀려들었고, 몇 사람은 틈 사이로 빠져 나갔다. 이런 일을 막는 게 임무였던 경비원은 사람들이 반대쪽으로 내려서게 도와주고 어디로 가야 할지 방향을 알렸다.

줄리엣은 보안문을 타 넘고 서둘러서 군중 사이를 헤치며, 아이들이 있을 합숙소로 향했다. 휴게실을 지나칠 때 보니 누군가가 돌아다니는 모습이, 필수품을 약탈할 희망이라도 품은 것 같았다. '약탈할 희망'이라니, 세상이 갑자기 미쳐버렸다.

합숙소는 비어 있었다. 아마 코트니가 먼저 왔겠지. 어쨌든 아무도 기계부에서 나가고 있지는 않았다. 그리고 어쩌면 이미 너무 늦었을 수도 있었다. 줄리엣은 왔던 길을 되돌아서 기계부 여러 층을 관통하는 나선 계단으로 향했다. 밀려드는 군중과 함께 발전실과 굴착 현장이 있는 곳으로 내려갔다.

석유 시추기 주위에 돌 부스러기와 철근 박힌 콘크리트 덩어리가 쌓였고, 시추기는 마치 세상이 슬프게 돌아간다는 사실을 안다는 듯, 지금 일어나는 일을 체념하며 우울하게 '그렇겠지. 그렇고말고'라고 하는 듯 고개를 위아래로 계속 끄덕거리고 있었다.

굴착 현장에서 나온 부스러기와 파편들, 아직 6번 광산 수직 갱도로 퍼 넣지 않은 쓰레기들이 발전실 안에도 무더기로 쌓였다. 사람들이 흩어져 있었지만, 줄리엣이 기대한 것만큼 대규모는 아니었다. 대규모 군중은 아마 죽었으리라. 문득 스치는 생각에 깔깔대고 웃으면서 바보가 된 기분을 느끼고 싶어졌다. 연기는 아무것도 아니고, 꼭대기 층 에어록은 잘 버티고 있으며, 모든 게 멀쩡하고 친구들이 곧 그녀가 일으킨 이 공황 사태를 두고 놀려댈 거라는 생각.

하지만 이런 희망은 떠오르자마자 사라졌다. 무슨 생각을 해도 혀에 느껴지는 공포의 금속 맛, 에어록이 활짝 열렸다고 말하던 피터의 목소리, 사람들이 쓰러지고 있다는 사실, 루카스가 심스의 죽음을 말했다는 사실을 뭉갤 수는 없었다.

줄리엣은 터널로 쏟아져 들어가는 사람들을 밀고 나아가며 아이들의 이름을 불렀다. 그러다가 코트니와 워커가 보였다. 워커는 눈을 휘둥그레 뜨고 턱에 힘을 잃은 얼굴이었다. 줄리엣은 워커의 눈을 통해서 군중들을 보고, 코트니에게 어떤 짐을 떠맡겼던 것인지 깨달았다. 이 은둔자를 다시 한번 굴에서 끌어내는 임무를 맡기다니.

"애들 봤어?" 그녀는 사람들 위로 소리쳤다.

"이미 통과해서 갔어!" 코트니가 대답했다. "너희 아버지와 같이!"

줄리엣은 코트니의 팔을 한 번 꾹 잡아주고 서둘러 어둠 속으로 들어갔다. 앞쪽에 빛나는 불빛들이 있었다. 배터리로 작동하는 손전등을 가진 몇 사람, 광부용 모자를 쓰고 있는 몇 사람의 흔적이었다. 그러나 그런 빛 사이사이에는 캄캄한 어둠이 넓게 펼쳐졌다. 그녀는 그림자에서 만들어진 것처럼 갑자기 튀어나오는 보이지 않는 사람들과 밀치락달치락했다. 양쪽에 쌓인 돌무더기에서 돌멩이가 계속 굴러떨어졌다. 천장에서는 흙먼지와 잔해가 떨어져서 비명과 욕설을 끌어냈다. 쌓아놓은 돌무더기 사이 통로는 좁았다. 이 터널은 기껏해야 수십 명이 지나가라고 만들었지, 그 이상을 위한 게 아니었다. 땅속을 파내어 만든 그 거대한 구멍 대부분에는 굴착으로 생긴 쓰레기들이 가득 남아 있었다.

흐름이 정체되자, 몇 사람이 돌무더기 위로 올라가서 이동하려고 했다. 그런 시도 덕분에 흙과 돌멩이만 더 아래로 떨어지고, 터널 안이 비명과 욕설로 가득 찼다. 줄리엣이 누군가를 흙 속에서 파내고, 다들 밀지 말고 중앙 통로에만 머물라고 말하는 사이에도 또 누군가는 그녀의 등을 타고 넘어갔다.

공포와 혼란 속에서 이 어둠 속의 직선 도주를 믿지 못한 사람들이 돌아가려고 하기도 했다. 줄리엣과 몇 사람이 그들에게 계속 앞으로 가라고 외쳤다. 터널 중앙에 급조해둔 지지대를 들이받고,

무너지다 만 돌무더기를 네발로 기어서 넘어가고, 어딘가에서는 아기가 폐가 터져라 울어대는 악몽이 펼쳐졌다. 어른들은 눈물을 좀 더 잘 참기는 했지만, 줄리엣은 이미 울고 있는 사람 수십 명을 지나쳤다. 여정은 끝나지 않는 것 같았고, 남은 시간 내내 비틀거리고 기면서 터널을 통과하다가 뒤에서 독성 공기에 따라잡힐 것만 같았다.

앞쪽에서 이동하던 대열의 흐름이 막히더니, 사람들이 서로의 등을 밀어댔다. 손전등 불빛이 굴착기의 강철 벽을 비췄다. 터널의 끝이었다. 굴착기 뒤쪽 문이 열려 있었다. 줄리엣은 손전등을 하나 들고 그 문 옆에 선 래프를 보았다. 창백한 얼굴이 어둠 속에 빛나는데, 크게 뜬 눈도 흰자위만 보였다.

"줄스!"

어두운 통로 안에서 앞뒤로 메아리치는 목소리들 때문에 래프의 목소리가 가까스로 들렸다. 줄리엣은 래프에게 가서 이미 통과한 사람들이 누구인지 물었다.

"너무 어두워. 한 번에 한 명 이상은 통과할 수 없어. 대체 무슨 일이야? 왜 이 많은 사람이 다 온 거야? 우린 네가……."

"나중에." 줄리엣은 그 나중이 있기를 바라며 말했다. 사실 의심이 가득하기도 했다. 나중이 있기보다는 사일로 양쪽 끝에 시체 무더기만 남을 것 같았다. 그게 17번과 18번 사이의 큰 차이일 것이다. 한쪽 끝에 시체가 쌓이느냐, 양쪽에 쌓이느냐. "애들은?" 줄리엣은 물었고, 묻자마자 그러고 보니 죽은 사람과 죽어가는 사람이 이렇게 많은데 왜 몇 안 되는 사람에게 집중하게 될까 의아

했다. 모성 본능 같은 걸까. 훨씬 많은 것이 위험에 처했을 때 새끼들을 돌보려 하는 원초적인 본능.

"그래, 애들 여럿이 통과했지." 그는 멈칫하다가 굴착기 뒷면 금속 문으로 들어가기를 싫어하는 어느 커플에게 고함을 쳐서 방향을 알렸다. 줄리엣은 그 사람들을 탓할 수 없었다. 그들은 기계부 출신도 아니었다. 이 사람들은 무슨 일이 일어났다고 생각했을까? 그저 다른 사람들의 공포에 질린 외침에 따랐겠지. 광산에서 길을 잃었다고 생각했을지도 모른다. 이 터널을 통과하는 건 언덕을 넘고 바깥세상을 본 줄리엣에게도 정신을 차리기 힘든 경험이었다.

"셜리는?" 줄리엣은 물었다.

래프가 손전등으로 안쪽을 가리켰다. "분명히 봤어. 굴착기 안에 있을걸. 사람들 지휘하면서."

그녀는 래프의 팔을 한 번 꾹 쥐고, 그림자 같은 사람들로 이루어진 꿈틀대는 어둠을 돌아보았다. "너도 꼭 들어와야 해." 그녀가 말하자, 래프는 창백한 얼굴로 고개를 끄덕였다.

줄리엣은 줄을 비집고 굴착기 뒷면으로 들어갔다. 울음소리와 고함이 마치 빈 수프 깡통에 대고 비명을 지르는 아이들 소리처럼 울려댔다. 셜리는 발전기 뒤에서, 발을 끌고 서로 밀어대는 사람들에게 모두가 몸을 옆으로 돌려야 할 정도로 좁은 어둠 속을 통과하라고 지시하고 있었다. 굴착 쓰레기를 처리하기 위해 내부에 설치했던 조명은 꺼졌고, 예비 발전기는 놀고 있었지만, 줄리엣은 그동안 발전기가 돌아가면서 남긴 잔열을 느낄 수 있었다. 금속이 식어가는 소리도 들을 수 있었다. 셜리가 굴착기를 움직여서 발전기를 18번 사일로에 돌려놓으려고 하고 있었던 걸까 궁금했다. 그녀와 코트니는 그 굴착기가 어디에 속하느냐를 두고 그동안 계속 언쟁을 했다.

"대체 뭐야?" 셜리는 줄리엣을 보자 물었다.

줄리엣은 눈물이 터질 것 같았다. 지금 이 두려움을 어떻게 설명해야 할까, 지금 이게 그들이 이제까지 알아온 모든 것의 종말일지 모른다는 사실을? 그녀는 고개를 내젓고 입술을 깨물었다. "사일로를 잃고 있어." 그녀는 마침내 말할 수 있었다. "바깥이 들어오고 있어."

"그런데 왜 사람들을 이쪽으로 보내?" 온갖 목소리들로 시끄럽다 보니 셜리도 고함을 쳐야 했다. 셜리는 소음의 방해를 덜 받으려고 줄리엣을 발전기 반대편으로 끌고 갔다.

"공기가 계단을 타고 내려오고 있어." 줄리엣은 말했다. "멈출 방법이 없어. 난 터널을 봉쇄할 거야."

셜리는 이 말을 곰곰이 생각했다. "지지 기둥을 무너뜨려서?"

"꼭 그렇지도 않아. 네가 설치하고 싶어 했던 폭약……."

셜리의 얼굴이 굳었다. "그 폭약은 반대쪽에 설치했어. 난 이 사일로를 봉쇄하려고 폭약을 설치한 게 아니라, 이 사일로 쪽을 막으려고 설치했다고. 여기 공기에서 우리를 보호하려고 했었을 때."

"지금은 여기 공기가 우리에게 남은 전부야." 줄리엣은 셜리에게 무전기를 건넸다. 줄리엣이 집에서 가져온 것은 이게 다였다.

셜리는 무전기를 받아 들고, 줄리엣의 가슴팍을 비추고 있는 손전등 위에 올려놓았다. 겨우 새어 나온 빛으로 줄리엣은 가엾은 친구의 얼굴에 떠오른 혼란을 볼 수 있었다. "모두를 돌봐줘." 줄리엣은 말했다. "솔로와 애들⋯⋯." 그녀는 발전기를 보았다. "여기 농장들은 사용 가능해. 그리고 공기는⋯⋯."

"설마 너⋯⋯." 셜리가 말하려고 했다.

"난 마지막 사람까지 터널을 통과하는지 확인할게. 내 뒤에 수십 명은 있었어. 100명쯤 있을지도 몰라." 줄리엣은 오랜 친구의 두 팔을 잡았다. 두 사람이 여전히 친구일지는 알 수 없었다. 아직 둘 사이에 오랜 유대감이 남아 있는지도 알 수 없었다. 그녀는 가려고 몸을 돌렸다.

"안 돼." 셜리가 줄리엣의 팔을 잡았고, 무전기는 떨어져서 바닥을 굴렀다. 줄리엣은 그 손을 뿌리치려 했다.

"난 끝장나고 말 거야." 셜리가 외치며 줄리엣을 돌려세웠다. "네가 나한테 이걸 맡기고 가면, 이런 일을 떠안기고 가버리면 난 끝장이야. 끝장이라고⋯⋯."

어딘가에서 울음소리가 들렸다. 아이인지 어른인지는 알 수 없었다. 그저 혼란스럽고 겁에 질린 목소리들의 불협화음이 거대한 강철 기계 안의 답답한 공간에 메아리칠 뿐이었다. 그리고 그 어둠 속에서 줄리엣은 미처 볼 수가 없었다. 셜리의 주먹을 볼 수가 없었다. 그저 턱에 꽂히는 주먹을 느끼고, 깜깜한 어둠 속에서 이렇게 환한 빛이 번쩍인다는 사실에 놀란 다음, 한동안은 아무것도 기억나지 않았다.

정신이 돌아온 게 몇 초 후인지, 몇 분 후인지 알 수가 없었다. 그녀는 아득하게 줄어든 목소리들에 둘러싸인 채, 욱신거리는 얼굴로 굴착기의 강철 갑판 위에 몸을 말고 가만히 누워 있었다.

전보다 사람이 적었다. 여기까지 온 사람들뿐이었고, 굴착기 속을 통과해서 움직이고 있었다. 기절한 건 1, 2분 정도였던 듯 했다. 그보다 오래일 수도 있었다. 훨씬 오래일 수도. 누군가가 줄리엣의 이름을 부르며 어둠 속에서 찾고 있었는데, 그녀는 그림자 속의 그림자에 잠겨 발전기 반대편에 몸을 말고 보이지 않는 상태였다. 누군가가 줄리엣의 이름을 불렀다.

그러더니 멀리서 커다랗게 쾅 소리가 났다. 7센티미터 두께의 강철판이 바로 머리 옆에 떨어지는 듯한 소리였다. 땅이 요란하게 진동하고, 굴착기 속에서도 떨림이 느껴졌다. 그리고 줄리엣은 알았다. 셜리가 줄리엣 대신 제어실로 갔고, 그녀의 예전 집을 이 새로운 집으로부터 보호하려고 설치했던 폭약을 터뜨린 것이다. 그리고 다른 사람들과 함께 죽었다.

줄리엣은 울었다. 누군가가 그녀의 이름을 불렀고, 줄리엣은 그 소리가 머리 옆에 놓인 무전기에서 들린다는 사실을 깨달았다. 감각을 그러모으며 멍하니 무전기에 손을 뻗었다. 루카스였다.

"루크." 그녀는 송신 버튼을 누르고 속삭였다. 루카스의 목소리가 들린다는 건 그가 강철 금고 바깥에 있다는 뜻이었다. 식량이 가득한 공기 밀폐식 저장고 안이 아니라는 뜻이었다. 그녀는 그 통조림들로 수십 년을 살아남은 솔로를 생각했다. 루카스라면, 다른 사람은 몰라도 그라면 똑같이 살아남을 수 있었다. "다시 안으로 들어가요." 그녀는 흐느끼며 말했다. "들어가서 봉쇄해요." 그녀는 두 손으로 무전기를 끌어안고 갑판 위에 몸을 말고 있었다.

"그럴 수가 없어요." 루카스가 말했다. 기침 소리, 고통스러운 씨근거림이 들렸다. "난…… 난 당신 목소리를 들어야 했어요. 마지막으로 한 번만." 다음에 터져 나온 기침은 줄리엣의 가슴 속으로도 느낄 수 있었다. 가슴이 터질 것 같았다. "난 끝났어요, 줄스. 난 끝났어……."

"아니야." 줄리엣은 혼자 그렇게 외치고 나서 무전기 버튼을 눌렀다. "루카스, 당장 저장실 안으로 들어가요. 문을 잠그고 버텨요. 그냥 버티면……."

루카스가 기침을 하면서 목소리를 내려고 애쓰는 소리가 들렸다. 겨우 나온 목소리가 끄륵거렸다. "못 해요. 이게 끝이야. 이게 끝. 사랑해요, 줄스. 사랑해요……."

마지막 말은 잡음 사이로 간신히 들리는 속삭임이었다. 줄리엣은 울면서 바닥을 때리고 비명처럼 루카스를 불렀다. 그를 욕했다. 스스로를 욕했다. 그리고 열린 굴착기 문을 통해서 흙먼지 구름이 서늘한 바람에 밀려왔고, 줄리엣은 혀와 입술에 그 맛을 느낄 수 있었다. 바위가 부서지면서 남긴 메마른 분필 맛, 저 멀리서 셜리가 터널을 폭파시키고 남은 잔해의 맛, 줄리엣이 이제까지 알았던 모든 것이…… 죽었음을 알리는 맛이었다.

〈2권에서 계속〉

옮긴이 **이수현**

서울대학교 인류학과를 졸업하고 동 대학원에서 석사 학위를 받았다. 작가이자 번역가로 활동하며
《빼앗긴 자들》《킨》《체체파리의 비법》《유리와 철의 계절》《새들이 모조리 사라진다면》《아메리카에
어서 오세요》《아득한 내일》《어슐러 K. 르 귄의 말》, '얼음과 불의 노래' 시리즈, '노인의 전쟁' 시리
즈, '다이버전트' 시리즈, '샌드맨' 시리즈, '퍼시 잭슨' 시리즈, '수확자' 시리즈 등 많은 SF와 판타지,
그래픽 노블을 우리말로 옮겼다. 직접 쓴 소설로는 러브크래프트 다시 쓰기 소설《외계 신장》과 도시
판타지《서울에 수호신이 있었을 때》가 있다.

더스트 1

초판 1쇄 인쇄일 2023년 4월 10일
초판 1쇄 발행일 2023년 4월 17일

지은이 휴 하위
옮긴이 이수현

발행인 윤호권
사업총괄 정유한

편집 이원석, 박고운 **디자인** 최초아 **마케팅** 정재영, 윤아림
발행처 ㈜시공사 **주소** 서울시 성동구 상원1길 22, 6-8층(우편번호 04779)
대표전화 02-3486-6877 **팩스(주문)** 02-585-1755
홈페이지 www.sigongsa.com / www.sigongjunior.com

ISBN 979-11-6925-622-3 04840
ISBN 979-11-6925-616-2 (세트)

*시공사는 시공간을 넘는 무한한 콘텐츠 세상을 만듭니다.
*시공사는 더 나은 내일을 함께 만들 여러분의 소중한 의견을 기다립니다.
*잘못 만들어진 책은 구입하신 곳에서 바꾸어드립니다.